Gequälte Seelen

Melisa Schwermer

E-Mail: melisa.schwermer@gmail.com
www.melisa-schwermer.de
Lektorat: Susanne Pavlovic
www.textehexe.com
Korrektorat: Jasmin Krieger
Covergestaltung: ZERO Werbeagentur, München
Coverabbildung: FinePic / shutterstock
ISBN-13: 978-1977521507
ISBN-10: 1977521509

Über die Autorin:

Mehr auf: www.melisa-schwermer.de

Melisa Schwermer, geb. 1983 in Offenbach, verschenkte schon als Kind lieber selbst Verfasstes als selbst Gebasteltes an die Verwandtschaft. Nach einer Lehre als Industriekauffrau und dem Abitur am Abendgymnasium studierte sie Germanistik und Philosophie.

Mit ihrem Thriller „Injektion“ gelang ihr 2014 der Sprung in die Top 20 der Amazon-Kindle-Charts. Nach dem zweiten Teil, „Die Rache“, erschien 2015 der Thriller „Abgewiesen“, der es bis auf Platz 2 der Kindle-Charts schaffte und sich wochenlang in den Top 10 hielt. „So bitter die Schuld“ war sechs Wochen lang in den Top 10 der BILD-Bestsellercharts und mehrere Wochen an der Spitze der Kindle-Charts und wurde außerdem unter die fünf Finalisten des Storyteller-Awards gewählt.

Weitere lieferbare Titel:

So dunkel die Angst

So bitter die Schuld

Aus dem Verborgenen

Abgewiesen

Injektion

Die Katzenlady

Der Käfer

Diverse Kurzgeschichten in Anthologien

1. Kapitel

Fassungslos starrte er auf die Leiche zu seinen Füßen. Ein Rinnsal Blut, das aus dem winzigen Loch an ihrem Hinterkopf austrat, lief an ihrer Kopfhaut herunter und versickerte in ihren kupferfarbenen Haaren. Ihre Augen waren noch immer wie im Moment des Todes weit aufgerissen. Jetzt ging der Blick ins Leere.

Er versuchte, das Zittern seiner Hände unter Kontrolle zu bringen. Seine Stirn war schweißnass und sein Herz raste. Es war unmöglich, dass sie wirklich tot war. Dabei hatte er sich doch genau an den Ablauf gehalten. Und doch lag sie nun da und rührte sich nicht.

Ihr Herz schlug nicht mehr, obwohl er über zwanzig Minuten versucht hatte, sie wiederzubeleben. Vergebens. Sie ließ ihn einfach im Stich. Wo zur Hölle war ihm bloß der Fehler unterlaufen?

Er wischte sich mit dem Ärmel über die Stirn und zog sich dann Latexhandschuhe über. Es fiel ihm schwer, einen klaren Gedanken zu fassen. Wo sollte er jetzt bloß die Leiche entsorgen? Er konnte sie ja nicht einfach hierlassen. Mit einem solchen Ausgang hatte er überhaupt nicht gerechnet, einen Fehlschlag für ausgeschlossen gehalten. Somit hatte er sich für diesen Fall auch keinen Plan zurechtgelegt.

Vorsichtig löste er die Fesseln, die ihre dünnen Handgelenke kaum gehalten hatten. Er musste sie säubern und alle Spuren entfernen, die die Polizei zu ihm führen konnten. Sorgfältig wischte er sie mit einer Desinfektionslösung ab, die er zur Wundversorgung geholt hatte. Währenddessen überlegte er, wie es nun weitergehen sollte.

Er brauchte so schnell wie möglich einen Ersatz. Ein neues Mädchen, mit dem er noch mal von vorne beginnen konnte.

2. Kapitel

Lars umklammerte mit der einen Hand die Heckenschere und hielt sich mit der anderen an der Leiter fest. Die Anweisungen der alten Frau Bühler blendete er völlig aus, während er neugierig über die Hecke linste. Auf der gegenüberliegenden Straßenseite war eine junge Frau vor dem Gartentor des Nachbarn stehengeblieben, hatte einen kleinen Spiegel aus ihrer Tasche geholt und überprüfte nun ihr Aussehen.

Lars betrachtete sie interessiert. Ihre Haare leuchteten in der Sonne beinahe orangefarben. Sie erinnerte ihn ein wenig an die hübsche Nachbarin. Er hatte schon öfter versucht, ein Gespräch mit ihr anzufangen, doch meistens ignorierte sie ihn oder wimmelte ihn schnell wieder ab. Dabei wollte er sie doch nur in Ruhe anschauen, nicht nur flüchtig, wenn er sie im Innenhof traf. Einmal, es war Winter gewesen und schon früh dunkel geworden, da hatte er vor ihrem Fenster gestanden. Sie war in der Küche gewesen, nur ein Handtuch um sich gewickelt und hatte zu lauter Musik getanzt. Dabei hatte sie gelacht und gesungen.

Plötzlich war ein Mann gekommen und hatte sie umarmt, geküsst und ihr unter das Handtuch gefasst. Leider waren die beiden dann in einen der anderen Räume verschwunden, sodass Lars sie nicht weiter hatte beobachten können.

Ein Schweißtropfen lief ihm über die Stirn und tropfte von seiner Augenbraue auf die Wange. Er wischte ihn mit dem Handrücken weg. Für Mitte Mai war es zu sommerlich. Die Sonne brannte, und Lars war viel zu heiß in seinem dunklen Longsleeve und seiner Jeans. Zu Hause hatte er sich etwas Kurzes anziehen wollen, aber seine Mutter hatte es ihm verboten, damit er sich nicht in der Sonne verbrannte.

Die Frau auf der anderen Straßenseite hatte offensichtlich keine Mutter, die sich so um sie sorgte. Sie trug nur eine winzige Jeans, deren Beine kurz unter den Pobacken abgeschnitten waren, dazu ein weißes Top, das knapp unter den Brüsten endete, sodass man ihren kompletten Bauch sehen konnte. Eigentlich sah sie aus, als wäre sie gerade auf dem Weg ins Schwimmbad.

Fehlt nur noch ein riesiger Sonnenhut, dachte Lars. So wie die Frau, die auf dem Eingangsschild beim Freibad abgebildet war. Sie trug einen leuchtend weißen Badeanzug und hatte einen großen Strohhut auf dem Kopf, eine Sonnenbrille auf der Nase und lag am Beckenrand, wo sie auf das strahlend blaue Wasser blickte.

»Hallo?«, rief Roswitha Bühler und schnipste mit den Fingern. Als Lars sie fragend anschaute, verdrehte sie die Augen. »Du hast mir überhaupt nicht zugehört, oder?

Eigentlich habe ich keine Zeit, alles noch mal zu erklären. Achte bitte einfach darauf, dass die Hecke am Ende gerade ist und da vorne«, sie wedelte mit der Hand in Richtung Hoftor, »... das Amselnest auf keinen Fall zerstören. Außerdem nur die jungen Triebe schneiden. Eigentlich ist das Stutzen von Hecken oder Bäumen zurzeit verboten. Hast du das verstanden?«

»Amselnest«, wiederholte Lars. »Nicht kaputtmachen. Nur Triebe abschneiden, schön gerade machen. Hab ich kapiert.«

Roswitha Bühler seufzte. »Gut. Ich gehe jetzt eine große Runde mit meinem Harry. Das Haus schließe ich ab. Dein Geld liegt hinten auf dem Gartentisch, da steht auch eine Flasche Wasser für dich. Bestelle deiner Mutter bitte einen lieben Gruß von mir. Ich hoffe, es geht momentan mit ihrer Gesundheit einigermaßen.«

Lars nickte nur, weil er nicht wusste, was er darauf antworten sollte. Roswitha Bühler blieb noch einen Moment stehen und starrte ihn durchdringend an. Dann drehte sie sich um und ließ ihn allein. Im Weggehen murmelte sie kopfschüttelnd: »Na, hoffentlich wird das was.«

Lars ignorierte den Ausspruch. Hecke schneiden, das war einfach. Das konnte jedes Kind. Er hatte schon ganz andere Sachen hinbekommen. Im Kino seiner Eltern zum Beispiel musste er immer genau darauf achten, dass die Becher unter der Getränkemaschine nicht zu voll wurden oder aufpassen, dass niemand ohne Karte die Treppe zu den Vorführsälen raufging.

Außerdem erledigte er ständig kleinere Arbeiten in den Gärten von Leuten, die seine Eltern kannten. Früher war er traurig gewesen, dass er nicht Automechaniker hatte werden können, denn er liebte Autos und hätte gerne mehr darüber gewusst. Heute aber war er eigentlich ganz zufrieden. Er war seinen Eltern eine große Hilfe, gerade jetzt, wo seine Mutter an Krebs erkrankt war, und die älteren Menschen brauchten schließlich auch jemanden, der ihnen die Gärten in Ordnung brachte.

Kaum war Roswitha Bühler außer Sichtweite, stieg Lars auf die nächste Stufe der Leiter, um noch besser über die Hecke sehen zu können. Die Frau auf der anderen Straßenseite war verschwunden. Ein wenig enttäuscht machte Lars sich wieder an die Arbeit. Er hätte sie gerne noch ein wenig länger angeschaut.

Gewissenhaft suchte er die Oberseite nach herausstehenden Trieben ab und kürzte sie auf die Länge der älteren Äste. Mit jeder Minute, die er auf der Leiter stand, schien die Sonne heftiger zu werden. Der Schweiß lief ihm über die Stirn und an den Schläfen hinab, und das Longsleeve klebte an seinem Rücken.

Er warf einen Blick über die Schulter zum Haus und überlegte, ob er sich die Flasche Wasser holen sollte. Er wollte aber auf keinen Fall verpassen, wie die Frau aus dem Haus kam, also machte er mit trockener Kehle weiter: Leiter schieben, raufsteigen, einen Blick zum Haus gegenüber werfen, hellgrüne Triebe suchen, abschneiden, einen Blick zum Haus werfen ...

Als er gerade beim Amselnest angelangt war und der Vogel wild schimpfend aus der Hecke flatterte, nahm er hinter einem der Fenster im Erdgeschoss gegenüber eine Bewegung wahr. Kurz darauf öffnete sich die Tür, und die Rothaarige von vorhin trat mit einem älteren Mann im Schlepptau ins Freie.

»... Danke, Herr Professor Haubold. ... wirklich sehr weitergeholfen ...« Ein leichter Wind war aufgekommen und trug ihre Stimme zu Lars herüber. Der Alte begleitete die Rothaarige zum Hoftor, die Frau trug ein Buch unter ihrem Arm. Der Mann sagte etwas zu ihr, sprach dabei aber so leise, dass Lars es nicht verstehen konnte. Daraufhin lachte sie glockenhell und warf ihre kupferfarbenen Haare zurück.

Lars stieg von der Leiter. Er beobachtete durch die Zweige, welche Richtung die Rothaarige einschlug, und wartete noch einen Moment, bis der Nachbar von Frau Bühler wieder im Haus verschwunden war. Sobald er hörte, wie drüben die Haustür zugeworfen wurde, legte er die Gartenschere vor der Hecke ab und lief nach rechts über die Wiese.

Dort kletterte er über den Zaun und schlug die Richtung ein, in die die Frau verschwunden war. Zwei Seitenstraßen weiter hatte er sie eingeholt und verlangsamte sein Tempo. Mittlerweile war ihm so warm, dass seine Hose an den Beinen festklebte, und der Durst wurde immer heftiger. Er ignorierte das Gefühl und konzentrierte sich stattdessen auf den Hintern der Rothaarigen, der in einigen Metern Entfernung vor ihm mit jedem Schritt hin und her schwang.

Lars ging schneller, um sie noch besser sehen zu können. Ihre tollen Haare, ihre zarte Figur und ihren wunderschönen Hintern, von dem zwei lange schlanke Beine abgingen. Die gelockten Haare wippten auf und ab und glänzten so sehr in der Sonne, dass Lars am liebsten hingegangen wäre, um sie zu berühren. Nur kurz meldete sich sein Gewissen und sagte ihm, dass er eigentlich die Hecke von Frau Bühler schneiden sollte. Bestimmt bekam er Ärger, wenn sie vom Spaziergang mit Harry kam und sah, dass er nicht mehr da war. Doch irgendwie schaffte er es nicht, sich von der Frau zu lösen. Er wollte ihr zumindest noch ein bisschen länger hinterhergehen, sie anschauen. Dann würde er sofort zum Haus von Frau Bühler zurückkehren, endlich etwas trinken und seine Arbeit gewissenhaft zu Ende bringen.

Vor der Rothaarigen tauchte die Haltestelle auf, an der Lars immer in den Bus einstieg. Die Frau wurde langsamer und Lars ebenfalls. Hoffentlich wollte sie nicht den Bus nehmen. Doch er hatte Glück. Sie wühlte nur in ihrer Tasche, zog eine Flasche heraus und trank einen Schluck. Dabei ging sie weiter und ließ schließlich die Haltestelle hinter sich. Lars leckte sich über die trockenen Lippen. Er hätte jetzt auch gerne etwas zu trinken.

Ein paar Meter dahinter blieb sie dann plötzlich doch stehen und schaute sich um. Hatte sie ihn etwa bemerkt? Lars blieb ebenfalls stehen und drückte sich ein wenig in die Hecke, die sich zu seiner Rechten befand. Tatsächlich machte sie kehrt und ging den Weg zurück. Lars merkte, wie sein Herz anfing zu rasen.

Sie kam direkt auf ihn zu. Er starrte auf ihre Brüste, die bei jedem Schritt leicht auf und ab wippten. In seiner Hose wurde es eng und er stellte die Beine über Kreuz, damit man nicht auf den ersten Blick sah, dass er einen Ständer hatte. Doch die Rothaarige wollte gar nicht zu ihm. Sie stellte ihre leere Wasserflasche auf den

Mülleimer der Bushaltestelle und schlug dann wieder die andere Richtung ein.

Gerade als Lars sich ebenfalls wieder in Bewegung setzen wollte, stoppte ein Wagen neben ihr. Das Fenster auf der Beifahrerseite wurde heruntergelassen und sie beugte sich nach unten, wo sie ihre Arme auf der Autotür abstützte. Lars löste sich aus der Hecke und ging zur Bushaltestelle, um ihren Hintern besser sehen zu können, den sie gerade wunderbar rausstreckte.

»... eigentlich nicht nötig, ich habe es nicht mehr weit. Vielen Dank für das nette Angebot Herr Professor Haubold«, sagte die Rothaarige, als er nah genug an sie herangekommen war. Dann drehte sie sich um und schaute ihm direkt ins Gesicht.

Lars spürte, wie ihm die Hitze in den Kopf stieg, und senkte sofort den Blick. Er fühlte sich ertappt, dabei hatte er doch gar nichts gemacht. Ein lautes Brummen gefolgt von einem Zischen direkt neben ihm ließ ihn aufschrecken. Der Bus hatte an der Haltestelle gehalten und öffnete die Türen. Lars schaute den Fahrer an, der seine Sonnenbrille nach unten schob.

»He, was ist mit Ihnen? Steigen Sie ein oder was? Ich hab nicht ewig Zeit.«

Lars schüttelte verwirrt den Kopf, aber der Fahrer schaute ihn so missmutig an, dass er auf ihn hörte. Er griff in seine Hosentasche, holte das lose Kleingeld heraus und stieg in den Bus.

»Eine Haltestelle«, murmelte er dem Fahrer zu.

Der schüttelte nur brummelnd den Kopf und deutete nach hinten. Lars folgte seinem Blick und entdeckte einen Automaten, der etwa in der Mitte des Busses angebracht war.

»Da musst du dir ein Ticket ziehen«, sagte der Fahrer.

Lars nickte.

Während sich die Türen schlossen und der Fahrer anfuhr, stolperte Lars den schmalen Gang entlang zum Ticketautomaten. Jetzt erst bemerkte er erst, wie sehr er nach Schweiß stank. Kein Wunder, er schwitzte sich in den langen Klamotten zu Tode. Er lächelte der alten Dame entschuldigend zu, die ihn pikiert anstarrte, und suchte sich auf der Liste unter dem Display die Nummer für sein Ticket raus. Er hatte keine Ahnung, wie der Name der nächsten Haltestelle war, also zog er einfach eine Fahrkarte, die bis in die Innenstadt gültig war. Kaum hatte er sein Kleingeld in den Münzschlitz geworfen, da hielt der Bus schon wieder an. Der Fahrer öffnete die hintere Tür und beobachtete Lars durch den Rückspiegel, wie er noch auf sein Ticket wartete.

»Wir haben nicht ewig Zeit«, brüllte er durch den Bus, als Lars sich nicht bewegte.

»Aber ... mein Ticket«, antwortete Lars. Er konnte doch nicht aussteigen, bevor er eine gültige Fahrkarte hatte.

»Mach, dass du rauskommst, du Querkopf«, rief der Fahrer.

Lars warf noch einen Blick auf den Automaten und stolperte dann die Stufen hinunter. Mit den Händen in den Hosentaschen beobachtete er, wie sich zischend die Tür schloss. Seine Finger fuhren über eine harte Plastikkante. Er zog den Gegenstand aus der Tasche und betrachtete ihn. Es war die Plastikhülle, in der sein

Monatsticket steckte, damit es nicht so leicht zerknitterte, wenn er es mit sich herumtrug. Er hätte im Bus überhaupt keine Fahrkarte bezahlen müssen. Gerade als er dem Busfahrer winken und Bescheid sagen wollte, fuhr der Bus an und brauste davon.

Lars starrte ihm hinterher. So ein Mist. Jetzt konnte er sein Geld nicht mehr zurückbekommen. Immerhin stand neben der Bushaltestelle ein Getränkeautomat. Lars hatte das Gefühl, keinen Schritt mehr machen zu können, ohne vorher etwas getrunken zu haben. Er klaubte sein Kleingeld aus der Hosentasche zusammen und schaute die Preise an. Dann zählte er sein restliches Geld und rechnete. Es langte nicht. In der Hoffnung, sich verzählt zu haben, fing er noch mal von vorne an.

Am Ergebnis änderte sich jedoch nichts. Es fehlten ihm 20 Cent für das günstigste Getränk. Ihm lief das Wasser im Mund zusammen, während er die Capri Sonne durch die Plexiglasscheibe anstarrte.

Ernüchtert ließ Lars sich auf die blau angestrichene Gitterbank in der Haltestelle fallen. Wenn er schon nichts zu trinken bekam, brauchte er wenigstens eine kurze Pause. Er schaute sich um, in der Hoffnung, zufällig jemanden zu entdecken, den er aus dem Kino kannte und den er nach den fehlenden zwanzig Cent fragen konnte, doch es war niemand zu sehen. Mit dem Longsleeve wischte er sich den Schweiß von der Stirn und stand dann auf, um zum Garten von Frau Bühler zurückzugehen. Es war zwar noch ziemlich weit bis dorthin, aber immerhin wartete dort eine Flasche Wasser auf ihn.

Lars war gerade mal ein paar Meter gegangen, da entdeckte er den Wagen von gerade eben. Hinter der Windschutzscheibe erkannte er die orangeroten Haare der hübschen jungen Frau. Lars blieb stehen und schaute dem Auto hinterher, das in die nächste Seitenstraße einbog. Er wechselte die Straßenseite und blieb an der Ecke stehen.

Einige Häuser weiter blieb der Wagen stehen und die Beifahrertür öffnete sich. Tatsächlich stieg kurz darauf die Rothaarige aus dem Wagen. Ihr Haar leuchtete in der Sonne. Sie schaute sich um und winkte dann dem Wagen, der wendete und schließlich an Lars vorbeifuhr. Dann ging sie zu einem blau angestrichenen Haus, schloss die Tür auf und verschwand im Innern. Lars' Herz raste und der Durst war auf einmal wie weggeblasen. Er ging in die Straße, um sich das Haus genauer anzusehen. Friedrichstraße 35. Dort wohnte sie also.

3. Kapitel

»Na, war gestern wohl wieder spät?« Amüsiert betrachtete Natalie ihre Mitbewohnerin Johanna. Die spazierte gerade mit Augen auf halbmast in die Küche und fand kaum den Weg zur Kaffeemaschine. Es war bereits nach zwölf und Natalie war schon seit mehreren Stunden auf den Beinen.

»Hm«, grummelte Johanna, was genug Antwort war. Sie nahm eine Tasse aus dem Schrank, stellte sie unter die Padmaschine, die noch von Natalies Kaffee aufgewärmt war, und legte ein neues Kaffeepad ein. Während die Maschine röchelnd den Kaffee ausspuckte, ließ sich Johanna auf den Stuhl gegenüber von Natalie fallen und verschränkte ihre Arme auf der Tischplatte, um ihren Kopf darauf abzulegen. Anscheinend war es letzte Nacht nicht nur spät, sondern sehr spät gewesen.

»Brauchst du eine Kopfschmerztablette oder irgendwas?« Natalie stand auf und schaute in die Krimskramsschublade, ob sie noch Aspirin hatten. Sie fand nur einen leeren Blister, den sie in den Abfalleimer für den Gelben Sack warf.

»Ein ordentliches Katerfrühstück wäre was. Der letzte Tequila muss schlecht gewesen sein«, murmelte Johanna und hob ihren Kopf leicht an. »Magst du mir den Kaffee vielleicht rübergeben?«

Natalie nahm die Tasse aus der Maschine und stellte sie neben Johannas Ellenbogen ab.

»Danke dir«, sagte Johanna und führte die Tasse an die Lippen. »Das wird heute ein verschenkter Tag. Das nächste Mal kommst du bitte mit und sagst mir, wann ich mit dem Trinken aufhören soll.«

Natalie grinste. Es war typisch für Johanna, dass sie ihr Maß nicht kannte. »Wollte Isabell nicht vorbeikommen, damit ihr euer Referat für das Didaktikseminar vorbereiten könnt?«

Johanna zuckte mit den Schultern. »Keine Ahnung.«

»Du weißt, dass der Mühlenhoff gerne mal Leute von der Prüfung ausschließt, wenn sie das Referat schwänzen«, sagte Natalie. Es wäre nicht das erste Mal, dass Johanna ausgerechnet das Didaktikseminar abbrach. »Und was sagt Isa dazu? Das müsste ihr letzter Schein in Bio sein, oder täusche ich mich?«

Wieder ein Schulterzucken. »Bisher nichts.« Mit dem Daumennagel popelte Johanna etwas Wachs ab, das seit der letzten Party auf der Tischplatte klebte.

Natalie öffnete den Kühlschrank. Sie hatte noch nichts gefrühstückt und so langsam knurrte ihr Magen. »Du hast es ihr noch gar nicht gesagt?«, fragte sie und hob mit spitzen Fingern eine Packung Gouda an, deren Inhalt bereits gräulich-pelzige Flecken aufwies. Angewidert warf sie den verschimmelten Käse in den Abfalleimer. Sie musste dringend mal wieder den

Grundbedarf auffüllen. Wäre da nur nicht der chronische Geldmangel, unter dem sie beide litten.

»Nö. Wie auch? Ich erreiche sie seit vorgestern nicht. Habe es gestern dreimal versucht. Ständig ist das Handy aus und sie ist sich offensichtlich zu fein, mich mal zurückzurufen. Und da ich keinen Bock habe, das Referat alleine durchzuziehen, werde ich das Seminar vermutlich schmeißen.«

Natalie nahm ihre Tasse vom Tisch, um sich auch noch einen Kaffee zu machen und so ihren Magen zumindest mit irgendetwas zu füllen.

»Das sieht ihr überhaupt nicht ähnlich«, sagte sie laut, um das Gurgeln der Maschine zu übertönen. Sie dachte an den Artikel über die verschwundene Studentin aus Frankfurt, den gestern einer ihrer Freunde auf Facebook geteilt hatte. Die Frau wurde seit mehr als vier Wochen vermisst. »Wie lange hast du denn schon nichts von ihr gehört?«

»Puh, frag mich nicht. Ich hab es die letzten Tage immer mal wieder versucht, hatte aber nie Glück.«

»Hoffentlich ist ihr nichts passiert. Hast du das auch gelesen? Von dieser einen, die nach dem Joggen nicht mehr nach Hause kam?«

»Ich habe nichts mitbekommen«, sagte Johanna hinter ihren Händen, mit denen sie sich gerade übers Gesicht rieb. »Vermutlich hat sie ihr Handy verloren oder sich einfach entschieden, dass sie doch keine Lust auf ein Referat mit mir hat.«

»Kann schon sein. Aber dann könnte sie zumindest irgendwie Bescheid sagen.«

»Hätte meine Lieblingskommilitonin ihr Studium nicht in Rekordzeit durchgezogen, dann müsste ich mir keine Gedanken über verschollene Referatspartner machen.« Johanna warf ihr einen anklagenden Blick über die Schulter zu. »Man studiert nur einmal im Leben und da sollte man sich eine gute Zeit draus machen und nicht so durchhetzen, wie du es gemacht hast.«

Natalie lächelte, denn in dem Vorwurf versteckte sich wie häufig bei Johanna auch ein gut getarntes Kompliment. »Es ist ja echt hinreißend, dass du mich so vermisst, aber du hast doch selbst mitbekommen, wie das BAföG-Amt drauf ist. Und wenn es darum ging, meine Aufzeichnungen aus der Vorlesung abzuschreiben, weil du mal wieder geschwänzt hast, hat es dich nie gestört, dass ich die Fleißige von uns war.«

»Wir müssen doch jetzt nicht schon wieder durchkauen, dass dir auch ein Bildungskredit zugestanden hätte, der dich über die restliche Zeit gerettet hätte. Man muss eben aktiv werden, wenn man sein Leben genießen möchte. Immerhin hat man nur eines, und wenn du tot bist, bringt dir ein in Regelzeit absolviertes Studium auch nichts.« Johanna trank ihre Tasse leer und hielt sie dann Natalie hin. »Drückst du mir auch noch einen?«

Natalie nahm sie kopfschüttelnd entgegen. Ja, Johanna hatte gewissermaßen recht. Natalie hätte durchaus Möglichkeiten gehabt, ihr Studium entspannter durchzuziehen. Aber das hätte sie dann vor ihren Eltern rechtfertigen müssen, die ohnehin schon nicht unbedingt verstehen wollten, weshalb sie nicht einfach eine normale Ausbildung gemacht hatte, bei der man Geld verdiente. So war das eben in einer Familie, in der Studium ein Fremdwort zu sein schien, und in der Akademiker als elitär betrachtet wurden. »Ich stimme dir vollkommen zu«, sagte sie und stellte Johannas Tasse unter die Kaffeemaschine. »Wir müssen nicht erneut darüber diskutieren, dass ich nicht noch mehr Schulden anhäufen wollte, bloß um ein wenig die Faulenzerin raushängen zu lassen.«

Johanna trat nach Natalie, blieb aber weit genug von ihr entfernt, sodass sie nur die Luft traf. »Sei nicht gleich so eine Zicke. Wenn du ehrlich bist, hat es dir überhaupt nichts gebracht, durch das Studium zu hetzen. Du sitzt hier und wartest noch mindestens ein halbes Jahr auf den Vorbereitungsdienst. Sofern du in der zweiten Reihe einen Platz bekommst. Außerdem hast du keine Kohle. Eigentlich ist alles schlechter als vor dem Staatsexamen, oder nicht?«

»Es ist immer wieder schön, wie aufbauend du bist«, sagte Natalie, stellte den Kaffee vor Johanna ab und setzte sich wieder ihr gegenüber.

»Du weißt doch, wie ich es meine. Hast du denn was von der Schule gehört, in der du Praktikum gemacht hast?«

Natalie nickte. »Leider haben die momentan genug U-Plus-Kräfte. Aber sie melden sich, sollte jemand abspringen. Was ungefähr nie der Fall ist. Ich werde mir wohl etwas anderes suchen müssen für das nächste halbe Jahr.«

»Warte mal«, sagte Johanna, stand auf und verschwand im Flur. Kurze Zeit später kam sie mit ihrem Handy in der Hand zurück in die Küche. »Gut, dass ich da gleich an dich gedacht habe«, sagte sie und drehte das

Telefon so, dass Natalie das Display sehen konnte. Darauf war das Foto einer Stellenanzeige an einer Pinnwand.

Flexible und zuverlässige Servicekraft für CinePalace gesucht. Bis zu zwanzig Stunden die Woche. Arbeitszeiten vor allem am Wochenende und abends, stand darauf, darunter waren eine Telefonnummer und eine E-Mail-Adresse vermerkt.

»Mhh«, brummte Natalie. »Klingt nicht gerade nach einem Traumjob. Wahrscheinlich darf ich das runtergefallene Popcorn wegsaugen und die leeren Getränkebecher aufsammeln.«

»Außerdem Kinokarten abreißen und in den Pausen die neuesten Blockbuster für umsonst anschauen. Stell dir mal vor.« Johanna lächelte sie mit einem übertriebenen Strahlen an. Sie sollte eigentlich ganz genau wissen, dass Natalie nicht wirklich ein Filmfan war. Meist schlief sie vor dem Fernseher oder im Kino sogar ein und steckte deshalb viel lieber ihre Nase in ein gutes Buch. »Aber mal im Ernst. Ich will ja gar nicht eigennützig klingen, aber willst du lieber dank eines blöden Jobs die Miete bezahlen und auch mal eine neue Packung Käse kaufen können, oder auf die perfekte Stelle warten und mich alleine auf den Kosten sitzenlassen? Was meinst du, was ich schon alles gemacht habe, um am Ende des Monats nicht weit im Minus zu landen? Pferdeställe ausmisten ist nur einer der Scheißjobs, die ich angenommen habe.«

»Im wahrsten Sinne des Wortes.« Natalie hob abwehrend die Hände. »Aber du hast ja recht. Ist ja nicht für immer und wenn sich etwas Besseres ergibt, kann ich jederzeit wieder kündigen. Ist auf jeden Fall besser, als dich auf der Miete sitzen zu lassen, Frau Hauptmieterin.« Sie lehnte sich über den Tisch und wedelte mit dem Zeigefinger vor Johannas Gesicht herum. »Aber dafür rufst du jetzt noch mal bei Isa an und siehst zu, dass ihr dieses blöde Referat zusammen macht. Irgendwann muss sie ja mal rangehen.« *Vorausgesetzt, ihr ist wirklich nichts passiert*, fügte Natalie in Gedanken noch hinzu.

»Deal«, sagte Johanna und hob demonstrativ ihr Telefon. »Wird sofort erledigt. Übrigens wäre dein Zimmer schneller untervermietet, als du Piep sagen kannst, wenn du mich auf der Miete sitzen ließest.« Sie zwinkerte und tippte mit schnellen Bewegungen auf ihrem Display herum. Kurz darauf ertönte Isabells Stimme in der Küche. Die Mailbox war angesprungen.

»Kann gerade nicht rangehen, Nachricht nach dem Ton.«

»Hey, ich bins, Johanna. Meld dich doch endlich mal, wenn du das abhörst. Wir haben nächste Woche ein Date und sollten dafür noch ein bisschen was vorbereiten. Außerdem hat Natalie Angst, dass du entführt wurdest, wenn du nichts von dir hören lässt.« Johanna legte auf. »Hoffentlich hat sie eine gute Ausrede für diese blöden Spielchen. Langsam nervt mich diese Unzuverlässigkeit wirklich.«

4. Kapitel

Isabell wachte auf. Ihr Mund war ausgetrocknet und ihr Körper feucht und klebrig vom Schweiß. Es war mitten in der Nacht. Zumindest glaubte sie, dass es mitten in der Nacht sein musste, denn es war stockfinster um sie herum. Mit dröhnendem Kopf schaute sie sich um, konnte aber rein gar nichts erkennen. Sie erinnerte sich nicht, dass sie jemals ihr Schlafzimmer so dunkel bekommen hätte.

Sie konnte sich ja nicht mal zurückbesinnen, wann sie ins Bett gegangen war. So einen Filmriss hatte sie schon lange nicht mehr gehabt. Aber was war passiert? Sie hatte Wäsche aufgehängt, daran erinnerte sie sich. Und dann - eine Party - sie hatte vorgehabt, auf eine Party zu gehen. 90er Jahre Motto, dafür hatte sie extra ihre Eltern angerufen, ob dort noch die alten Buffalo-Plateautreter im Keller rumstanden. Doch jetzt war da keine Erinnerung, ob sie überhaupt aus dem Haus gegangen war. Aber Alkohol musste wohl im Spiel gewesen sein. Viel davon.

Langsam setzte sie sich auf, wunderte sich kurz über das seltsame Knistern, das ihr Bett von sich gab, und tastete nach der Wasserflasche, die sie normalerweise auf ihrem Nachttisch lagerte. Die Stelle war jedoch leer, ja nicht einmal den Nachttisch konnte sie finden. Ihr Herz setzte einen Moment aus. Sie drehte sich um und befühlte die Matratze, bis sie mit den Fingern an eine Wand stieß.

Das hier war auf keinen Fall ihr Zuhause, denn ihr Bett stand mitten im Raum. Hatte ihr jemand etwas ins Getränk gemischt? Man hörte ja immer wieder von K.-o.-Tropfen, die irgendwelche Arschlöcher ahnungslosen Frauen in die Gläser träufelten, um sie dann als angeblich volltrunken mit zu sich nach Hause zu schleppen und sich an ihnen zu vergehen. Aber das passierte doch immer nur anderen, Frauen, die man nicht kannte. Nie einem selbst.

War da nicht erst so ein Bericht gewesen? Eine Studentin von ihrer Uni, die nach ihrer morgendlichen Joggingrunde nicht mehr nach Hause gekommen war? Ja, sie hatte sogar noch überlegt, ob sie die junge Frau nicht kannte.

Isabell atmete die aufsteigende Panik weg. Sie musste jetzt ruhig bleiben, nachdenken. Vielleicht war alles gar nicht so schlimm, wie sie es sich gerade ausmalte. Langsam stand sie von dem Bett auf, das ungewöhnlich hoch war, und tapste mit ausgestreckten Armen durch den Raum. Irgendwann traf sie auf eine weitere Wand, ohne auf Einrichtungsgegenstände oder andere Dinge gestoßen zu sein. Sie tastete sich an der Wand entlang, aber nirgends war ein Lichtschalter. Verdammt noch mal, wo zur Hölle war sie gelandet?

»Hallo?«

Ihre Stimme hallte von den Wänden wider. Bis auf ihre eigene Stimme antwortete ihr niemand. Sie versuchte es noch einmal, diesmal lauter. Wieder ohne Erfolg.

Isabell versuchte, sich zu beruhigen. Männer, die anderen Drogen ins Getränk mischten, waren nicht auf Studentenpartys. Die gingen in Großraumdiscos, wo sie niemandem auffielen. Außerdem kannte Isabell die meisten Leute, mit denen sie feiern ging. Niemand von denen würde sie so einfach mit einem fremden Typen mitgehen lassen. Aber wie zur Hölle kam sie dann hierher? War sie freiwillig mit einem selbsternannten Mr. Grey mitgegangen, der sie nun einsperrte, um sich später mit ihr zu »amüsieren«?

Nein! Sie verdrängte den Gedanken. Vermutlich gab es eine völlig rationale Erklärung und in ein paar Stunden würde sie sich über sich selbst und ihre finsteren Gedanken kaputtlachen.

Diese Hoffnung verflog, als sie kurze Zeit später bei einem zweiten Rundgang eine Tür in der Dunkelheit ertastete. Sie suchte nach dem Schlüsselloch und schaute hindurch. Es war nichts zu erkennen. Entweder war es auf der anderen Seite auch stockfinster oder jemand hatte etwas davor geklebt oder hineingesteckt. Ohne große Hoffnung drückte sie die Klinke nach unten.

Die Tür rührte sich nicht. »Scheiße!«, rief sie und wieder: »Verdammte Scheiße. Ich will hier raus!« Sie zerrte fester, rüttelte an der Klinke, lehnte sich schließlich mit ihrem gesamten Gewicht nach hinten und stieß sich zusätzlich mit einem Bein von der Wand ab. Die Tür gab nicht einen Millimeter nach.

Sie tastete die Wand neben dem Türrahmen ab. Auch hier gab es keinen Lichtschalter.

»Lasst mich sofort hier raus, ihr Schweine!«

Sie schrie, bis ihre ausgetrocknete Kehle sie im Stich ließ und sie nur noch ein heiseres Krächzen herausbrachte. Dann tastete sie sich zurück durch den Raum in die Richtung, in der sie das Bett vermutete, stieß mit ihrem kleinen Zeh an den Metallrahmen und ließ sich auf die Matratze fallen.

Der Schmerz war unangenehm, doch er machte sie auch wieder etwas klarer im Kopf. Erst jetzt fiel ihr auf, dass die Matratze anscheinend gar keine war, sondern eher eine Liege mit einem Kunstlederbezug, wie man sie sonst in Arztpraxen vorfand. Außerdem fand sie weder eine Decke noch ein Kopfkissen.

»Wozu auch«, murmelte sie sich selbst zu. »Hier drin ist es heiß wie in der verfluchten Hölle.«

Sie stand wieder von dem Bett auf und legte sich auf den Boden. Der kühle Beton linderte zwar nicht ihren Durst, aber sie fühlte sich jetzt zumindest nicht mehr, als würde sie jeden Moment zerfließen. Sie versuchte, ruhig zu atmen, das trockene Gefühl in ihrem Mund zu ignorieren und sich irgendwie Mut zuzusprechen. Für immer würde man sie bestimmt nicht hier in dem Loch lassen. Was hätten ihre Entführer - sie war sich mittlerweile sicher, dass sie nicht freiwillig hier gelandet war - denn schon davon, sie in einem stockfinsteren Raum verdursten zu lassen?

Plötzlich kam ihr ein noch beunruhigenderer Gedanke. Was, wenn man sie hier drin mit Infrarot-Kameras beobachtete? Wenn da draußen jemand saß und sich an ihrem Leiden aufgeilte?

Sie hatte da mal einen Thriller gelesen, in dem es um Psychopathen ging, die Mädchen entführten und quälten, während über Webcams andere Männer auf der ganzen Welt dabei zusahen und dem Täter Tipps und Anregungen gaben, was er seinem Opfer als Nächstes antun konnte. Das Foltern ging so lange, bis die Mädchen schließlich starben.

War sie in die Fänge eines solchen Psychopathen gelangt? Eines Perversen, der ihr Dinge antun würde, bei denen sie sich wünschte, einfach nur verdurstet zu sein?

Isabell streckte ihren Arm in die Luft und hob ihren Mittelfinger in die Höhe. Sie würde nicht so einfach kleinbeigeben, kein einfaches Opfer sein.

»Scheißwichser«, rief sie, doch ihre Stimme versagte sofort wieder.

War es Zufall oder war sie tatsächlich beobachtet worden? Jedenfalls öffnete sich kurze Zeit später die Tür.

Das grelle Licht, das durch den Spalt fiel, blendete sie und sie kniff die Augen zusammen.

»Ah, du bist wach«, sagte eine männliche Stimme und Isabell blinzelte. Jemand stand im Türrahmen.

»Wer bist du? Was zur Hölle hast du mit mir gemacht?« Isabell setzte sich auf und kroch rücklings von dem Mann weg. Wenn sie ihn weit genug in den Raum hineinlockte, könnte sie vielleicht an ihm vorbeikommen und flüchten.

»Du hast Angst, nicht wahr? Verstehe ich. Vollkommen. Wer hätte das nicht in einer solch ungewohnten Situation? Aber ich werde dir nicht wehtun.« Seine Stimme klang seltsam gedämpft, so als würde er beim Sprechen etwas vor seinen Mund halten.

Mittlerweile hatten sich ihre Augen an das Licht gewöhnt und sie erkannte etwas mehr als nur die Umrisse des Mannes. Er trug einen weißen Malerkittel und sein Gesicht war zur Hälfte mit einem Mundschutz bedeckt. Deswegen klang er also so seltsam. Die Maske verfälschte seine Stimme und sein Aussehen so sehr, dass sie nicht identifizieren konnte, ob sie ihn kannte. »Warum verdammt noch mal bin ich dann hier eingesperrt?«

»Das ist eine berechtigte Frage, die ich dir aber jetzt noch nicht beantworten werde. Nur so viel verrate ich dir: Ich habe Großes mit dir vor. Dafür musst du aber erst mal ausnüchtern.« Die Silhouette verschwand aus der Tür und Isabell setzte sich auf. Noch bevor sie jedoch auf die Füße kam und einen Fluchtversuch starten konnte, stand der Mann wieder in der Tür und versperrte ihr den Weg.

»Du hast bestimmt Durst«, sagte er, die Hände in die Hüften gestemmt.

Jetzt, da er es sagte, spürte Isabell auf einmal wieder ihre trockene Kehle. Ihre Zunge schien an ihrem Gaumen zu kleben. Sie nickte, obwohl sie sich nicht sicher war, ob hinter der Frage eine Falle steckte. »O ja. Unerträglichen.« Sie kniff ihre Augen zusammen und versuchte, unter dem Kittel seine Statur zu erkennen.

War er stark genug, sie aufzuhalten, wenn sie lossprinten würde?

»Hier draußen habe ich eine leckere Suppe für dich. Die wird nicht nur dafür sorgen, dass du dich besser fühlst, sondern auch den Prozess beschleunigen. Möchtest du sie haben?«

Wieder nickte Isabell. Sie hätte zwar lieber ein Glas eisgekühlte Cola gehabt, aber Suppe war immerhin Flüssigkeit und würde außerdem noch ein wenig sättigen.

»Gut. Dann setz dich aufs Bett.«

Isabell beugte sich. Wenn sie nur befolgte, was er von ihr verlangte, würde er vielleicht tatsächlich sein Versprechen einhalten und ihr nicht wehtun. Warum sollte er ihr sonst auch Suppe anbieten, wenn er eigentlich vorhatte, sie umzubringen?

»Und jetzt dreh dich mit dem Rücken zu mir!«

Sie gehorchte.

»Sehr gut. Und jetzt halt deine Hände so, dass ich sie sehen kann. Sobald du dich auch nur irgendwie von der Liege herunterbewegst, während ich den Becher hole, nehme ich die Suppe wieder mit. Wann ich dann das nächste Mal komme, weiß ich noch nicht. Aber ich würde mich nicht darauf verlassen, dass es allzu bald ist.«

Beim letzten Satz klang seine Stimme so bedrohlich, dass Isabell keine Zweifel mehr daran hatte, dass er sie hier verdursten lassen würde. Also kniete sie sich hin, spreizte ihre Arme und legte die Hände an die Wand, als wäre sie in einer Polizeikontrolle und würde gleich nach Waffen durchsucht werden.

Der Mann blieb noch einen Moment stehen, dann hörte sie, wie sich seine Schritte entfernten und kurz darauf wieder näherten. Aus dem Augenwinkel bemerkte Isabell, dass es in dem Raum heller wurde. Sie traute sich jedoch nicht, sich umzudrehen, bevor sie die Tür hinter sich hörte. Der Mann hatte die Suppe sowie ein Knicklicht vor das Bett gestellt. Etwas zu trinken hatte er ihr nicht dagelassen, aber die Suppe, die eigentlich nicht mehr als eine klare Brühe war, würde fürs Erste zumindest den schlimmsten Durst stillen. Bis das Salz darin ihn nur noch verschlimmern würde, doch daran wollte Isabell noch nicht denken.

Sie bückte sich, nahm die Tasse in die Hand und setzte sie gierig an. Der erste Schluck verbrannte ihr die Lippen und die Zunge und beinahe hätte sie ihn wieder ausgespuckt.

»So eine Scheiße«, fluchte sie. Ihr gesamter Mundraum fühlte sich dank der Verbrühung nun seltsam pelzig an. Sie stellte die Tasse wieder ab, hob ihre beiden Mittelfinger in die Luft und schwenkte sie über ihrem Kopf hin und her. Nur für den Fall, dass er sie beobachtete und sich jetzt über ihre Ungeschicktheit kaputtlachte. »Da freust du Penner dich, hm?«

Während sie darauf wartete, dass die Suppe eine trinkbare Temperatur annahm, schaute sie sich mit Hilfe des Knicklichtes in ihrem Gefängnis um.

Die Wände, die Decke und auch der Boden, der nur aus dem Estrich bestand, waren schwarz angestrichen und schluckten das meiste des schwachen Lichts. Der Raum war insgesamt etwas kleiner, als sie ihn durch das Ertasten eingeschätzt hatte. Er war etwa quadratisch und ungefähr dreimal so lang wie die Liege, auf der sie erwacht war. Unter ihrem *Bett* stand eine kleine Kiste aus weißem Plastik. Sie ging in die Knie, öffnete den Deckel und leuchtete mit dem Knicklicht hinein. Der Boden war bedeckt mit kleinen Steinchen. War das etwa ...?

Isabell griff in die Kiste, ließ den Inhalt durch ihre Finger rieseln. Ja, das war tatsächlich Katzenstreu. Aber hier war überhaupt keine Katze. Was hatte das zu bedeuten? War das alles ein dummer Scherz von ihren Freunden, mit denen sie in letzter Zeit ausgiebig über die Kastrationspflicht von Freigängerkatzen diskutiert hatte? Vielleicht eine Art makabere Strafe dafür, dass sie gesagt hatte, Katzen müssten eigentlich überhaupt nicht nach draußen, solange sie im Haus genug Platz zum Toben hatten.

»Ihr Penner, das ist nicht lustig«, rief sie. »Ihr macht mir echt Angst.«

Von draußen kam keine Reaktion. Tränen traten ihr in die Augen. »Lasst mich doch endlich raus hier«, schluchzte sie, doch sie glaubte selbst nicht mehr daran, dass all das hier ein makabrer Spaß war. Sie war in die Fänge eines Perversen geraten und er konnte mit ihr anstellen, was er wollte.

5. Kapitel

Natalie bückte sich nach den Bechern unter den Kinosesseln. Aus dem Saal nebenan drangen laute Pistolenschüsse zu ihr herüber. Sie versuchte, Lars zu ignorieren, der hinter ihr an der Tür stand und sie bei jedem ihrer Schritte beobachtete. Gerade in diesem Moment starrte er vermutlich auf ihren Hintern und der Sabber lief ihm über das Kinn.
Natalie schüttelte es bei dieser Vorstellung und sie konzentrierte sich auf den tiefroten Teppichboden, der überall in den Sälen ausgelegt war. Die Fasern waren stellenweise klebrig und überall lag Popcorn verteilt, das sie gleich noch wegsaugen musste. Danach wäre ihr Probearbeitstag beendet. Vermutlich hatte Lars von seinem Vater den Auftrag bekommen zu schauen, wie sie sich anstellte - was er nun etwas zu ernst nahm. Den gesamten Nachmittag hatte er sie keine Sekunde aus den Augen gelassen. Ein Wunder, dass er ihr nicht auch noch auf die Toilette gefolgt war.

Natalie drehte sich zu ihm um. »Kannst du mir bitte schon mal den Staubsauger holen?«, fragte sie in der

Hoffnung, ihn wenigstens für ein paar Minuten von der Backe zu haben. »Dann geht das Ganze hier ein wenig schneller.«

Lars schüttelte den Kopf und schaute sie streng an. »Du musst lernen, wo die Sachen zu finden sind.«

»Aber ich weiß ja längst, wo er steht. Wir könnten nur eine Menge Zeit sparen, wenn du ihn schon mal herholst, während ich hier noch den restlichen Müll einsammle.«

Er schüttelte erneut den Kopf, dieses Mal heftiger. »Wenn man Dinge lernt, muss man sie immer öfter machen, damit man sie sich richtig merken kann. Also musst du das selbst machen, tut mir leid«, sagte er. »Außerdem geht es nicht um Schnelligkeit, sondern um Ordnung. Es muss sauber sein.«

Natalie wandte sich um und verdrehte die Augen. Zu gerne hätte sie ihm gesagt, dass es sehr wohl auch auf die Geschwindigkeit ankam. Immerhin musste der Saal bis zur nächsten Vorstellung bereit sein. Es brachte jedoch nichts als Ärger, eine Diskussion mit der Person anzufangen, die nicht gerade besonders smart zu sein schien, und die womöglich am Ende noch ausschlaggebend für ihre Einstellung war. Dabei war sich Natalie nicht mal mehr so sicher, ob sie den Job überhaupt wollte. Vermutlich blieb ihr jedoch kaum eine andere Wahl, denn sie brauchte dringend das Geld. Also bemühte sie sich, eine gute Miene zu diesem Spiel zu machen.

»Du hast da was übersehen«, rief er von hinten und deutete auf eine der Sitzreihen in Natalies Nähe.

»Schau, da liegen noch zwei Popcorntüten. Die müssen auch weg.«

Natalie schaute sich um, konnte aber nicht ausmachen, welche Reihe er meinte. Dann setzte sie ein falsches Grinsen auf und sagte: »Oh, das muss ich wohl übersehen haben. Ich mache es sofort weg.« Irgendwann würde sie die Tüten schon erwischen, von denen er sprach.

Als sie vorne an der Leinwand angekommen war, drehte sie sich um und fuhr zusammen. Lars hatte sich, ohne dass sie es mitbekommen hatte, in die zweite Reihe gesetzt und lächelte sie an. »Du bist sehr schnell und ordentlich«, sagte er und nickte. Währenddessen kratzte er sich mit dem kleinen Finger ausgiebig hinter dem rechten Ohr und begutachtete anschließend die Schicht Hautschuppen, die sich dabei unter seinem Nagel gebildet hatte. Dabei bildeten sich Falten auf seiner Stirn und Natalie fragte sich, wie alt er eigentlich war. Mit dem Daumennagel der anderen Hand entfernte Lars die Schicht Schuppen und schmierte sie an die Armlehne des Sessels, auf dem er saß.

Natalie drehte sich angewidert von ihm weg. Sie fragte sich, warum sie nicht vorher bemerkt hatte, dass er plötzlich hinter ihr saß. Sie hätte ihn riechen müssen, denn er verströmte einen unangenehmen Geruch nach altem Schweiß.

»Danke«, antwortete sie, weil sie davon ausging, dass es sich bei dem Hinweis auf ihre Geschwindigkeit um eine Art Kompliment handelte.

»Weißt du, was hier einmal passiert ist?«, fragte Lars. Er verschränkte die Hände hinter seinem Kopf und sah sie erwartungsvoll an.

Natalie schüttelte den Kopf. »Nein, weiß ich nicht.« *Woher sollte ich auch,* fügte sie im Geiste hinzu.

»Oh, das war ganz schön ...« Er zog die Stirn kraus und schien nach dem richtigen Wort zu suchen. »Aufregend. Aber irgendwie auch eklig. Bisher habe ich es auch noch niemandem gesagt, nur dir jetzt.«

»Na, dann erzähl mal«, sagte Natalie, die nun doch neugierig geworden war.

»Also.« Er holte tief Luft und zog die Augenbrauen nach oben. »Einmal, da war der Film gerade zu Ende, das Licht im Saal noch gedimmt. Ich wollte schnell nach Hause und bin sofort hier rein, damit ich aufräumen kann. Plötzlich, da hörte ich ganz seltsame Geräusche. Zuerst dachte ich, der Film läuft noch, aber der Beamer war aus.« Er machte eine bedeutungsvolle Pause und grinste dabei debil vor sich hin.

»Mehr ist nicht passiert? Du hast Geräusche gehört, sonst nichts?«

»Nein!«, rief er. »Jetzt warte doch und lass mich erst mal fertig erzählen. Also, ich hab diese Geräusche gehört, aber sie kamen nicht aus den Boxen. Da war noch jemand.«

»Im Saal?«

»Mhm. Ganz vorne. Ich war ganz leise, weil ich wissen wollte, was die da machen. Und rate mal was ich gesehen habe!«

Natalie hatte einen Verdacht, aber sie wollte ihn nicht aussprechen, also sagte sie nur: »Keine Ahnung. Verrate es mir.«

»Da war ein Mann und auch noch eine Frau. Und der Mann hatte seine Hose runtergezogen und hat mit der Frau ... Na, er lag auf ihr drauf und hat sie ...« Lars kicherte und hielt sich dabei die Hand vor den Mund.

Natalie schloss die Augen und atmete tief durch. »Ich verstehe schon«, sagte sie und versuchte ein Lächeln. »Und du hast sie dann rausgeworfen?«

»Aber ja! Das geht nicht, sowas kann man doch nicht im Kino machen. Nicht in unserem!«

»Hier erlebt man schon ganz schön komische Dinge, hm?«

»O ja.«

Natalie schaute sich um. Soweit sie es überblicken konnte, war sie durch mit dem Einsammeln von Müll. »Dann hole ich mal den Staubsauger und komme gleich wieder«, sagte sie und war froh, endlich etwas Abstand zwischen sich und Lars bringen zu können.

Er sprang vom Sitz auf und kam auf den Gang. »Ich gehe mit dir. Muss schließlich schauen, ob du alles richtig machst.«

Natalie ließ die Tüte mit Müll sinken, die sie gerade angehoben hatte. »Beim Staubsauger holen?«, fragte sie. »Was kann da schon schiefgehen?«

»Mein Vater hat gesagt, ich soll schauen, ob du alles richtig machst. Also komme ich mit.«

Natalie hob abwehrend die Hände, schnappte sich danach den Müllsack und stapfte die flachen Stufen nach oben. Sie konnte nur hoffen, dass sie ihre Schichten nicht allzu oft mit Lars teilen musste, wenn sie genommen wurde. Der Typ war wirklich unerträglich. Wie ein Hündchen schwänzelte er hinter ihr her zum Wirtschaftsraum und zurück zum Kinosaal, wo er sie genauestens dabei beobachtete, wie sie die klebrigen Brocken Popcorn und Nachos vom Teppich aufsaugte. Als sie fertig war, ging er noch einmal alle Reihen ab und nickte schließlich.

»Hast du gut gemacht. Ist ja erst dein erster Tag und trotzdem alles sauber. Das schafft nicht jeder.«

»Danke«, sagte Natalie und fragte sich, welche Nullnummern sich hier sonst so vorstellten, die nicht mal das hinbekamen. »Möchtest du mich auch dabei begleiten, wenn ich den Staubsauger wieder wegräume?«

Lars schüttelte den Kopf. »Dafür habe ich keine Zeit. Ich muss jetzt kurz zu meinem Vater, mit ihm über dich sprechen und dann auch bald nach Hause. Meine Mutter wartet auf mich. Sie hat nämlich Krebs und ich muss ihr helfen.« Damit drehte er sich um und ließ Natalie alleine im Kinosaal zurück.

Erleichtert atmete sie auf, setzte sich für einen Moment in die erste Reihe, streckte die Beine aus und schloss die Augen. Seit sie am Nachmittag am Kino angekommen war, hatte Lars sie nicht einen Augenblick aus den Augen gelassen. Langsam fiel die Anspannung von ihr ab. Schließlich stand sie auf, legte sich den Schlauch des Industriestaubsaugers um die Schultern und schleppte das unhandliche Teil die Treppe nach oben, um es im Wirtschaftsraum zu verstauen. Dann ging sie zu der Tür daneben mit der Aufschrift *Privat.*

Die Stimme von Lars drang durch die Tür. Natürlich hatte er gewartet, bis sie kam. Dabei hatte er doch gerade noch behauptet, er müsse dringend zu seiner Mutter.

Eigentlich müsste Natalie reingehen, dem Schallmeyer und seinem ekligen Sohn die Meinung geigen und ihm sagen, dass er sich seinen Job in die Haare schmieren sollte. Oder zumindest klarstellen, dass sie ein solch aufdringliches Verhalten von Lars auf Dauer nicht akzeptieren würde. Aber sie war noch nie gut darin gewesen, Grenzen zu setzen. Außerdem brauchte sie das Geld und ihre Einstellung hing vermutlich auch davon ab, wie sie sich Lars gegenüber verhielt. Es half alles nichts, sie musste es zumindest versuchen. Sie fasste sich ein Herz und klopfte an.

Lars öffnete ihr und grinste sie vielsagend an. Sie drängte sich an ihm vorbei und achtete darauf, dass sie ihn nicht berührte.

»Ah, Frau Dreher, kommen Sie doch, setzen Sie sich bitte«, sagte Gerhard Schallmeyer. Er deutete mit der Hand an, dass sie sich einen Stuhl nehmen sollte. »Mein Sohn hat mir ja schon gesagt, dass er zufrieden mit Ihrer Leistung war.«

Natalie setzte sich und Lars schloss die Tür. Dann nahm er sich den Stuhl neben Natalie, zog ihn näher zu ihr heran und setzte sich ebenfalls. Er nickte seinem Vater zu. »Sehr zufrieden. Sie war schnell und ordentlich«, wiederholte er das, was er bereits zu ihr selbst gesagt hatte.

»Wunderbar. So jemanden können wir gebrauchen.« Gerhard Schallmeyer hob einige Papiere von seinem Schreibtisch und stapelte sie auf der Tischplatte.

»Ich würde Sie gerne als Unterstützung einstellen. Mein Sohn wird demnächst nicht mehr so viel Zeit haben, im Kino zu arbeiten, deswegen ist es gut möglich, dass Sie auch ein oder zwei Schichten mehr übernehmen müssten, als in der Anzeige angegeben. Ist das von der Zeit her ein Problem für Sie?«

»Absolut nicht. Momentan kann ich jeden Cent gebrauchen und bin zeitlich auch mindestens für ein halbes Jahr flexibel.« Sie hatte ihm verschwiegen, dass sie eigentlich nur auf eine Stelle im Vorbereitungsdienst wartete. Sie hatte schon einige Absagen bekommen, weil sie nicht genau hatte sagen können, wie langfristig sie die Stelle besetzen konnte. Mit etwas Glück konnte sie diesen Job sogar während des Vorbereitungsdienstes behalten. Wenn sie Abendschichten übernehmen könnte oder am Wochenende eingeteilt wurde, wäre das ein netter Zusatzverdienst. Das Gehalt als angehende Lehrkraft war mehr als kläglich und die Schulden an das BAföG-Amt wollten auch noch zurückbezahlt werden.

Schallmeyer schob seinen Stuhl zurück, stand auf und streckte Natalie die Hand entgegen. »Dann steht dem wohl nichts mehr im Wege«, sagte er. Sie gab ihm ihre Hand und er zerquetschte ihr beinahe die Finger, als er zudrückte. »Ich mache den Vertrag fertig, und dann melde ich mich bei Ihnen, damit Sie zum Unterschreiben vorbeikommen.«

»Und ich werde dir alles zeigen«, rief Lars, der ebenfalls aufgestanden war. »Aber jetzt muss ich los. Nach Hause. Meine Mama wartet schon auf mich.«

»Du lieber Himmel. Das habe ich ja vollkommen vergessen. Deine Schwester hat ja heute keine Zeit.«

Schallmeyer rieb sich mit seinen wulstigen Fingern über die Augenbrauen. Dann kam er um den Schreibtisch herum und legte seine Hand auf Natalies Schulter. »Frau Dreher, wie siehts aus? Würden Sie sich zutrauen, noch eine halbe Schicht zu übernehmen? Sie könnten nach Beginn der Vorstellung dann gleich gehen, mein Sohn kann heute Abend den Rest übernehmen. Das rechnen wir natürlich schon auf Ihre Arbeitszeit an ...«

Natalie nickte. Solange Lars nicht dabei war, übernahm sie die Schicht liebend gerne.

Zwei Stunden später trat sie aus dem Gebäude. Es war bereits dunkel. Sie schaute auf die Uhr. Ihre Bahn hatte sie gerade verpasst, also blieb ihr noch eine halbe Stunde Zeit. Sie überquerte die Straße und schlug den Weg in Richtung Tankstelle ein, um eine Flasche Sekt für sich und Johanna zu besorgen. Kartenabreißerin und Popcornverkäuferin im Kino war kein Traumberuf, bedeutete aber, dass sie kein Hartz IV beantragen musste, um das nächste halbe Jahr die Miete bezahlen zu können. Also allemal ein Grund zum Feiern.

Ein Schwall kühler Luft kam ihr entgegen, als sie den Verkaufsraum betrat. Zwei junge Männer stritten sich vor der Theke, welche Zigarettenmarke sie von ihrem restlichen Geld kaufen sollten, während die Verkäuferin am Tresen lehnte und sie gelangweilt beobachtete. Natalie ging an die Kühlschränke, suchte eine Flasche, die ihr Budget nicht gnadenlos sprengte, und stellte sich hinter den beiden Männern an, die noch immer keine Entscheidung getroffen hatten.

»Tabak würde uns doch viel länger reichen als dein Scheißpäckchen Marlboro. Von denen bekomme ich außerdem immer Kopfschmerzen. Wärst du nicht so ein ignoranter Arsch, wüsstest du das«, pöbelte der eine, woraufhin der andere jammerte: »Dann muss ich aber drehen und das hasse ich wie die Pest. Wenn ich eine rauchen will, dann will ich nicht vorher fünf Minuten rummachen ...«

»Jungs, ihr habt doch sicher nichts dagegen«, unterbrach Natalie, hob die Flasche und drängte sich an ihnen vorbei, »Ich bin weg, bevor ihr euch entschieden habt, versprochen.«

Anstatt einer Antwort erntete sie verwunderte Blicke. Schließlich zuckte der eine mit den Schultern. »Mach doch, ich hab eh keine Lust mehr«, sagte er, schnappte sich zwei Euro aus der Hand des anderen und stürmte aus dem Verkaufsraum.

»Hey, warte gefälligst«, rief der andere ihm hinterher und lief ihm nach.

Als Natalie sich zu der Verkäuferin umdrehte, rollte die genervt mit den Augen.

»Keine Sorge, ich weiß genau, was ich will«, sagte Natalie und stellte ihre Flasche auf den Tresen. Dabei fiel ihr Blick auf die Schlagzeile der BILD-Zeitung.

Vermisste Studentin tot aufgefunden.

Das abgedruckte Foto unter der Überschrift ließ Natalies Herz für einen Moment aussetzen. Die junge Frau sah auf den ersten Blick beinahe aus wie Isabell. Fassungslos starrte Natalie auf den Artikel, doch die Buchstaben verschwammen vor ihren Augen. Konnte das wirklich Isabell sein? Vor etwas mehr als einer

Woche hatte sie doch noch bei Johanna und ihr in der Küche gesessen, Wein getrunken und über die Qualen des kommenden Semesterendes gesprochen.

Sie überflog die ersten Zeilen unter der Überschrift und atmete erleichtert auf. Bei der Leiche handelte es sich offenbar um die junge Frau, die seit mehr als vier Wochen vermisst wurde. Somit konnte es sich unmöglich um Isabell handeln.

»Wirklich krass, oder? Und quasi um die Ecke. Könntest genauso auch du gewesen sein oder ich«, sagte die Verkäuferin und holte Natalie zurück ins Hier und Jetzt.

»Schrecklich. Man glaubt immer, es passiert überall außer bei einem selbst in der Nähe.« Sie griff in ihren Geldbeutel und holte einen Euro raus. »Die Zeitung nehme ich auch noch mit«, sagte sie, legte das Geld zu dem für den Sekt auf den Tresen, nahm sich ihre Flasche und stürmte aus der Tankstelle.

6. Kapitel

»Lars? Komm bitte mal zu mir ins Wohnzimmer.« In der Stimme seiner Mutter lag eine Mischung aus Enttäuschung und Ernüchterung. Lars spürte, wie ihm das Blut in den Kopf stieg und er fing an zu schwitzen. Seine Muskeln verkrampften sich so sehr, dass er kaum atmen, geschweige denn von seinem Bett aufstehen konnte. Es würde gleich richtigen Ärger geben, und er konnte sich denken, weshalb.

»Hast du mich gehört? Lars?«, rief sie noch einmal. Ein Hustenanfall folgte. Widerwillig stand Lars auf und öffnete langsam seine Zimmertür. Eigentlich war er gerade dabei, sich ein Video im Internet anzuschauen. Zwei Mädchen spielten ein Horrorspiel auf dem Computer und sie schrien so schön, wenn sie sich erschreckten. Lars musste jedes Mal kichern, wenn der Axtmörder um die Ecke kam und sie aufkreischten und sich dann über sich selbst kaputtlachten. Doch dieser Spaß war nun vorbei. Er tappte über den ausgetretenen Teppich in der Diele. Die Tür zum Wohnzimmer war angelehnt.

Im Raum war es düster und die Temperatur trotz der Hitze, die draußen herrschte, dank der geschlossenen Rollläden angenehm. Der Fernseher, auf dem seine Mutter vorhin noch ihre Lieblingssoap geschaut hatte, war nun ausgeschaltet. Sie saß aufrecht auf dem Sofa, das sie seit der Krankheit nur noch selten verließ.

Der Krebs zehrte ihren Körper aus und überall waren durch ihre fahle Haut die Knochen zu sehen. Kaum zu glauben, dass sie noch vor zwei Jahren eine starke Frau gewesen war, die ihm mit einer Ohrfeige mal das Trommelfell zum Platzen gebracht hatte. Durch die Medikamente waren ihr alle Haare ausgefallen, die nun langsam wieder nachwuchsen.

Früher hatte sie glatte und vor allem sehr dünne Haare gehabt. Jetzt waren auf ihrem Kopf plötzlich krause Locken, die aussahen, als würden sie zu einer schwarzen Frau gehören. Lars fragte sich, ob Gott jedes Haar nur einmal vergeben konnte und ob man, wenn man es verlor, dann eines von ihm bekam, das völlig anders aussah. Nur so konnte er sich diese Veränderung erklären. Bestimmt kannte seine Mutter die Antwort, doch er traute sich nicht, sie danach zu fragen.

Im Gegensatz zu ihrem Haupthaar waren ihre Wimpern und Augenbrauen noch nicht wieder gewachsen, sodass sie an manchen Tagen aussah, als wäre sie längst tot. Manchmal gruselte Lars sich, wenn sie im Dunkeln vor dem Fernseher saß. Dann traute er sich kaum ins Wohnzimmer, weil er sich vorstellte, dass sie ihn gleich anfallen könnte wie ein Zombie aus *The Walking Dead*.

Sogar seine Schwester hatte einmal vor ihm zugegeben, dass sie Angst hatte, weil ihre Mutter so schlecht aussah. Dabei war sie die Mutigere und Stärkere von beiden. Als Kind war Lars manchmal zu ihr ins Bett gekrochen, wenn er einen Alptraum gehabt hatte, damit sie ihn beschützte.

Die Erinnerung an die Person, die seine Mutter einmal gewesen war, verblasste bei Lars mehr und mehr. Und doch hatte er noch Angst vor ihr, wenn er irgendwas falsch gemacht hatte. Er schaute sie an und fragte sich, ob das jemals vergehen würde.

»Setz dich dahin, wir haben zu reden«, sagte sie leise. Mit ihren dünnen Fingern umklammerte sie die E-Zigarette, mit der sie seit der Krankheit ihre üblichen zwei Schachteln Zigaretten täglich ersetzte. Sie rauchte immer noch ab und an heimlich, wenn sie glaubte, dass so schnell niemand nach Hause kommen würde. Der Rauchgeruch hing aber in ihrer Kleidung und dann gab es meist Streit zwischen ihr und seinem Vater.

Lars setzte sich auf den Sessel und krallte sich in die Armlehnen.

Seine Mutter warf ihm einen Blick zu, aus dem man ablesen konnte, wie niedergeschlagen sie wegen ihm war. So saß sie eine Weile da und ließ ihn schmoren. »Frau Bühler hat mich angerufen«, sagte sie dann endlich. Sie nahm einen tiefen Zug, atmete den Dampf ein und pustete ihn in den Raum. Er roch süßlich. Ein wenig wie Zuckerwatte auf dem Rummel. »Vermutlich weißt du, weshalb, oder?«

Lars senkte den Blick. Er schämte sich dafür, dass er seine Arbeit nicht mehr zu Ende gemacht hatte.

Plötzlich fühlte sich sein Mund ausgetrocknet an. Er räusperte sich.

»Kannst du dir denken, was sie von mir wollte?«, fragte seine Mutter noch einmal. Ihre Stimme war schwach und sie klang müde. In ihrem Gesicht lag eine Mischung aus Traurigkeit und Enttäuschung. Beinahe so wie früher, als klar gewesen war, dass Lars seine Schule nicht schaffte. Sein Vater hatte damals vorgeschlagen, ihn wegen seiner schlechten Noten auf eine Förderschule zu schicken, doch seine Mutter hatte darauf bestanden, dass er weiter in seiner Klasse blieb. Lars war immer schlechter geworden, bis er schließlich die letzten beiden Schuljahre wiederholen musste und ohne Abschluss von der Schule ging.

»Antworte mir endlich.«

»Glaub schon«, murmelte Lars. Er schaute auf seine Füße hinab und zuckte mit den Schultern. Im Geiste malte er mit dem großen Zeh das Muster des Teppichs nach, wie er es als Kind schon immer getan hatte, wenn er etwas ausgefressen hatte. Nervös knetete er sich die Hände. Natürlich wusste er ganz genau, weshalb Roswitha Bühler angerufen hatte. »Es tut mir leid«, sagte er. Am liebsten hätte er seine Mutter zur Entschuldigung umarmt, aber er traute sich nicht. Sie war zu Recht sauer auf ihn. Dabei hatte er die Hecke doch gar nicht absichtlich halbfertig gelassen.

Er hatte einfach die Zeit aus den Augen verloren, während er auf der anderen Straßenseite von der Wohnung der Rothaarigen gestanden und zu ihrem Fenster hinaufgestarrt hatte. Als er dann zurück am Haus von Frau Bühler angekommen war, hatte sie bereits die Geräte und die Leiter weggeräumt. Sogar das Wasser und der Umschlag mit dem Geld waren vom Tisch verschwunden gewesen. Er hatte geklingelt, aber es hatte niemand aufgemacht. Vermutlich war sie nun stinksauer auf ihn. Und seiner Mutter ging es offensichtlich nicht anders.

»Hörst du mir jetzt mal zu?«, sagte seine Mutter und riss ihn aus den Gedanken. »Du weißt doch, dass ich einfach nicht mehr die Kraft habe, mich um solche Kleinigkeiten zu kümmern. Das muss funktionieren. Du musst funktionieren. Stattdessen enttäuschst du mich jedes Mal wieder aufs Neue. Es ist unmöglich, dass du mir das in meinem Zustand zumutest. Keinerlei Rücksicht.« Sie schüttelte den Kopf.

»Aber ich tu doch schon alles«, murmelte Lars, obwohl er wusste, dass seine Mutter seine Ausflüchte nicht hören wollte. Er schaute sie an. »Ich war nur kurz abgelenkt und dann habe ich die Zeit vergessen ...«

Seine Mutter hob die Hand, um ihn zum Schweigen zu bringen. »Warum das passiert ist, ist mir völlig egal. Ich betreibe hier schließlich keine Ursachenforschung.« Sie machte eine Pause und schüttelte mit trauriger Miene den Kopf. »Es will mir nicht einleuchten, was ich bei dir falsch gemacht habe. Sieh doch deine Schwester an. Sie hat ein Kind, sie geht arbeiten, sie bekommt ihr Leben alleine geregelt. Und du? Nichts als Sorgen machst du uns. Du liegst uns mit Ende zwanzig immer noch auf der Tasche und erledigst nicht mal die wenigen Aufgaben ordentlich, die dir aufgetragen werden.«

»Es tut mir ja auch leid. Bitte sei nicht so wütend auf mich. Ich werde versuchen, es wiedergutzumachen.«

Lars fand es unfair, dass sie ihn immer mit seiner Schwester verglich. Sie war viel klüger als er, hatte sogar Abitur. Natürlich konnte er mit ihr nicht mithalten. Dabei hatte er doch versucht, eine richtige Arbeit zu finden. Aber keine der Autowerkstätten, bei denen er sich als Jugendlicher beworben hatte, wollte ihn nehmen.

Seine Mutter wollte zu einer Antwort ansetzen, wurde jedoch jäh von einem Hustenanfall unterbrochen. Mit weit aufgerissenen Augen schnappte sie nach Luft, keuchte und hustete sich die Seele aus dem Leib. Ihre Hand zitterte, als sie auf das Sauerstoffgerät deutete, das hinter dem Sofa stand. Lars beobachtete einen Moment, wie sie immer panischer wurde, und setzte sich dann in Bewegung. Er schnappte sich das Gerät, rollte es zu ihr und drückte ihr die Maske auf Mund und Nase.

Es dauerte eine Weile, bis sich ihre Atmung normalisierte. Ihre Gesichtsfarbe hatte sich von Rot zu Weiß gewandelt und sie lehnte mit geschlossenen Augen auf den aufgetürmten Kissen.

Lars betrachtete die Hand, mit der sie sich die Maske aufs Gesicht drückte. Ihre Haut schien immer dünner zu werden, man konnte beinahe jede Ader darunter erkennen. Durch das ganze Gewicht, das sie verloren hatte, ragten die Fingerknochen deutlich heraus.

Nachdem sie sich beruhigt hatte, legte sie die Maske auf den Tisch und strich sich über den Kopf.

»Bestimmt brauchst du jetzt deine Ruhe. Ich gehe auf mein Zimmer«, sagte Lars leise und drehte sich um.

»Vergiss nicht, mir heute Mittag noch meine Tabletten für die Woche einzusortieren. Außerdem sollst du um vier im Kino sein, die Schicht übernehmen.«

Lars blieb wie angewurzelt stehen. »Heute? Aber es war ausgemacht, dass ich nicht muss diese Woche. Papa hat es versprochen, weil ich letzte Woche so fleißig war und wir außerdem eine neue Aushilfe haben.«

»Keine Ahnung was du mit deinem Vater abgesprochen hast, und es ist mir auch egal. Ich kann mich nicht auch noch darum kümmern, was mit diesem verdammten Kino ist. Er hat gesagt, du sollst um vier seine Schicht übernehmen, also wirst du das auch tun.«

Obwohl Lars ihr den Rücken zugewandt hatte, spürte er die bohrenden Blicke seiner Mutter. »Ist gut«, murmelte er und ging in die Diele. Dann musste er sich jetzt eben beeilen, damit er es vorher noch zu der Rothaarigen schaffte. Es war jetzt einige Tage her, dass er zum letzten Mal dort gewesen war, und er wollte zumindest einen Blick auf sie werfen. Auf sie und ihre wunderschönen roten Locken.

7. Kapitel

Nachdem der Mann Isabell die Suppe gebracht hatte, tat sich lange nichts. Das Licht war längst ausgegangen und der Durst war nach einer kurzfristigen Linderung durch die Suppe nur noch stärker geworden.

Um sich abzulenken, hatte sie, solange der Plastikstab noch geleuchtet hatte, den Raum abgesucht, um irgendeinen Ausweg zu finden. Mit den Fingernägeln hatte sie versucht, die Schrauben am Türschloss aufzubekommen, doch sie waren ihr allesamt abgebrochen, ohne dass sich auch nur eine einzige Schraube bewegt hatte. Auch gezielte Tritte gegen die Tür waren ohne Erfolg geblieben, lediglich ihr Fuß pochte nun und fühlte sich geschwollen an. Sie hatte keine Chance, ohne ihn hier rauszukommen. Was hatte er bloß mit ihr vor? Mittlerweile war sie bestimmt schon länger als einen Tag hier drin. Er hatte sie doch ganz sicher nicht eingesperrt, nur um ihr Suppe zu servieren.

In der Zwischenzeit drückte ihr ziemlich die Blase. Noch konnte sie es einhalten, denn die Scham war größer. Sie hatte zu viel Angst, dass er sie über eine versteckte Kamera beobachtete. In eine Kiste voller Katzenstreu zu pinkeln, fühlte sich an wie eine völlige Unterwerfung. Als würde sie aufgeben. Ein solches Signal wollte sie auf keinen Fall aussenden. Er sollte sie gefälligst hier rauslassen und auf ein richtiges Klo gehen lassen.

Sie versuchte sich zu erinnern, was genau er vorhin zu ihr gesagt hatte. Nüchtern wollte er sie. Was sollte das bitte schön bedeuten? Für ihre Begriffe war sie es längst, war es schon gewesen, als sie in diesem verdammten Gefängnis aufgewacht war. Sie konnte sich ja nicht mal daran erinnern, überhaupt getrunken zu haben.

»Ich bin nüchtern«, rief sie und tippte sich mit geschlossenen Augen an die Nase. Obwohl sie Angst hatte, was er mit ihr anstellen würde, war alles besser, als hier alleine im Dunkeln eingesperrt zu sein. »Siehst du? Du kannst mich jetzt rausholen. Mach die Tür auf, komm schon!«

Nichts passierte. Isabell wurde wütend. Nicht nur auf ihn, sondern auch auf ihre Freundinnen. Warum hatte niemand nach ihr geschaut? Sie ging nie alleine auf Partys und eigentlich war abgemacht, dass die Mädels aufeinander achteten. Vielleicht hatten ihre Freundinnen sie ja längst als vermisst gemeldet und die Polizei suchte bereits nach ihr. Dann musste sie nur noch etwas länger durchhalten und sie würde befreit werden. Der Gedanke daran machte ihr wieder etwas Mut. Ganz bestimmt war es so. Es musste einfach so sein. Ihre Freundinnen hatten noch am selben Abend die Polizei verständigt. Es war nur eine Frage der Zeit, bis man sie finden würde.

Blieb die Frage, was der Typ bis dahin mit ihr anstellen würde. Wollte er Sex mit ihr haben? Irgendwelche perversen Spielchen treiben? Etwas in der Art von Shades of Grey? Sie wusste, dass echte Anhänger von BDSM das Buch als softe Version der Realität ansahen. Dass es noch viel härtere Praktiken gab als die, die dort beschrieben wurden. Sie hatte keine Angst davor, dass er sie umbringen würde. Dann wäre sie eben tot. Davon bekam man in der Regel nichts mit. Aber das, was er vorher mit ihr machen würde, das versetzte sie in Panik. Die Schmerzen, die sie möglicherweise erwarteten.

Isabell verdrängte den Gedanken. Ja, offensichtlich war sie in die Hände irgendeines Irren geraten. Aber sie würde nicht so einfach aufgeben und irgendwelche Quälereien über sich ergehen lassen. Sie würde kämpfen, wenn er das nächste Mal die Tür öffnete. Ihn irgendwie nahe an sich heranlocken und ihm dann einen gezielten Tritt in die Weichteile verpassen. Das hielt auch der härteste SM-Freak nicht ohne Weiteres aus.

Den Moment, in dem er sich vor Schmerzen auf dem Boden krümmte, würde sie zur Flucht nutzen. Sie würde die Tür hinter sich zuwerfen, ihn einsperren und raus aus dieser Hölle ins Freie flüchten. Dort würde sie schon jemanden finden, der ihr half. Sie durfte nur den Moment nicht vermasseln. Und damit das nicht passierte, sollte sie vorher dringend ihre Blase entleeren.

Isabell stand also auf und tastete sich langsam in die Richtung, in die sie die Kiste vorhin geschoben hatte. Nach wenigen Schritten stieß sie mit dem Fuß dagegen.

Einen Moment stand Isabell in der Dunkelheit und rang mit sich. Doch der Druck auf der Blase war einfach zu groß. Sie ließ ihre Hose bis zu den Knöcheln herunter und ging in die Hocke. Dann lehnte sie sich etwas zurück, stützte sich mit einer Hand an der Wand hinter sich ab und tastete mit der anderen, ob sie wirklich über der Kiste hockte.

Sie schloss die Augen und leerte ihre Blase. Selten hatte sie so eine Erleichterung verspürt wie in diesem Moment. Mit jeder Sekunde entspannte sich ihr Bauch und sie merkte, wie sie wieder klarer denken konnte, da die drückenden Schmerzen in ihrem Unterleib endlich nachließen. Da der Mann ihr kein Klopapier dagelassen hatte, verblieb sie noch eine Weile in dieser Position und zog erst dann wieder die Hose nach oben. Die Stelle zwischen ihren Beinen fühlte sich feucht an und sie ekelte sich vor sich selbst. Es wurde Zeit, dass sie hier rauskam.

Sie ging zurück zu dem Bett und legte sich hin. Das Gesicht zur Wand gedreht schloss sie die Augen und versuchte, das leere Gefühl in ihrem Magen zu verdrängen. Um sich die Zeit zu vertreiben und sich abzulenken, sang sie sich im Kopf alle möglichen Lieder vor, von denen sie die Texte kannte. Sie sagte sich Gedichte auf und erzählte sich Märchen nach. So verging Stunde um Stunde. Isabell schlief ein, sie wachte auf, sie brüllte und flehte, doch er kam nicht zurück. Mittlerweile war sie sicher schon mehrere Tage hier eingesperrt.

Wenn er nicht bald zurückkam, würde sie überhaupt keine Kraft mehr haben, sich gegen ihn zu wehren. Und genau das war vermutlich sogar sein Ziel. Er versuchte, sie auszuhungern und dadurch mürbe zu machen.

Plötzlich fiel es ihr wie Schuppen von den Augen. Das meinte er mit nüchtern. Er wollte sie schwächen, ihren Willen brechen. Wenn sie erst mal lange genug weder Essen noch Trinken bekommen hatte, würde sie sich ihm schon unterwerfen, zu schwach sein, um Widerstand zu leisten. Doch da hatte er sich geschnitten. So leicht war sie nicht unterzukriegen.

Hunger ist nur ein Gefühl, das man ignorieren kann, dachte sie sich trotzig. *Magersüchtige schaffen es schließlich auch, wochenlang nichts außer Flüssigkeit zu sich zu nehmen.*

Isabell versuchte, sich mit diesen Gedanken Mut zu machen, doch sie bezweifelte, dass es bei ihr so funktionieren würde. Sie war noch nie sonderlich gut darin gewesen, auf Mahlzeiten zu verzichten. Wo ihre Freundinnen früher in der Schule teilweise den ganzen Vormittag über nichts gegessen hatten, war ihr Pausenbrot meist schon nach den ersten zwei Stunden aufgebraucht gewesen, und in der zweiten Pause hatte man sie dann am Kiosk gefunden. Immerhin war sie ein guter Verwerter und bisher hatte nie etwas angesetzt, was ihr den Neid der weiblichen Personen in ihrem Umfeld einbrachte.

»... hast du recht. Aber ich bin einfach noch nicht so weit. Ich weiß, du brauchst die Sachen ... Nein! Hör zu ...«

Isabell versteifte sich. Er war zurück, stand wahrscheinlich gerade direkt vor ihrer Tür. Doch mit wem sprach er da? Hatte er etwa einen Komplizen? Gegen zwei Männer würde sie sich unmöglich wehren können.

Ein Schlüssel wurde ins Schloss gesteckt. In Erwartung, jeden Moment geblendet zu werden, kniff Isabell die Augen zusammen. Doch die Tür blieb geschlossen. Stattdessen hörte sie von draußen wieder die Stimme des Mannes, dieses Mal sprach er jedoch leiser und sie verstand nicht, was er sagte. Eine Weile blieb er vor der Tür und unterhielt sich mit einer Person, die sie nicht hören konnte. Vielleicht hatte sie Glück und es war gar niemand bei ihm. Vielleicht sprach er ja am Telefon. So oder so, sie würde es wohl bald herausfinden, denn endlich öffnete sich die Tür.

Die erwartete Helligkeit blieb aus. Nur das Knicklicht in seiner Hand erleuchtete die Dunkelheit ein wenig. Er kam auf sie zu. Jede Faser ihres Körpers war bis zum Zerreißen gespannt. Gleich würde er in ihrer Reichweite sein. Nur noch ein paar Schritte ...

Als er vor ihr stand, sprang Isabell auf, zog ihr Knie an den Körper und stieß dann mit voller Wucht ihren Fuß nach vorne in die Richtung seines Schritts. Sie stieß einen Schrei aus und legte alle Kraft in diesen Tritt. Er ging ins Leere. Mit einer geschickten Bewegung wich der Mann ihr aus, packte im nächsten Moment ihr Bein und zog ruckartig daran.

Isabell verlor das Gleichgewicht und kippte nach hinten. Verzweifelt ruderte sie mit den Armen und versuchte, Halt zu finden. Vergeblich. Sie knallte ungebremst mit dem Rücken auf den harten Betonboden. Der Aufprall presste ihr die Luft aus den Lungen. Panisch schlug sie um sich, traf aber nichts als den Rahmen des Bettes.

»Das war überhaupt nicht nett«, keuchte der Mann über ihr. Sein Gesicht erschien in ihrem Blickfeld. Es war erneut hinter einem Mundschutz verborgen, nur seine Augen waren zu erkennen. »Ich habe dir gesagt, dass ich dir nicht wehtun werde und das habe ich weiterhin nicht vor. Wenn du mich allerdings dazu zwingst, bleibt mir gar keine andere Wahl. Und glaub mir, ich werde nicht davor zurückschrecken. Auch wenn es sehr schade um dich wäre.«

»Es ... es tut mir leid«, keuchte Isabell, die langsam wieder zu Atem kam. »Ich ... werde mich ab jetzt ... benehmen.«

»Und das versprichst du mir?«

Sie nickte.

»Gut. Hoffen wir es für dich. Denn in diesem Fall wirst du hier völlig unbeschadet rauskommen. Aber noch bist du nicht so weit.«

Isabell versuchte, stark zu bleiben. Ihm ihre Angst nicht zu zeigen. Doch sie schaffte es nicht. »Was ... was haben Sie mit mir vor?«, stammelte sie und schluchzte. Sie hatte ihre einzige Chance vermasselt. Hatte daneben getreten. Eine weitere würde sich nicht mehr ergeben, denn ab jetzt war er vorgewarnt. Nun war sie ihm und seinen Fantasien ausgeliefert.

»Das wirst du noch früh genug erfahren«, sagte er und drehte ihr den Rücken zu. Er bückte sich, legte das Knicklicht neben der Tür ab und ging aus dem Raum.

»Hier ist deine Suppe. Trink sie, solange sie noch warm ist.« Er stellte einen Becher neben das Licht, warf die Tür von außen zu und schloss ab.

Isabell drehte sich auf die Seite, presste ihre Lippen an ihren Bizeps und schrie tonlos ihre Verzweiflung heraus.

8. Kapitel

Leises Klopfen riss Arndt aus seiner Lektüre. Wütend presste er die Lippen aufeinander. Er saß in seinem Büro zu Hause und bereitete sich für eine wichtige Tagung vor. Dafür brauchte er seine volle Konzentration. Er hatte seiner Putzfrau etliche Male erklärt, dass sie ihn im Büro nicht stören sollte, wenn die Tür geschlossen war. Ganz bestimmt würde er sie jetzt nicht hereinbitten. Es war ihr Problem, wenn sie seine Anweisungen nicht befolgen konnte.

Es klopfte noch einmal, dann öffnete sich die Tür einen Spalt breit und Marion steckte ihren Kopf hindurch. »Ich würde für heute Feierabend machen«, sagte sie und setzte ein unschuldiges Lächeln auf. »Nächste Woche kommen dann wie besprochen die Fenster dran und die Schränke in der Küche sollten auch mal wieder ausgewischt werden.«

Er blickte nur kurz auf, nickte und versenkte sich dann wieder in seinem Buch. »Ist gut. Auf Wiedersehen«, murmelte er und blätterte geräuschvoll die Seite um, damit seine Putzfrau nicht wieder auf die Idee kam, ihn in ein belangloses Gespräch über nichtige Alltäglichkeiten zu verwickeln.

»Ach, übrigens ...«

Er schloss die Augen und atmete tief ein. Sie schaffte es nicht nur, sich konsequent seinen Anweisungen zu widersetzen, sie verstand auch nicht mal die offensichtlichsten Hinweise darauf, dass sie unerwünscht war. »Was gibt es denn noch?«, fragte er und vermied es weiterhin, ihr den Kopf zuzuwenden.

»Keine Sorge, ich will Sie gar nicht lange von der Arbeit abhalten. Bestimmt sind Sie schwer beschäftigt. Nur eine Sache: Die Studentin, die letzten Freitag hier war ...« Sie kam in den Raum, obwohl sie wusste, wie sehr er es hasste, wenn jemand unaufgefordert sein Büro betrat. »Die hat wohl ihren Geldbeutel liegen gelassen. Den wollte ich Ihnen nur schnell bringen, vielleicht können Sie ihn ihr an der Universität zurückgeben. Mich wundert, dass ihr das noch nicht aufgefallen ist ...«

Sie legte eine quietschgrüne Brieftasche auf seinen Schreibtisch neben das Buch, in dem er gerade las, und neigte neugierig ihren Kopf. Er klappte schnell den Deckel zu, doch offensichtlich reichte schon der Titel aus, um sie zum Bleiben zu animieren.

»Oh, über die menschliche Seele. Dass Sie als Biologe so etwas interessiert, hätte ich ja nicht gedacht. Für mich hat sich das immer ausgeschlossen. Esoterik und Wissenschaft meine ich.« Sie nickte, wie um sich selbst zu bestätigen. Als Arndt nichts darauf erwiderte, fuhr sie unbekümmert fort. »Wissen Sie, ich glaube ja schon immer, dass es da mehr geben muss, als wir beweisen können. Ich meine, woher sollte es sonst kommen, dass alle Menschen mit Nahtoderlebnissen von den gleichen Dingen berichten? Ich für meinen Teil habe da so eine Vermutung: Weil es eine Seele gibt, die bei unserem Tod die nutzlose Hülle verlässt, und dann kann man sich von außen betrachten. Und wissen Sie, warum das so ist? Also warum die Seele den Menschen verlässt?«

Arndt schnaufte anstelle einer Antwort. Es war an der Zeit, sich nach einer neuen Haushaltshilfe umzusehen. Diese hier hatte offensichtlich kein Gefühl dafür, wann ihre Meinung zu einem bestimmten Thema gefragt war und wann nicht. Sie ließ sich von seiner Schweigsamkeit nicht beeindrucken.

»Ich sage es Ihnen: Weil sie sich auf den Weg zu ihrer nächsten Aufgabe macht. Warum sollte so eine Seele denn auch nur einmal funktionieren? Wissen Sie, was ich auch interessant finde? Berichte von Menschen, die sich an ihr vorheriges Leben erinnern. Da habe ich mal einen besonders spannenden Artikel in einer Zeitschrift beim Arzt gelesen.«

Arndt lächelte und nickte. Er konnte sich vorstellen, wie fundiert dieser Artikel sicherlich gewesen war. Die Käseblätter in den Wartezimmern waren schließlich bekannt dafür, die neuesten Erkenntnisse der Wissenschaften zu verbreiten. »Wollen Sie wissen, was genau ich da lese? Vielleicht ist es ja auch etwas für Sie.« Nur mit Mühe konnte er sich ein ironisches Grinsen verkneifen.

»O ja, aber bitte.«

»Das Buch heißt *de anima* und ist von Aristoteles, einem der bekanntesten Philosophen der griechischen Antike.«

»Ach du liebe Güte. Das klingt aber kompliziert.«

»Das ist es auch. Es besteht aus drei Teilen, die aufeinander aufbauen.« Er deutete auf den Buchdeckel. »In diesem hier beschäftigt er sich mit der Frage, wie es möglich ist, Wissen über die Seele zu erlangen. Und damit meint er Wissen, das bewiesen werden kann, nicht einfach nur wilde Annahmen. Außerdem stellt er sich genau die Frage, die Sie und Ihre Zeitschrift aus dem Lesezirkel eben einfach mal so beantwortet haben.«

»Oh«, machte sie und lief rot an. Sie realisierte wohl gerade, dass sie sich mit ihren Theorien über das Weiterleben der Seele nach dem Tod weit aus dem Fenster gelehnt hatte. »Welche Frage denn?«

»Na, Sie sagten doch gerade, dass Sie glauben, die Seele könne außerhalb des Körpers existieren. Genau mit diesem Thema hat Aristoteles sich auch beschäftigt. Genau genommen war er, soweit bekannt, der erste Mensch in der Antike, der ein Werk darüber geschrieben hat, ob die Seele Vorgänge aufweist, die nicht dem Lebewesen zugerechnet werden können. Er fragte sich also, ob die Seele unabhängig von menschlichen Körpern existieren kann.«

Marions Augen schienen immer größer zu werden. »Ich ... ich verstehe kein Wort.«

Arndt lächelte. Damit hatte er fest gerechnet. »Das ist überhaupt nicht schlimm. Nicht jeder kann sich für Philosophie interessieren. Aber vielleicht lernen Sie daraus, dass sie nicht jedem Artikel einfach so glauben sollten, den Sie in irgendwelche Zeitschriften entdecken.«

Sie nickte, doch anscheinend hatte sie immer noch nicht genug, um sich endlich zu verabschieden. Wie eine lästige Klette blieb sie an seinen Schreibtisch gelehnt neben ihm stehen.

»Schätzen Sie doch mal, wann er dieses Buch geschrieben hat.«

»Keine Ahnung. Woher sollte ich so etwas wissen?«

»Natürlich. Ich werde es Ihnen verraten. Er schrieb es etwa dreihundert Jahre, bevor Jesus Christus angeblich geboren wurde. Ist das nicht faszinierend? Schon damals machten sich die Menschen ähnliche Gedanken wie wir heutzutage. Und wir behaupten, wir wären eine moderne Gesellschaft.«

Nun sah sie so aus, als würden ihr gleich die Augen rausfallen. Mit offenem Mund schnappte sie nach Luft. »Aber ... aber wie ist das möglich? Da gab es doch ... Bestimmt lachen Sie über mich, aber ich wusste nicht, dass es damals schon Menschen gab.«

Arndt wusste nicht, ob er lachen oder weinen sollte. Er konnte kaum glauben, dass es in der heutigen Zeit noch jemanden gab, der dermaßen uninformiert in Sachen Menschheitsgeschichte war. »Sie gehen jetzt am besten nach Hause, setzen sich an den Computer und informieren sich ein wenig über ...« Da musste er passen. Wenn sie nicht mal wusste, dass Jesus mitnichten der erste Mensch auf der Erde gewesen war - sofern er denn existiert hatte - dann war bei ihr vermutlich Hopfen und Malz verloren. Dann fiel ihm aber doch noch etwas ein. »Wissen Sie was? Vergessen

Sie es. Nehmen Sie sich die Bibel und schauen Sie darin mal nach Adam und Eva. Nächste Woche können Sie mir gerne berichten, was Sie herausgefunden haben.« Dass es keine *nächste Woche* geben würde, verriet er ihr nicht. Sie würde es früh genug erfahren, wenn Sie seinen Brief öffnete.

»Ach, da bin ich aber beruhigt. Einen Computer habe ich nämlich nicht. Den kann ich mir nicht leisten und sowieso könnte ich gar nicht damit umgehen. Die Dinger sind mir nicht geheuer. Mein Sohn lacht schon immer über mich deswegen und nennt mich altbacken. Eine Bibel habe ich aber. Und von Adam und Eva habe ich selbstverständlich schon mal gehört. Auf dem Mond lebe ich schließlich nicht.« Sie strahlte ihn an, als wäre sie ihm tatsächlich für irgendetwas dankbar. Dann drehte sie sich um und verließ endlich sein Büro. »Ich wünsche Ihnen noch viel Spaß mit Ihrem Buch, Herr Professor.«

»Ich habe Ihnen schon hundertmal gesagt, dass ich einen Namen habe«, rief er ihr hinterher, doch er hörte schon ihre Schritte auf der Treppe. Er schloss die Augen und massierte sich die Schläfen. Er hasste es, wenn ihn jemand mit Professor ansprach. Wie oft bekam er von Studenten Nachrichten, die mit *Lieber Herr Professor* oder *Hallo Prof* eingeleitet wurden. Es gab für ihn nichts Unpersönlicheres und fast nichts brachte ihn schneller auf die Palme. Wenn er solche Mails öffnete, war er immer verführt, den Absender durch die nächste Prüfung fallen zu lassen. Oft begnügte er sich damit, einfach nicht zu antworten. Wenn es den Studierenden dringend war, würden sie schon in seiner Sprechstunde auftauchen.

Wütend nahm er die grüne Geldbörse und feuerte sie in die oberste Schublade seines Schreibtischs. Von dem großen Foto zu seiner Rechten schien seine Tochter ihm einen vorwurfsvollen Blick zuzuwerfen. Er nahm es in die Hand und strich ihr über die Wangen. Auf dem Bild war sie gerade einmal vierzehn. Ihr Blick war genervt. Arndt erinnerte sich noch genau an den Moment, in dem er sie fotografiert hatte. Sie waren auf dem Rückweg aus dem Frankreichurlaub gewesen und hatten an einer Raststätte gehalten, um etwas zu essen. In Vallon-Pont-d'Arc an der Ardèche hatte sie einen Jungen kennengelernt, mit dem sie beinahe die kompletten drei Wochen ununterbrochen zusammengehangen hatte. Als es auf die Abreise zugegangen war, hatte sie verkündet, sie würde nicht mit zurück nach Deutschland kommen.

Das Drama war vorprogrammiert gewesen. Er hatte das Foto von ihr gemacht, um später gemeinsam mit ihr über dieses Verhalten lachen zu können. Die Gelegenheit hatte sich nie ergeben. Er wusste selbst nicht, weshalb er ausgerechnet dieses Bild aufgestellt hatte. Vielleicht, weil er sie in dem Moment trotz der pubertären Zickereien unendlich geliebt hatte. Weil sie mit ihrem Temperament, mit ihren Launen aber auch ihrem Ehrgeiz und ihrer großen Klappe seine Tochter war, sein Ebenbild. Sein Ein und Alles.

Schon damals hatten sie Schluckbeschwerden gequält, doch sie hatte niemandem etwas davon gesagt. Arndt war wütend darüber, dass sie immer alles mit sich selbst ausgemacht hatte. Doch wenn er ehrlich zu sich selbst war, hätte es auch nichts geändert, wenn sie sich frühzeitig gemeldet hätte. Sie hätten den Verlauf der

Krankheit nicht aufhalten können. Doch zum Glück ging es ihr nun besser. Zumindest nahm er es an, denn das, was er von ihr mitbekam, ließ auf nichts Gegenteiliges schließen. Vielleicht verheimlichte sie aber auch, wie sie sich wirklich fühlte. Es wäre ihr zuzutrauen.

»Bald bist du wieder hier und dann wird all der Ärger, den die Krankheit verursacht, schnell vergessen sein«, sagte er und wischte sich mit dem Handrücken über die Augen. Er würde die Hoffnung nicht aufgeben, das hatte er sich geschworen.

9. Kapitel

Die Ausgabe der BILD-Zeitung lag noch immer auf dem Tisch, und obwohl die Tote natürlich nicht Isabell gewesen war, ließ der Bericht Natalie einfach nicht los. Der Laptop stand aufgeklappt neben ihr und sie recherchierte im Internet, um mehr Informationen zu finden. Dafür musste sie sich nicht mal sonderlich viel Mühe geben. Es reichte, sich in den sozialen Netzwerken einzuloggen.

Ganz Facebook schien sich mit nichts anderem als der ermordeten Studentin zu beschäftigen. Beinahe jeder in ihrem Freundeskreis hatte einen Artikel darüber geteilt oder etwas zum Thema zu sagen. Dabei bot sich die gesamte Bandbreite an Nachrichtenseiten von absolut unseriös bis hin zu einigermaßen verlässlich. Unter den geteilten Posts wurde fleißig kommentiert und schnell fanden sich auch die selbsternannten Rächer ein, die drohten, dem Täter - so wörtlich - *eigenhändig die Eier abzuschneiden* oder Schlimmeres mit ihm anzustellen, sollten sie ihn erwischen.

Natalie überflog das meiste davon und versuchte, die Informationen herauszufiltern, die auf Fakten beruhten. Vor etwas mehr als vier Wochen war die junge Frau beim Joggen spurlos verschwunden. Da sie zu einer Verabredung mit ihnen nicht aufgetaucht war, hatten ihre Eltern sie recht schnell als vermisst gemeldet und auch auf Facebook einen Aufruf geteilt. Erfolglos. Vorgestern war ihre Leiche in einem Waldstück entdeckt worden.

Ihr Körper war abgemagert und ausgetrocknet gewesen und jemand hatte ihr Teile des Schädels rasiert. Außerdem war sie gefoltert worden. Unter anderem hatte ihr jemand bei lebendigem Leib den Kopf aufgebohrt und das Gehirn dabei verletzt, sodass sie letztendlich an den Hirnblutungen verstorben war. Zumindest, wenn man den Berichten dubioser Webseiten trauen konnte, denn die Polizei hatte verständlicherweise nichts davon offiziell bestätigt.

Die ganze Zeit fragte Natalie sich, warum der Täter das getan hatte. Sie erinnerte sich, schon einmal etwas Ähnliches gelesen zu haben. Ein Psychopath hatte seinen weiblichen Opfern ein Loch in den Schädel gebohrt, um sie dann dadurch zu penetrieren. Sie wusste nicht mehr, ob es sich um einen echten Bericht oder einen Roman gehandelt hatte, aber allein die Tatsache, dass jemand auf so eine Idee kam, und sei es nur für ein Buch, war für sie ungeheuerlich. Sollte es wirklich Menschen geben, die solche Dinge taten?

Ein Schlüssel drehte sich im Schloss. Natalie klappte den Laptop zu und schob die Zeitung beiseite, und gleich darauf schlurfte Johanna in die Küche. Mit einem Schnaufen warf sie ihren Rucksack auf einen der Stühle.

»Draußen hat es gefühlte fünfzig Grad«, stöhnte sie, nahm sich ein Glas aus dem Schrank und füllte es mit Leitungswasser. »Geh heute bloß nicht mehr raus, wenn du nicht unbedingt musst.« Sie leerte das Glas in einem Zug und füllte es erneut. Dann setzte sie sich Natalie gegenüber und schob die Zeitung mit spitzen Fingern von sich. »Ich komme immer noch nicht darüber hinweg, dass du dieses Schundblatt wirklich gekauft hast.«

Natalie zuckte mit den Schultern. »Findest du es denn gar nicht seltsam?«

»Klar, das habe ich doch gerade gesagt. Kaum bist du aus der Uni draußen, fängst du an und liest diesen ...« Sie schaute sich in der Küche um, als würde sie dort die passende Formulierung finden. Schließlich formte sie mit ihren Fingern Anführungszeichen in die Luft und vervollständigte den Satz: »Diesen Qualitätsjournalismus.«

»Nun komm, ich habe die Zeitung bestimmt nicht gekauft, um mich über das Tagesgeschehen zu informieren. Außerdem weißt du doch, was ich meine. Es geht mir um Isabell. Machst du dir überhaupt keine Sorgen um sie? Immerhin haben wir jetzt über eine Woche nichts mehr von ihr gehört.«

Johannas Miene wurde ernst. »Um ehrlich zu sein, denke ich da jetzt auch schon die letzten zwei Tage darüber nach und bin noch immer unschlüssig. Klar, das ist schon ziemlich seltsam. Da verschwindet eine Studentin von unserer Uni und wird tot an einem Autobahnparkplatz gefunden. Weggeworfen wie ein Stück Müll. Kurz danach erreiche ich Isabell nicht, die normalerweise echt zuverlässig ist. Niemand an der Uni weiß etwas von ihr. Auf der anderen Seite ist sie eine erwachsene Frau. Vielleicht hat sie sich überlegt, das Semester zu schmeißen und ist spontan in den Urlaub gefahren. Genug Kohle hat sie ja …« Beim letzten Satz verzog Johanna kaum merklich das Gesicht. Sie redet oft darüber, wie neidisch sie auf Isabells wohlhabende Eltern war, die ihr ein Studium ohne finanzielle Sorgen ermöglichten. Johanna musste sich wie Natalie auch ständig Gedanken darüber machen, wie sie die nächste Miete zusammenbekam.

»Die Möglichkeit spreche ich ja gar nicht ab. Aber überleg doch mal: Die verschwundene Studentin hat mindestens noch drei Wochen gelebt, wenn man den Berichten glauben kann. Und ich spreche nicht nur von der BILD. Im Internet gibt es etliche Geschichten darüber. Vermutlich ist sie sogar erst kurz bevor man sie dort abgelegt hat umgebracht worden. Wer weiß, was die in der Zeit alles mit ihr gemacht haben. Vier Wochen sind eine verdammt lange Zeit. Würdest du nicht auch wollen, dass sich jemand rechtzeitig Gedanken um dich macht?«

Johanna winkte ab. »Dass ihr Verschwinden früh genug bemerkt wurde, hat ihr doch auch nichts gebracht. Sie hieß übrigens Aline. Zumindest erzählt man sich das in der Uni. Und ihre Eltern haben sie anscheinend schon nach zwei Tagen als vermisst gemeldet, wenn man den Gerüchten glauben kann. Gefunden hat man sie trotzdem nicht rechtzeitig.«

Natalie versuchte, ihre Wut zu unterdrücken, aber sie konnte nicht fassen, wie gleichgültig sich Johanna gab.

»Wenn man wenig Aussicht auf Erfolg hat, lässt man es lieber bleiben, oder wie siehst du das?«

Johanna zuckte mit den Schultern. »Du legst mir da gerade etwas in den Mund, das ich so nicht gesagt habe. Aber wir wissen überhaupt nichts und wir sollten nicht überreagieren. Das denke ich.«

Natalie nahm die Zeitung vom Tisch, schob ihren Stuhl zurück und stand auf. »Wie du meinst. Da kann ich ja nur hoffen, dass ich niemals entführt werde, denn du wirst dich ja anscheinend einen Scheißdreck dafür interessieren. Ich jedenfalls werde mich zumindest mal bei Isabells Freunden umhören, ob da jemand etwas weiß. Du kannst ja in der Zeit die Füße hochlegen.« Sie pfefferte die BILD ins Altpapier und ging auf ihr Zimmer.

Zu gerne würde sie Johannas Urteil vertrauen, doch sie konnte sich nicht gegen das Kopfkino wehren, das automatisch bei ihr ablief, wenn sie über den Artikel nachdachte. Da waren Bilder von Isabell, wie sie angekettet auf einer schmutzigen Bahre lag, während jemand ihren Kopf mit einem Bohrer traktierte. Sie schrie und wand sich und hatte doch keine Chance.

Natalie schüttelte den Kopf, um die Bilder zu vertreiben. Sie hatte eindeutig zu viele Folgen von *American Horror Story* geschaut. Dennoch war es denkbar, dass sich Isabell gerade in solch einer Situation befand. Die Dinge aus Natalies Vorstellung waren so oder anders passiert. Eine Studentin ihrer Uni hatte sie erleiden müssen. Natalie traf eine Entscheidung. Es war ihr egal, was Johanna dachte. Sie würde zumindest nach der Nummer von Isabells Eltern suchen, um sich zu erkundigen, ob sie eine Ahnung davon hatten, wo ihre Tochter steckte. Isabell war einfach nicht der Typ dafür, der ein Semester grundlos hinschmiss. Bisher hatte sie nur einmal ihre Scheine nicht gemacht, als sie sich kurz vor den Prüfungen den Arm gebrochen hatte.

Gerade als sie ihren Laptop hochgefahren hatte, um nach der Telefonnummer von Isabells Eltern zu googeln, klopfte es. Ohne eine Antwort abzuwarten, öffnete Johanna die Tür und stecke den Kopf in Natalies Zimmer.

»Bist du sauer auf mich?«, fragte sie und klang dabei ehrlich geknickt. »Was ich gesagt habe, ging doch gar nicht gegen dich. Ich finde einfach nicht, dass man vorschnell Panik verbreiten sollte, bloß weil sich jemand mal ein paar Tage nicht meldet.«

Natalie schüttelte den Kopf und klappte ihren Laptop wieder zu. »Nein, sauer bin ich nicht. Du hast ja bestimmt auch recht. Aber Isabell hat auch rote Haare und irgendwie ... Ich habe einfach ein blödes Gefühl bei der Sache und will mir später nicht vorwerfen müssen, dass wir nichts unternommen haben und sie wegen uns ... Ich traue mich gar nicht, es auszusprechen.«

Johanna kam ins Zimmer und setzte sich auf Natalies Bett. »Genau darüber habe ich auch nachgedacht. Und weißt du was?« Sie hielt Natalie ihre geschlossene Faust entgegen. Natalie schaute sie fragend an. Johanna öffnete die Faust und ließ einen Schlüsselbund an ihrem Zeigefinger baumeln. »Wenn du willst, könnten wir da jetzt einfach mal vorbeifahren und nachschauen. Wenn es so aussieht, als hätte sie ein paar Sachen gepackt, belassen wir es dabei. Sollte uns aber irgendwas verdächtig vorkommen, dann gehen wir zur Polizei.«

»Ist das Isabells Schlüssel? Wo hast du den her? Wir können doch nicht so einfach in ihre Wohnung gehen ...«

»Ein Zweitschlüssel. Den hat sie bei mir gebunkert, falls sie ihren mal drinnen vergisst oder verliert. Und du musst dich entscheiden, ob du besorgter Bürger spielen willst und mit mir nachschaust, oder ob du die ganze Sache vergessen willst. Ich gehe spätestens heute Nachmittag so oder so vorbei, denn sie hat noch ein Buch von mir und ich hatte heute eine Mahnung von der Bib im Postfach. Das brauche ich dringend, sonst zahle ich mich dumm und dämlich.«

Natalie fühlte sich nicht wirklich wohl bei dem Gedanken, in eine fremde Wohnung zu gehen, ohne dass die Besitzerin Bescheid wusste. Auch wenn sie nicht vorhatte, in Isabells persönlichen Dingen zu wühlen, war es doch ein Eindringen in ihre Privatsphäre. Andererseits würde es wohl zumindest ihr Gewissen beruhigen und irgendwie hoffte sie ja auch, dass Isabell einfach mal eine Auszeit gebraucht hatte und sich das bei dem Besuch klärte. »Willst du unbedingt am Nachmittag gehen? Da muss ich im Kino sein.«

»Bis auf die Hitze draußen hält mich nichts davon ab, gleich loszugehen«, sagte Johanna und grinste gönnerhaft. »Dafür lädst du mich vor dem Kino zu einem Eis ein.«

Keine halbe Stunde später stiegen die beiden aus dem Bus in der Nähe der Friedrichstraße. Es war so heiß, dass Natalie selbst in ihren kurzen Shorts und ihrem bauchfreien Shirt schwitzte. Wie sollte es später im Kino erst werden?

Nachdem sie beim Haus angekommen und Johanna mehrmals geklingelt hatte, suchte sie in ihrer Handtasche nach dem Schlüssel.

Natalie wurde immer nervöser. »Sollen wir das wirklich machen?«, fragte sie und zupfte Johanna am Shirt, die gerade die Haustür aufsperren wollte.

»Na klar. Haben wir doch so abgesprochen.«

»Es fühlt sich aber irgendwie nicht richtig an. Was, wenn sie gerade mit einem Typen im Bett liegt und die letzten Tage einfach ... Na ja, du weißt schon. Zu beschäftigt war, um ihr Handy einzuschalten.«

»Dann ist sie ja zumindest vorgewarnt, denn das Klingeln sollte sie gehört haben.« Johanna grinste anzüglich und steckte, ohne zu zögern, den Schlüssel ins Schloss. »Was kann im schlimmsten Fall schon passieren? Sie ist doch selbst dran schuld, wenn sie überhaupt nicht reagiert. Nicht mal auf meine Mails kam eine Antwort. Spätestens, wenn jemand bei dir Sturm läutet, machst du doch auf, oder nicht?«

Natalie nickte zögerlich. Einen Moment stellte sie sich vor, wie sie in der Wohnung die massakrierte Leiche von Isabell fanden, und trotz der Hitze überzog sie plötzlich ein kalter Schauer. Nun kam ihr die ganze Sache nicht mehr wie eine gute Idee vor.

»Ich brauche das blöde Buch und ich werde es mir holen. Wenn dir das lieber ist, warte einfach hier unten vor der Tür. Dann kann sie auch nicht sauer auf dich sein.« Mit diesen Worten verschwand sie im Hauseingang.

Natalie schaute sich um und hielt dann die Tür, die gerade wieder ins Schloss fallen wollte, mit ihrem Fuß auf. »Warte. Ich komme mit«, rief sie und beeilte sich, Johanna hinterherzukommen.

»Da hat die Neugier wohl doch gesiegt«, stichelte Johanna, die vor der Wohnungstür auf sie wartete. Dann rief sie so laut, dass vermutlich das ganze Haus sie hören konnte: »Isa, bist du da? Wir kommen jetzt rein.« Sie öffnete die Tür und marschierte geradewegs nach rechts ins Wohnzimmer.

Ein undefinierbarer Gestank kam Natalie entgegen und sie verzog das Gesicht. »Hallo, Isa? Wir sinds, Natalie und Jo. Bist du da?«, rief sie. Keine Antwort. Sie ging durch die Diele und warf einen Blick in die geöffneten Türen.

Der Geruch schien aus der Küche zu kommen. In diesem Moment stiefelte Johanna mit einem Buch in der Hand zurück aus dem Wohnzimmer.

»Hab schon, was ich brauche. Im Wohnzimmer sieht alles normal aus. Überfallen wurde sie hier zumindest nicht«, sagte sie. »Hast du irgendwas gefunden?«

»Bisher hab ich noch nicht wirklich geschaut«, sagte Natalie. »Aber riechst du das nicht?«

Johanna zog hörbar die Luft durch die Nase ein und gab dabei ein röchelndes Geräusch von sich. »Dank meines Heuschnupfens leider nicht.«

»Ich glaube, es kommt aus der Küche«, sagte Natalie und ging voraus. Johanna blieb dicht hinter ihr. Auf dem kleinen Tisch in der Nähe des Fensters entdeckten sie tatsächlich die Ursache des Gestankes.

»Da hat Isa wohl vergessen, ihre Vorräte aufzubrauchen, bevor sie weggefahren ist«, sagte Johanna. In einer Obstschale lagen zwei verschimmelte Zitronen und ein paar matschige Trauben. Als Natalie dem Tisch zu nahekam, stob eine Armada von Fruchtfliegen auseinander und flog ihr ins Gesicht. Johanna, die hinter Natalie stand, fuchtelte mit den Händen vor ihrem Gesicht herum. »Ist ja eklig«, presste sie mit fast geschlossenen Lippen hervor.

»Such mal eine Mülltüte«, sagte Natalie zu Johanna, während sie zum Küchenfenster ging, um es zu öffnen. Wo auch immer Isabell war, sie wäre sicher dankbar, bei ihrer Rückkehr nicht eine fliegenverseuchte Küche vorzufinden. Als sie das Fenster kippte, fiel ihr Blick auf die Straße. Auf der gegenüberliegenden Seite stand Lars, der Sohn des Kinobetreibers. Er starrte zum Haus herüber, und als er Natalie am Fenster entdeckte, zuckte kurz sein Arm in die Höhe, als wollte er ihr winken. Dann senkte er aber schnell den Blick und vergrub die Hände in den Hosentaschen seiner Bermudashorts.

»Ich wäre dann zum zweiten Mal so weit. Wenn dir also nicht noch weitere Gerüche auffallen ...«

Natalie drehte sich zu Johanna. Sie hatte die Obstschale in eine Zeitung geleert, die sie gerade zusammenknüllte. »Ich werfe noch mal einen Blick ins Schlafzimmer und du schaust im Bad nach«, sagte Natalie. Johanna legte die Zeitung auf die Anrichte. »Achte am besten auf Dinge, die sie auf keinen Fall zurückgelassen hätte. Ihren Geldbeutel mit dem Ausweis zum Beispiel. Oder im Bad ihre Schminksachen.«

»Danke für die Instruktionen, aber ich kann auch ein bisschen mitdenken«, sagte Johanna ein wenig patzig. »Tasche war im Wohnzimmer keine und an der Garderobe auch nicht. Hab ich schon nachgeschaut. Ich glaube kaum, dass sie ihre Handtasche neben dem Bett ablegt. Obwohl es das ja auch geben soll …«

Natalie ging zur Schlafzimmertür, die einen Spalt offenstand. Mit ihrem Klopfen stieß sie die Tür auf. Niemand war im Raum. Der Gummibaum auf der Fensterbank hatte bereits zwei seiner großen Blätter verloren und sah auch sonst nicht mehr wirklich gut aus. Anscheinend war er schon eine Weile nicht mehr gegossen worden.

Auch hier war, wie von Johanna prophezeit, weder eine Handtasche noch Isabells Geldbeutel zu finden. Natalie ging in die Küche und holte dort ein Glas Wasser, um die Pflanze zu gießen. Zurück im Schlafzimmer öffnete sie außerdem noch kurz den Schrank, konnte aber aufgrund der Menge an Kleidungsstücken nicht wirklich beurteilen, ob etwas fehlte. Wenn Isabell in den Urlaub gefahren war, hatte sie zumindest nicht so viel mitgenommen, dass es auffallen würde.

Schließlich folgte sie Johanna ins Bad. »Und? Was hast du herausgefunden?«, fragte sie.

»Also hier sind Tonnen von Make-up. Für mich sieht es nicht danach aus, als würde was fehlen. Aber wenn sie nur mit Handgepäck fliegen wollte, hat sie vielleicht einfach nur das Nötigste eingepackt. Hab ich auch schon gemacht und den Rest vor Ort gekauft.« Johanna schloss den Spiegelschrank über dem Waschbecken, den sie gerade inspiziert hatte.

In Natalies Kopf flammten erneut furchtbare Bilder auf. Wie Isabell verängstigt und hungrig in einer Zelle ausharrte, bis der Täter sich wieder mit ihr vergnügte. Sie konnte förmlich die Schreie hören, die durch das imaginäre Verlies hallten. Schreie, die niemand außer dem Täter hören konnten und die vergebens waren, weil niemand ihr Verschwinden ernst nehmen wollte. Sie wollte nicht an Johannas Theorie mit dem Handgepäck glauben.

»Wir machen einen Deal«, schlug Johanna vor, während sie gemeinsam auf den Hausflur gingen. Sie schien zu spüren, dass Natalie nicht wirklich überzeugt war. »Wenn wir bis Ende der Woche gar nichts von ihr gehört haben, versuchen wir auf jeden Fall Kontakt zu ihren Eltern aufzunehmen oder gehen zur Polizei. Scheißegal, ob sie über uns lachen.«

»Mhm.« Natalie nickte. Johanna hatte recht, niemand würde die beiden ernst nehmen. Bloß weil sich ihre Freundin ein paar Tage nicht gemeldet hatte, hieß das noch lange nicht, dass sie entführt worden war. Im Grunde wussten sie ja nicht mal genau, seit wann Isabell nicht mehr zu Hause gewesen war. Dennoch war ihr nicht ganz wohl bei der Sache. Sollte Isabell wirklich in Schwierigkeiten stecken, könnten die drei Tage bis zum Freitag drei Tage zu viel sein.

Auf der Straße schaute Natalie sich um. Lars war verschwunden. Vermutlich war es nur ein Zufall gewesen, dass er vorhin auf der anderen Straßenseite gestanden hatte. Sie verabschiedete sich von Johanna und Natalie schlug den Weg in Richtung Kino ein.

Das versprochene Eis musste warten, sonst würde sie zu spät zu ihrer Schicht kommen.

An der Straßenecke drehte sie sich noch einmal um. Lars kam gerade aus einer Hofeinfahrt gegenüber von Isabells Haus. Natalie blieb stehen. Lars bewegte sich nicht. Er stand einfach nur da, lehnte sich an den Zaun und schaute hoch zu Isabells Fenster.

10. Kapitel

Lars blickte sich verstohlen um. Die alte Frau im Erdgeschoss des Hauses gegenüber war endlich vom Fenster verschwunden, und er atmete erleichtert auf. Seit er vor dem Haus der Rothaarigen angekommen war, hatte sie dort gestanden und mit finsterer Miene nach draußen gestarrt. Irgendwie hatte ihr Blick ihm Angst gemacht. Außerdem hatte er sich beobachtet gefühlt, also war er einfach einmal um den Block gegangen. Jetzt war zum Glück von der Alten nichts mehr zu sehen.

Er sah hoch zum Stockwerk, wo die Rothaarige wohnte, und erstarrte. Dort am Fenster schaute ihm ein Gesicht entgegen. Lars schnappte nach Luft. Täuschte er sich oder war das Natalie aus dem Kino dort oben? Wohnte sie etwa hier, gemeinsam mit der Rothaarigen sogar? Das ließ sich einfach herausfinden. Gleich morgen würde er in den Ordner seines Vaters schauen. Lars heftete immer die Bögen ein, wo die Mitarbeiter unterschreiben mussten. Aber vielleicht war sie es ja auch gar nicht. Er schaute noch einmal nach oben. Die Frau schien ihm genau in die Augen zu sehen.

Dann drehte sie sich plötzlich um und entfernte sich aus seinem Sichtfeld.

Lars überlegte, ob er besser verschwinden sollte. Erst hatte ihn die alte Frau aus dem Erdgeschoss so komisch angeschaut und jetzt auch noch Natalie. Auf der anderen Seite wussten beide überhaupt nicht, weshalb er hier war. Oder etwa doch? Konnten sie ahnen, dass er vorhin etwas Verbotenes getan hatte? Er tastete unwillkürlich nach seiner Hosentasche, in die er den schwarzen Spitzenslip gesteckt hatte. Er hatte ihn von der Leine aus dem Wäschekeller gestohlen. In seiner Hose wurde es eng. Nein, Natalie konnte das nicht wissen. Woher auch?

Lars beobachtete wieder das Fenster im ersten Stock. Jetzt war niemand mehr zu sehen. Er stellte sich vor, wie Natalie sich durch die Unterwäsche der Rothaarigen wühlte. Wie sie einen Büstenhalter aus der Schublade nahm, ihr T-Shirt auszog und die Körbchen an ihre Brüste hielt, um zu überprüfen, ob die Größe stimmte. So wie in dem Film, den er mal im Internet gesehen hatte. Dann käme die Rothaarige rein und die beiden würden ... Seine Hand wanderte automatisch durch seine Hosentasche an seinen Penis, der mittlerweile so hart war, dass es schon fast wehtat.

Genussvoll rieb er ein wenig daran und stellte sich vor, wie es wäre, sich gleich hier draußen Erleichterung zu verschaffen. Dann riss er sich aber zusammen. Das hier war kein guter Ort dafür. Was, wenn ihn jemand dabei beobachtete?

Er erinnerte sich noch genau daran, wie peinlich es gewesen war, als seine Mutter einmal in sein Zimmer gekommen war, während er an seinem Penis herumgespielt hatte. Kurz davor hatte seine Schwester vergessen, die Tür zum Badezimmer abzuschließen und er war in den Raum gekommen, als sie sich gerade die Haare geföhnt hatte. Ihre wunderschönen roten Haare. Und dabei war sie vollkommen nackt gewesen. Sie hatte ihn nicht bemerkt oder es war ihr egal gewesen, denn sie hatte sich einfach weitergeföhnt, während er ihre Brüste angestarrt hatte.

Erst als ihre Haare trocken gewesen waren, hatte sie ihn rausgeworfen. Sein Penis war damals kurz vorm Platzen gewesen, sodass er sich unbedingt Erleichterung hatte verschaffen müssen. Vor lauter Aufregung hatte er dabei nur leider vergessen, seine Zimmertür abzuschließen und seine Mutter war ins Zimmer geplatzt, während er sich stöhnend auf seinem Bett gewunden hatte. Sie hatte ihn so sehr angebrüllt, dass er sich die nächsten Wochen nicht mal getraut hatte, überhaupt darüber nachzudenken, sich mit seiner eigenen Hand zu vergnügen. Er wollte sich lieber nicht ausmalen, wie die Leute reagieren würden, wenn sie ihn hier draußen dabei erwischten.

Zum Glück war seine Erektion bei dem Gedanken an seine Mutter verschwunden und damit auch die Schmerzen, die ihm sein steifer Penis bereitete, wenn er zu lange Zeit damit herumlief.

Beim Haus gegenüber öffnete sich die Tür und Lars machte einen Schritt in die Einfahrt hinter sich. Es kam eine große Frau mit kurzen schwarzen Haaren heraus und hinter ihr trat Natalie auf die Straße. Schnell bückte er sich hinter die Holzverkleidung der Mülltonnen. Er stützte sich mit der Hand auf dem Boden ab, damit er nicht umfiel. Dabei geriet er mit dem Zeigefinger in eine Ritze der Pflasterung des Hofs und knickte ihn nach hinten um. Vor Schmerzen zog Lars scharf die Luft ein. Er hob die Hand vor sein Gesicht. Der Nagel am Zeigefinger war tief im Nagelbett eingerissen. Er steckte den Finger in den Mund und saugte daran, um den Schmerz zu lindern. Es half allerdings nur wenig. Sein Finger schwoll bereits an.

Nun war ihm endgültig die Lust vergangen, noch länger hier zu stehen. Eigentlich hatte er ja auch längst, weswegen er hergekommen war. Den Slip der Rothaarigen. Außerdem musste er schon in einer Stunde im Kino sein, seinen Vater ablösen. Vielleicht hatte er ja Glück und Natalie war ebenfalls für heute eingetragen. Doch selbst wenn nicht, wusste er, dass er sie bald wiedersehen würde. Mit einem zufriedenen Grinsen im Gesicht machte er sich auf den Weg.

11. Kapitel

Nach einer Weile war der Hunger nicht mehr das Schlimmste für Isabell. Er war nur noch ein Gefühl in ihrem Körper, an das sie sich gewöhnt hatte und das sie zeitweise sogar völlig ausblenden konnte. Vor allem dann, wenn sie die Zeit mit Schlafen oder Dösen überbrückte. Mehr zu schaffen machte ihr das Gefühl, sich auf nichts mehr wirklich konzentrieren zu können. Ihre Gedanken schossen viel zu schnell durch ihren Kopf und waren dabei so verschwommen, dass sie kaum in der Lage war, einen davon festzuhalten. Sie versuchte, sich an ihre Familie zu erinnern, an ihre Freunde, doch da waren nur einzelne unzusammenhängende Fetzen, und wenn sie versuchte, sich auf einen davon zu konzentrieren, verschwand er sofort.

Zudem hatte sie den Eindruck, als würde ihr Herz seinen Job nicht mehr richtig erledigen. Es schien viel langsamer zu schlagen als sonst. Vielleicht kam es ihr aber auch nur so vor, weil sie zu viel Zeit damit verbrachte, in der Dunkelheit mit dem Kopf auf ihrem Handgelenk zu liegen und ihrem Puls zu lauschen.

Es wäre aber zumindest eine Erklärung dafür, dass ihr das Denken so schwerfiel. Wenn nicht genug Sauerstoff in ihr Gehirn transportiert wurde, konnte es nicht richtig funktionieren. Dann aber gab es jedoch die anderen Momente. Solche, in denen ihr Herz so heftig in ihrer Brust galoppierte, dass sie kaum atmen konnte und ihre Hände zitterten.

Je mehr sie versuchte, einen klaren Gedanken zu fassen, um sich von dem beißenden Gefühl in ihrem Magen abzulenken, desto größer wurde die Verzweiflung in ihr. So langsam verlor sie den Mut und den Willen zu kämpfen. Wofür sollte sie stark bleiben, wenn sie doch offensichtlich niemand vermisste? Wenn niemand sie suchte und deshalb niemand kommen würde, um sie zu retten? Denn es musste so sein, sonst hätte man sie doch längst hier gefunden. Oder etwa nicht?

Immer wieder verschwanden Menschen und man fand niemals wieder eine Spur von ihnen. Sie konnten sich doch nicht in Luft aufgelöst haben. Was passierte mit denen? Und blühte ihr nun dasselbe? Würden ihre Eltern womöglich den Rest ihres Lebens nicht erfahren, was mit ihrer Tochter geschehen war?

Auch diesen Gedanken konnte sie nicht festhalten, nicht weiterverfolgen. Es war fast so wie das eine Mal, als sie sich hatte überreden lassen, eine Nase voll Speed zu probieren. Damals hatte es sich angefühlt, als wäre in ihrem Hirn irgendetwas explodiert. Mit dem Unterschied, dass es ein unbeschreibliches Glücksgefühl hervorgerufen hatte. Jetzt war da nichts als das stumpfe Gefühl der ständigen Bedrohung.

Die Angst vor ihm bereitete ihr beinahe körperliche Schmerzen. Wie ein Tumor saß sie tief in ihren Eingeweiden und zermürbte sie. Sie pumpte ständig Adrenalin durch ihren Körper, ihr Instinkt befahl ihr, zu flüchten. Doch es gab keinen Ausweg. Isabell war hier gefangen.

Manchmal war das Gefühl so drängend, dass sie aufstand und so lange mit den Fäusten gegen die Tür schlug, bis der Schmerz in ihren Fingerknöcheln sie zwang, aufzugeben. Dann hatte sie weiter versucht, die Schrauben am Türschloss zu lösen oder ihre Finger in jede noch so kleine Lücke zu schieben, um die Tür aufzuhebeln. Alle ihre Nägel waren abgebrochen, manche sogar tief im Nagelbett, sodass sie das Blut hatte schmecken können, doch der Raum blieb verschlossen. Sie hatte nach ihrem Entführer gerufen, hatte gebrüllt, gedroht, bis ihre Stimme gänzlich versagte.

Er musste ihr Flehen mitbekommen haben, da war sie sich sicher. Manchmal hörte sie ihn vor der Tür. Es wurde ein Stuhl geschoben, einmal lief leise Musik und nicht selten sprach er mit irgendjemandem. Vermutlich am Telefon, denn sie hörte stets nur seine Stimme und niemanden, der antwortete. Immer, wenn sie ihn bemerkte, rief sie nach ihm. Manchmal freundlich, flehend, dann wieder wütend, weil er sie einfach ignorierte. Nichts davon machte Eindruck auf ihn.

Mittlerweile wünschte sie sich, er würde sie einfach holen, um mit ihr zu tun, was auch immer er vorhatte. Es konnte kaum schlimmer sein als allein und ohne Essen oder Trinken in diesem Loch eingesperrt zu sein und dadurch verrückt zu werden.

Wie lange konnte ein Mensch ohne Flüssigkeitsaufnahme überleben? Sie wusste es nicht mehr, dabei hatte sie es während ihres Studiums gelernt. Doch es würde ihr auch nichts bringen, wenn es ihr wieder einfiel. Sie wusste ja nicht mal, wie lange sie jetzt hier drin war.

Was hatte er bei seinem letzten Besuch gesagt? *Die ersten Tage sind rum.* Tage! Warum zur Hölle kam niemand, um sie zu befreien? Sie setzte sich auf und ließ sich sofort wieder auf die Matratze fallen. In ihrem Kopf drehte sich alles. Sie musste dringend pinkeln, doch sie hatte nicht das Gefühl, genug Kraft aufbringen zu können, um es bis zum improvisierten Klo zu schaffen.

In den seltenen klaren Momenten, die sie noch hatte, versuchte sie zu ergründen, was der Mann von ihr wollte. Sie war mehr als ausgenüchtert, müsste also längst den von ihm gewünschten Zustand erreicht haben. Konnte er wirklich so blind sein und nicht merken, dass sie kurz vom Verhungern war?

Isabell rollte sich auf der Matratze zusammen und schloss die Augen. Mit dem Finger drehte sie ihre Haare ein, zog daran, bis der Schmerz ihr in die Kopfhaut schoss. Nicht zum ersten Mal dachte sie darüber nach, sich einfach ein Büschel davon auszureißen und zu essen. Sie hatte einmal von einem jungen Mädchen gelesen, das von ihrer Mutter vernachlässigt wurde und vor lauter Hunger angefangen hatte, sich von ihren eigenen Haaren zu ernähren. Noch war sie selbst aber nicht bereit dazu und sie fragte sich, wie schrecklich dieses Kind sich gefühlt haben musste, um so weit zu gehen.

Mit diesem Gedanken, der der erste war, den sie wirklich im Kopf hatte halten können, döste Isabell weg. Irgendwann später hörte sie ein Geräusch an der Tür und schreckte hoch. Der Schlüssel drehte sich im Schloss und sie setzte sich auf. Sofort begann sich in ihrem Kopf alles zu drehen und ihre Lippen kribbelten. Ihr Kreislauf spielte schon bei der geringsten Bewegung verrückt und so bekam sie nur am Rande ihres Bewusstseins mit, dass er den Raum betrat.

»Du bist wach, sehr gut«, sagte er, als er vor ihr stand.

Isabell nahm den Geruch nach Gemüsebrühe wahr und ihr lief das Wasser im Mund zusammen. Sie hob ihren Blick. Mit einiger Mühe streckte sie ihre Hand nach dem Becher aus, aber kurz bevor sie ihn berührte, zog er ihn außerhalb ihrer Reichweite.

»Bitte, ich hab so Hunger«, wollte sie ihm zurufen, doch aus ihrem Mund kam nur ein Flüstern.

»Hungrig bist du? Das ist sehr gut. Aber du wirst dich noch einen Moment gedulden müssen. Vorher muss ich dich noch für morgen vorbereiten.« Er stellte den Becher neben sich auf den Boden und ging zur Tür. Noch einmal streckte Isabell sich nach der Suppe, doch er war schon wieder zurück bei ihr.

»Wenn du dich nicht kooperativ verhältst, überlege ich mir das noch mal mit deiner Mahlzeit«, sagte er, packte sie am Arm und zog ihn zu sich heran. Mit einer schnellen Bewegung stülpte er ihr eine Manschette über das Handgelenk, schob sie auf ihren Oberarm und zog die Riemen zu.

Sie krümmte sich zusammen und versuchte, ihren Arm zu befreien. »Was zur Hölle ...?«

Der Mann umklammerte ihren Arm noch fester und beugte sich zu ihr nach vorne. Sie atmete den Geruch seines Aftershaves ein, vermischt mit einem Hauch von Weichspüler. Beinahe meinte sie, sogar seinen Atem durch den Mundschutz zu spüren, so nah war er ihr. »Halt einfach still, das wird nicht wehtun«, raunte er ihr ins Ohr. Der süffisante Ton in seiner Stimme ließ Isabell vor ihm erzittern. Seine Hand hatte sich in ihren Haaren festgekrallt, damit sie sich nicht von ihm wegbeugen konnte. »Bestimmt hast du schon mal den Blutdruck gemessen bekommen, oder?«

»Mhm«, machte sie und blinzelte die aufsteigenden Tränen weg. Jetzt erst erkannte sie die kleine Pumpe und das Messgerät, das er auf der Liege abgelegt hatte. »Okay, okay. Tut mir leid. Ich wehre mich nicht mehr.« Er ließ ihre Haare los und drückte auf einen Knopf. Das Gerät fing an zu brummen und die Manschette wurde enger.

Es dauerte jedoch nicht lange, bis der Druck um ihren Oberarm nachließ. Er nahm das Gerät in die Hand und überprüfte die Werte. »Das ist perfekt, du bist eigentlich schon bereit. Viel schneller, als ich erwartet hatte.« Er ließ von ihr ab, um nach dem Becher zu greifen. Sein Kittel knisterte, als er ihr die Suppe reichte.

»Den ersten Teil hätten wir geschafft. Die Belohnung hast du dir somit redlich verdient. Ich bin stolz auf dich. Die letzten Wochen hast du wirklich tapfer durchgehalten.«

Isabell schnappte nach Luft. »Wochen?«

»In der Tat. Aber die Zeit spielt nur eine untergeordnete Rolle. Wichtig ist, dass du jetzt fast bereit bist. Nimm jetzt deine Mahlzeit ein.«

Isabell griff nach dem Becher und trank die Brühe, die mittlerweile eine angenehme Temperatur erreicht hatte. Zunächst nahm sie nur kleine, dann immer größere Schlucke. Obwohl sie wusste, dass ihr schlecht werden würde, wenn sie die ganze Menge auf einmal trank, konnte sie sich kaum zurückhalten.

»Kann ich bitte auch etwas Wasser haben«, fragte sie, als sie alles bis auf den letzten Rest geleert hatte.

Er schaute sie an und es wirkte so, als würde er einen Moment überlegen. Dann drehte er sich um und ging wieder zur Tür. Als er zurückkam, hatte er ein langes silbriges Ding in der Hand. Als er vor ihr stand, erkannte sie, dass es sich um eine Art Skalpell handelte. Mit der Klinge strich er vorsichtig über seine behandschuhten Finger. »Eigentlich war das nicht eingeplant. Aber ich sage dir was: Zuerst bereite ich deinen Körper für morgen vor und dann schauen wir mal, ob du dir auch noch einen Schluck Wasser verdient hast.«

Isabell kroch auf der Liege zurück, bis sie mit dem Rücken an die Wand stieß. »Was ... was haben Sie vor?«

»Keine Angst, ich werde dir nicht wehtun. Das habe ich versprochen und daran werde ich mich halten. Und ich habe auch nicht vor, dich unsittlich zu berühren.«

Isabell wollte seinen Worten glauben. Sie musste, um nicht durchzudrehen. Doch etwas in seiner Stimme sagte ihr, dass er log.

12. Kapitel

Da Natalies Bahn rund zwanzig Minuten Verspätung hatte, kam sie völlig abgehetzt am Kino an. Eigentlich hatte sie vor ihrer Schicht noch einen Kaffee trinken wollen, doch dafür blieb jetzt keine Zeit mehr, denn sie war bereits fünf Minuten über der Zeit. Lars erwartete sie bereits ungeduldig an der Eingangstür.

»Da bist du ja endlich«, rief er ihr entgegen, als sie in Hörweite kam. »Pünktlichkeit ist sehr wichtig, weißt du. Wenn die Besucher kommen, dann muss auch jemand da sein.«

»Ist mir schon klar«, sagte Natalie und drückte die Tür neben ihm auf. »Manchmal steckt man einfach nicht drin.«

Lars stapfte neben ihr her, während sie zum Personalraum ging, um ihre Sachen einzuschließen. »Wie meinst du das? Wo steckt man nicht drin?«

Natalie winkte ab. »Vergiss es. Das sagt man nur so. Meine Bahn hatte Verspätung.« Jeglicher Versuch, ihm den Sinn hinter dem Sprichwort zu erklären, wäre vergebene Liebesmüh gewesen. Entweder stelle er sich dumm oder er war tatsächlich einfach unterbelichtet. So oder so, Natalie hatte keine Lust darauf, sich länger als notwendig auf ein Gespräch mit ihm einzulassen. Was sich in den letzten Tagen als relativ schwierig herausgestellt hatte. Wenn er die Kinokarten der Besucher kontrollierte und sie die Theke bediente, schielte er ständig zu ihr rüber. Nach den Vorstellungen, wenn sie die Säle saubermachte und er nicht gerade für die nächste Vorstellung die Karten abreißen musste, gesellte er sich zu ihr und wich ihr kaum von der Seite. Nicht selten löcherte er sie mit teils sehr persönlichen Fragen. Doch er war der Sohn des Betreibers, und wenn sie sich nicht gleich wieder einen neuen Job suchen wollte, musste sie seine Aufdringlichkeit wohl oder übel ertragen. Sie hatte jedenfalls nicht das Gefühl, dass sein Vater ihr groß beistehen würde. Anscheinend liebte er Lars abgöttisch und ließ nichts auf ihn kommen.

»Liegt heute irgendwas Besonderes an?«, fragte sie und schloss die Tür zum Personalraum auf. Lars folgte ihr in den Raum und starrte sie an, als wolle er jedes einzelne Haar in ihrem Gesicht katalogisieren.

»O ja«, sagte er, stemmte die Hände in die Hüften und nickte wichtigtuerisch. »Wir haben heute ganz viele Studenten hier. Sie lassen sich etwas vorlesen.«

»Du meinst eine Vorlesung?« Auch Natalie hatte schon eine Veranstaltung im Kino gehabt. Seit etwa zwei Jahren wurden die Gebäude der Uni saniert, und da die Vorlesungssäle teilweise gesperrt waren, wich man auf Veranstaltungsräume und Kinos aus, damit die Veranstaltungen nicht ausfallen mussten.

»Genau. Ich darf aber nie dabei sein, dabei würde ich gerne die Geschichten hören.«

Natalie grinste. »Die würden dich vermutlich auch nicht besonders interessieren.«

»Würden sie schon. Aber mein Vater hat es mir verboten.«

Auf dem Flur wartete Herr Schallmeyer auf sie.

»Gut, dass Sie da sind«, begrüßte er sie und klatschte geschäftig in die Hände. »Ich habe nicht lange Zeit, meine Frau hat einen wichtigen Arzttermin, zu dem ich sie begleiten muss. In einer Viertelstunde kommt der Herr Professor mit seinen Studenten und der Saal muss noch vorbereitet werden. Hier entlang, ich zeige Ihnen, worum es geht.«

Natalie folgte ihm und wie erwartet hatte Lars nichts Besseres zu tun, als sich an die beiden ranzuhängen.

»Die benötigten Sachen sind alle im Wirtschaftsraum eingeschlossen«, erklärte Herr Schallmeyer, während sie die Treppe ins Untergeschoss nahmen. »Wir müssen einen Tisch aufstellen, eine Anlage mit Mikrophon aufbauen und außerdem den Beamer auf die Leinwand ausrichten. Die Vorlesung ist in Saal drei. Den Tisch trage ich geschwind mit meinem Sohn, Sie kommen mit dem Rest hinterher.«

Das war leichter gesagt als getan, wie Natalie feststellen musste, nachdem Herr Schallmeyer mit Lars verschwunden war. Die Anlage sah aus wie der Verstärker einer Rockband und bestand aus einem riesigen Lautsprecher mit Anschlussmöglichkeiten für das Mikrofon und Lautstärkereglern. Sie hob das Gerät an dem eingebauten Tragegurt hoch und wuchtete es umständlich auf ihren Rücken. Dann klemmte sie sich den Beamer unter den Arm und stapfte den beiden hinterher.

Im Erdgeschoss warteten bereits die ersten Studenten. Sie drängte sich vorbei und versuchte umständlich mit dem Ellenbogen die Tür zum Saal aufzudrücken. Keiner der Umherstehenden schien sie zu beachten und so bot ihr niemand Hilfe an.

»Hallo, Frau Dreher. Das ist ja eine Überraschung, Sie hier zu sehen«, erklang eine Stimme hinter ihr. Sie drehte ihren Kopf, doch der schwarze Kasten auf ihrem Rücken versperrte ihr die Sicht. »Lassen Sie mich doch helfen.«

Ohne eine Antwort abzuwarten, nahm dieser Jemand ihr von hinten die Anlage vom Rücken. Endlich erkannte sie, wer ihr da zu Hilfe geeilt war. Es war Arndt Haubold, ein Professor für Biologie, bei dem sie einige Veranstaltungen belegt hatte.

»Vielen Dank, das ist sehr nett von Ihnen«, sagte sie und streckte ihren Rücken durch, der von dem Gewicht leicht schmerzte.

»Ich dachte, Sie hätten längst Ihr Examen und solche Nebenjobs nicht mehr nötig«, sagte Haubold, der den Verstärker auf seinen Rücken schwang, als hätte dieser kein Gewicht.

Natalie zuckte mit den Schultern. »Das dachte ich auch. Aber die Studienseminare sind so überlastet, dass ich keinen Platz im Vorbereitungsdienst bekommen habe.«

»Ah, jetzt erinnere ich mich. Sie sind ja eine angehende Lehrerin. Sehr schade für die Forschung, aber Lehrer braucht es ja auch, nicht wahr? Ich verstehe gar nicht, weshalb Sie da in der ersten Runde nicht genommen wurden. Dabei hatten Sie bei mir immer exzellente Noten, wenn ich mich recht erinnere.« Er öffnete die Tür zum Kinosaal und ließ sie vorgehen.

»Bio war gut, in Englisch habe ich mir beim Examen selbst im Weg gestanden. Leider. Ich habe auf Lücke gelernt und es kam natürlich ausgerechnet das dran, was ich nicht gut konnte. Das drückt den Schnitt.«

»Wie schade für Sie.« Er stellte die Anlage auf dem Boden ab und legte seine Tasche auf den bereitgestellten Tisch daneben. Von Lars und seinem Vater war nichts mehr zu sehen. »Nun, ich wünsche Ihnen, dass der Job hier nur eine Zwischenlösung für Sie bleibt und Sie bald einen Platz im Vorbereitungsdienst bekommen.«

Natalie drückte ihm den Beamer in die Hand, bedankte sich und ging zurück zum Eingangsbereich. Weder Lars noch sein Vater waren in der Nähe, doch das passte ihr ganz gut. So konnte sie die Vorbereitungen wenigstens in Ruhe abarbeiten, bevor in einer Stunde das Nachmittagsprogramm für die Kinder losging. Sie machte sich daran, die Sirupbehälter der Getränkezapfanlagen zu kontrollieren und aufzufüllen sowie die bereitgestellten Säcke mit Popcorn in die entsprechenden Maschinen umzufüllen, wo es für die Kinobesucher später aufgewärmt wurde, um den Eindruck von Frische zu erzeugen. Als sie sich umdrehte, stand der Professor vor dem Tresen.

»Funktioniert etwas nicht?«, fragte sie und wusch sich die vom zuckrigen Popcorn klebrig gewordenen Hände ab.

»Nein, keine Sorge. Die Studierenden haben eine knifflige Aufgabe gestellt bekommen, an denen sie sich erst mal die Zähne ausbeißen sollen. In der Zeit wollte ich noch einmal mit Ihnen sprechen. Ich hätte da nämlich ein interessantes Angebot für Sie.«

»Ein Angebot? Worum geht es?« Sie legte das Handtuch beiseite.

»Das hier ist doch bestimmt nicht gerade ... Wie soll ich sagen?« Er legte seine Stirn in Falten. »Nun, ein Traumjob ist es nicht, oder?«

Natalie schüttelte den Kopf und rümpfte die Nase. »Ach, wo denken Sie denn hin. Allerdings ist es ziemlich schwer, überhaupt etwas zu finden, wenn man nicht genau weiß, ob man in einem halben Jahr noch zur Verfügung steht. Da nimmt man einfach das Erstbeste, was man bekommt.«

»Zu meiner Zeit war das alles noch ein wenig einfacher. Ich habe auch mal Gymnasiallehramt studiert, müssen Sie wissen. Damals kam einfach jeder ins Referendariat, der sein Examen hatte. Dabei hätte eine kurze Auszeit nach dem Studium gar nicht mal geschadet, wenn ich ehrlich bin.« Bei diesen Worten wirkte der Professor wehmütig, doch er fing sich schnell wieder. »Wie dem auch sei. Ich brauche für meine Forschungen eine kompetente Hilfskraft für Dokumentationen, Recherche und so etwas. Einfach jemand, der mir die einfachen Handgriffe abnimmt, damit ich mich aufs Wesentliche konzentrieren kann. Als Sie mir gerade erzählt haben, dass Sie keinen Platz im Referendariat bekommen haben, fand ich das eine gute Gelegenheit. Ich habe Sie als eine sehr gewissenhafte

Studentin kennengelernt und kann mir vorstellen, dass Sie genau die Richtige dafür wären. So würden sie auch in der Materie bleiben, denn die Arbeit im Kino fordert Sie geistig ja nun nicht wirklich.«

Natalie spürte, wie sie rot wurde. Sie hatte noch nie besonders gut mit Komplimenten umgehen können. »Das klingt wirklich sehr interessant. Wenn in Ihrem Budget eine Hilfskraft mit Abschluss drin ist, frage ich nur noch, wo ich unterschreiben darf.«

»Um ehrlich zu sein, würde diese Stelle nicht über die Universität laufen. Sie wäre offen gestanden inoffiziell.« Er schaute sich um und senkte seine Stimme. »Ich müsste Sie diesbezüglich um äußerste Diskretion bitten.«

»Sie meinen schwarz?« Natalie sprach ebenfalls im Flüsterton.

»So könnte man es auch ausdrücken. Wenn Sie der nicht erwähnenswerte Anteil an Rentenversicherung nicht stört ...«

»Okay«, sagte Natalie und lehnte sich nun ebenfalls nach vorne. »Und Sie glauben nicht, dass das an der Uni auffällt?«

»Darüber müssen Sie sich gar keine Gedanken machen. Ich habe in meinem Haus ein eigenes Labor. Dort würde ich Sie einsetzen.« Er griff in die Brusttasche seines Hemdes und holte eine Visitenkarte heraus, die er auf den Tresen legte. »Überlegen Sie es sich und rufen Sie mich an, wenn Sie eine Entscheidung getroffen haben. Jetzt muss ich aber zurück in meine Vorlesung. Ich bin gespannt auf Ihre Antwort.« Damit drehte er sich um und ging in Richtung Saal drei davon. Natalie steckte die Visitenkarte in ihre Hosentasche.

Haubold hatte kaum die Tür hinter sich geschlossen, da tauchte Lars vor der Theke auf.

»Was wollte der Mann von dir?«, fragte er Natalie und wischte mit dem Finger auf dem Tresen genau dort herum, wo Haubold seine Visitenkarte abgelegt hatte.

»Wissen, wie es mir geht. Ich kenne ihn noch vom Studieren.« Nur zur Sicherheit fasste sie an die Hosentasche und fühlte die Umrisse der Karte unter dem Stoff.

Lars warf ihr einen ungläubigen Blick zu. »Er hat dir was gegeben. Ich hab gesehen, wie er es hier hingelegt hat und du es dann eingesteckt hast. Von dahinten aus.« Er deutete zu der Treppe, die ins obere Stockwerk führte.

»Na und? Das ist wohl nicht verboten.«

»Ich finde, du solltest nicht mit ihm reden. Ich mag ihn nicht.«

»Weshalb?«

»Weil ... Er ist ... Ich weiß nicht.«

Natalie konnte sich ein Grinsen nicht verkneifen. »Das nenne ich mal eine Begründung.

Da muss dir schon etwas Besseres einfallen, wenn du Leuten verbieten willst, mit jemandem zu reden.«

»Na gut«, sagte Lars. Er klang beleidigt. »Dann erzähle ich dir jetzt ein Geheimnis. Danach willst du bestimmt nicht mehr mit ihm reden.«

»Da bin ich aber sehr neugierig«, entgegnete Natalie völlig ohne Ironie. Sie war tatsächlich gespannt darauf, mit was für einer Geschichte Lars um die Ecke kommen würde. »Was für ein Geheimnis ist es denn?«

Lars sah sich nach ungebetenen Zuhörern um und lehnte sich weit nach vorne. Natalie tat ihm den Gefallen, etwas näherzukommen, auch wenn sie sich vor ihm ekelte.

»Also, einmal, da bin ich auf das Frauenklo gegangen und plötzlich war da der Mann, mit dem du gesprochen hast. In einer Kabine und hockt da und glotzt mich an.« Lars starrte auf den Tresen, während er sprach, und wischte dabei noch intensiver mit dem Zeigefinger auf der Holzplatte herum.

Natalie glaubte ihm kein Wort. Die Geschichte war ungefähr von der gleichen Qualität wie die Story mit dem Paar, das Sex im Kinosaal hatte und dabei von Lars erwischt worden war. Offensichtlich spielten ihm seine Hormone öfters mal einen Streich, sodass er sich Geschichten ausdachte, bei denen Sex eine irgendwie geartete Rolle spielte. Doch Natalie hatte keine Lust, ihm zu widersprechen und so spielte sie sein Spiel mit. »Was glaubst du, hat er dort gemacht?«, fragte sie.

»Bestimmt war er da, um die Frauen zu beobachten, wie sie aufs Klo gehen.« Seine Stimme klang aufgeregt, beinahe atemlos.

»Und dabei hat er die Klotür offengelassen?«

Nun hob Lars doch seinen Blick. Für einen Moment zog sich seine Stirn kraus, seine Augen wanderten nervös durch den Raum. Dann nickte er. Dass dieser Teil der Geschichte dem heimlichen Beobachten widersprach, schien ihm nicht aufzufallen. »Ja, die Tür zur Kabine war offen«, bekräftigte er noch einmal, was er gesagt hatte.

»Okay, das ist in der Tat sehr seltsam. Da können die Frauen ja froh sein, dass du rechtzeitig aufgetaucht bist«, sagte Natalie und bemühte sich, nicht zu grinsen. »Was hattest du denn überhaupt in dcr Damentoilette zu suchen?«

Mit dieser Frage hatte Lars anscheinend nicht gerechnet, denn er wurde offensichtlich nervös. Wie auf der Suche nach einer Antwort zuckten seine Augen von links nach rechts. Schließlich hatte er eine gefunden. »Gar nichts hab ich gesucht. Ich schau nur ab und zu, ob da alles in Ordnung ist. Jemand muss ja die Einweghandtücher nachfüllen und so.« Er nickte, wie um sich selbst zu bestätigen, dass die Äußerung plausibel klang. »Außerdem brauche ich gar keinen Grund. Du bist hier zum Arbeiten und nicht um zu schwätzen. Das sagt mein Vater immer.«

Damit drehte er sich um und stapfte wie ein beleidigter Junge davon.

13. Kapitel

Die Wohnung war still, als Natalie nach Hause kam. Johanna war anscheinend unterwegs. Sie feuerte ihre Tasche in die Ecke unter der Garderobe im Flur, streifte ihre Schuhe ab und ließ sich auf die Couch in der Wohnküche fallen.

Obwohl sich der Stress im Kino dank der Nachmittagsschicht in Grenzen gehalten hatte, war der Tag anstrengend gewesen. Lars hatte sich ständig in ihrer Nähe herumgetrieben und war nicht müde geworden, immer mehr Geschichten über Professor Haubold auszupacken - eine hanebüchener als die andere. Natalie hatte sie alle mit gespieltem Interesse angehört, weil es ihr irgendwann zu blöd geworden war, ihm zu widersprechen. Offensichtlich wurde er von einer Art Eifersucht angetrieben, die sie sich nicht erklären konnte. Auf dem Nachhauseweg hatte sie sich sogar mehrere Male in Hauseingängen versteckt, weil sie das Gefühl nicht loswurde, dass er ihr folgte. Sie hatte ihn allerdings nirgends entdecken können.

Natalie gähnte. Sie rollte sich auf den Rücken, verschränkte die Arme hinter ihrem Kopf und schloss die Augen. Als sie sie wieder öffnete, stand Johanna vor ihr. In der rechten Hand hielt sie ein Sixpack. Natalie musste wohl eingeschlafen sein.

»Es ist viertel nach neun, du Langweilerin. Steh gefälligst auf und verhalte dich wie andere Mittzwanziger«, sagte sie zwinkernd und löste eine Bierflasche aus dem Karton. Mit einem Feuerzeug schnippte sie den Kronkorken auf und stellte sie auf Natalies Bauch ab. Die balancierte die Flasche kurz, bevor sie danach griff. Ihr war gerade so gar nicht nach Bier zumute, eher nach einem Kaffee, aber sie wollte auch keine Spielverderberin sein. Johanna hatte inzwischen eine zweite Flasche geöffnet und hielt sie Natalie zum Anstoßen hin.

Natalie setzte sich auf und prostete Johanna zu. Dann nahm sie einen tiefen Schluck. Das Bier war lauwarm und schmeckte fürchterlich. Auch Johanna verzog das Gesicht und stellte die Flasche auf dem Küchentisch ab. Sie nahm sich einen Stuhl, schob ihn an das Sofa, setzte sich und legte die Füße direkt neben Natalie ab. »Was machst du eigentlich schon hier? Ich dachte, du wärst heute arbeiten.«

»War ich schon, hatte sozusagen Frühschicht. Versaue ich dir damit deine Pläne mit dem Sixpack für heute Abend?«

Johanna lachte, griff sich ihre Bierflasche vom Tisch und nahm einen weiteren Schluck. »Es gibt keine Pläne. Ich habe eine Wette gegen Tom gewonnen und das war sein Einsatz. Das nächste Mal mache ich es allerdings zur Bedingung, dass er mir gekühltes Bier abliefert.«

»Nein, er hat verloren? Wie konnte so etwas nur passieren.« Natalie zwinkerte Johanna zu. Tom wollte ständig mit jedem wetten, selbst wenn es bloß darum ging, ob die Sekretärin des Studienbüros diese Woche ihren Hund wieder mit im Büro hatte oder nicht. Meistens verlor er allerdings, was ihn nicht davon abhielt, sich blindlings in die nächste Wette zu stürzen. »Worum ging es?«

»Um etwas Belangloses, was sonst. Er meinte, dass er die Hausarbeit für das Genetik-Seminar auf jeden Fall vor Semesterende fertig hat, ich habe aus Erfahrung dagegen gehalten. Da er bisher nicht mal angefangen hat, zu schreiben, haben wir heute beschlossen, dass der Sieg an mich geht.«

»Ja, das klingt nach Tom. Apropos Genetik, weißt du, wen ich heute im Kino getroffen habe?«

»Eine Zombieversion von William Bateson, dem Genetiker?« Johanna kicherte über ihren misslungenen Witz, verschluckte sich dabei und hustete lautstark.

»Geschieht dir ganz recht. Der Gag war so flach, du hättest ihn unter der Tür durchschieben können«, sagte Natalie und wartete, bis Johanna wieder zu Atem kam. »Aber du bist irgendwie doch nah dran gewesen. Der Haubold war heute im Kino.«

Johanna räusperte sich. »Prof Haubold? Na, dessen Freizeit möchte ich mal haben.« Ihre Stimme klang heiser vom Husten.

»Vorsichtig mit dem, was du dir wünschst. Er war nicht wegen eines Films dort, sondern für eine Vorlesung.«

»Ach, du hast recht. Ich hab den Aushang gelesen, dass alle Einführungsvorlesungen in Biologie im Kino stattfinden. Hat er sich denn überhaupt noch an dich erinnert? Manchmal kommt er mir ein wenig vertrottelt vor.«

»Klar hat er das. Er wusste sogar noch, dass ich bei ihm immer recht gut war.« Natalie stand auf und streckte sich. Ihr Hintern, der wegen der ungünstigen Liegeposition eingeschlafen war, wachte langsam wieder auf. Sie nahm sich ein Kühlpack aus der Gefriertruhe und wickelte es um ihre Flasche. »Aber das ist noch nicht alles. Er hat mir sogar einen Job angeboten.«

»Oh. Dann kannst du ja bald das Kino links liegen lassen und dich Hilfskraft schimpfen. Nicht schlecht.«

Natalie schüttelte den Kopf und setzte sich zurück aufs Sofa. »Keine Hilfskraft.«

Johanna machte große Augen. »Wissenschaftliche Mitarbeiterin? Sag mir nicht, du lässt die Schule sausen und gehst in die Forschung. Wirst du etwa der langersehnte Doktor sein, den ich schon immer im Freundeskreis haben wollte? Aber ich darf dann den Bollerwagen gestalten, das sage ich dir!«

»Ich muss dich enttäuschen. Für den Bollerwagen musst du dir jemand anderen suchen.« Natalie hatte noch nie verstanden, was Johanna sich davon versprach, mit einem Doktor befreundet zu sein. »Es wäre bei ihm zu Hause. Forschungsassistenz, Dokumentation. So ganz verstanden habe ich nicht, worum es ihm geht.

Außerdem wäre es schwarz, was bedeutet, dass ich es für meinen Lebenslauf nicht verwenden kann und es beinhaltet auch keine Promotion.«

»Lass mich raten! Du hast natürlich sofort den Schwanz eingezogen, nicht wahr? Als käme es immer nur darauf an, was im Lebenslauf steht.«

»Du liegst schon wieder daneben.« Natalie griff in ihre Hosentasche und holte die Visitenkarte von Professor Haubold heraus. »Noch habe ich mich nicht entschieden. Ich soll mich bei ihm melden, wenn ich Lust auf den Job habe.«

Johanna zog die Augenbrauen nach oben und wedelte mit der Bierflasche in Natalies Richtung. »Natürlich hast du Lust. Ist doch keine Frage. Zusätzliches Geld, wovon du Vater Staat nicht mal was abtreten musst. Da wärst du ja schön blöd, nicht sofort zuzugreifen.«

»Mh«, machte Natalie unentschlossen. Ihr ging nicht aus dem Kopf, was Lars ihr vorhin im Kino über Professor Haubold erzählt hatte. Wenn an der Geschichte wirklich etwas dran sein sollte, hatte sie wenig Lust, mit ihm in seinen Privaträumen zusammenzuarbeiten. »Sag mal, ist dir der Haubold eigentlich jemals negativ aufgefallen?«

»Negativ? Aber Hallo«, sagte Johanna und nickte heftig. Natalie hielt die Luft an. Hatte Lars am Ende doch nicht gelogen? »Er hat mir in der Einführungsklausur nur eine Dreikommasieben gegeben. Und das, obwohl ich das meiste bei dir abgeschrieben habe und du eine Zweinull geschafft hast. So ein Arschloch. Ich wette, er hat was gemerkt und das war sein Denkzettel.«

Natalie stieß die Luft aus. »Und ernsthaft jetzt?«

»Voll im Ernst, das wäre so der einzige Punkt, in dem er mir besonders negativ aufgefallen ist. Außerdem ist er vielleicht ein bisschen verpeilt. Ansonsten gibt es bestimmt größere Idioten an der Uni.«

»Das beruhigt mich jetzt ein wenig. Mir hat da nämlich jemand einen Floh ins Ohr gesetzt, dass Haubold irgendwie ... Dass er gerne bei jungen Mädels mal einen Blick zu viel riskiert und ihnen auch nachstellt. Auf dem Damenklo zum Beispiel.«

Johanna lachte schallend. »Haubold als irrer Perversling? Nie im Leben. Ich halte ihn eher für komplett asexuell. Wobei, das stimmt auch wieder nicht. Ich weiß, dass er eine Tochter hat. Die hatte er mal auf einem Sommerfest dabei, ist schon eine Weile her. Aber ich würde mich doch schwer wundern, wenn er irgendwie ein Abnormaler ist. Wer hat dir denn sowas erzählt?«

»Ach, das ist doch egal. Ich habe ja selbst nicht wirklich geglaubt, dass an der Sache irgendwas dran ist.« Natalie wollte lieber nicht verraten, dass sie einem Märchen vom zurückgebliebenen Sohn des Kinobetreibers aufgesessen war, der Haubold ja überhaupt nicht kannte.

»Spann mich nicht so auf die Folter. Jemand, der die Erfahrung mit ihm selbst gemacht hat? Bestimmt Mel, die hat er letztes Semester durch eine Hausarbeit fallen lassen. Hättest sie mal hören sollen, wie sie getobt hat.«

»Nein, Mel hat nichts damit zu tun. Ein Mitarbeiter aus dem Kino hat es mir erzählt. Hat behauptet, er hätte

Haubold dort mal auf dem Damenklo erwischt, in einer Kabine.«

»Zufällig der komische Typ, der auch immer die Karten abreißt?«

»Treffer«, sagte Natalie und nahm einen Schluck von dem Bier, das mittlerweile eine angenehmere Temperatur angenommen hatte.

»Ist ja lustig. Den habe ich gerade unten vor der Tür getroffen, als ich nach Hause gekommen bin. Hab mich noch gewundert, was ihn hier in die Ecke verschlägt.«

Natalies Blick ging unwillkürlich zum Fenster. »Du hast was? Was zum Teufel hat der denn hier zu suchen?«

»Keine Ahnung, das habe ich ihn natürlich nicht gefragt. Er ist mir nur aufgefallen, weil ich ihn vorher hier noch nie gesehen habe. Er ist die Häuser abgegangen und hat auf die Namensschilder geglotzt. Vielleicht sucht er nach dir ...« Johanna lachte erneut, doch Natalie stieg nicht mit ein. Stattdessen stieß sie sich von der Arbeitsplatte ab und ging ans Fenster.

Das Café auf der gegenüberliegenden Straßenseite war gut gefüllt, aber auf den ersten Blick war keiner der Besucher Lars. Auch sonst konnte sie ihn nirgends entdecken. Vermutlich hatte er gefunden, weswegen er gekommen war. Ihre Adresse. Der Gedanke war nicht gerade beruhigend. Erst recht nicht, nachdem sie ihn am Vormittag vor Isabells Wohnung beim Herumlungern gesehen hatte.

Obwohl sie und Johanna noch gemeinsam das Sixpack leerten und Bier sie normalerweise schläfrig machte, brauchte Natalie an diesem Abend lange, um zur Ruhe zu kommen. Als sie dann endlich eingeschlafen war, träumte sie davon, dass Lars neben ihrem Bett stand und sie beobachtete, während sie schlief. So sehr sie sich im Traum befahl, aufzuwachen, es gelang ihr nicht.

14. Kapitel

Das Fenster zur Küche der Rothaarigen war dunkel. So wie die letzten Wochen eigentlich ständig. Sie war schon lange nicht mehr zu Hause gewesen.

Lars riss sich davon los und ging weiter über den Hinterhof. Es war spät. So spät, dass die Sonne schon bald untergehen würde. Er schloss die Haustür auf, stieg die zwei Stockwerke nach oben und blieb vor der Wohnungstür stehen. Drinnen lief der Fernseher so laut, dass er ihn bis auf den Hausflur hören konnte. Am liebsten würde er einfach hier stehen bleiben und warten, bis drinnen alle ins Bett gegangen waren. Ihm war klar, dass er Ärger mit seiner Mutter bekommen würde. Sein Vater hatte ihm gesagt, er solle sich ohne Umwege auf den Weg nach Hause machen, um seiner Mutter zur Hand zu gehen, doch darauf hatte er keine Lust gehabt. Er war es leid, immer wie ihr Sklave behandelt zu werden, wohingegen seine Schwester fast nie etwas machen musste. Bloß, weil er sich keine eigene Wohnung leisten konnte, hieß das noch lange nicht, dass sie ihn wie ihr Eigentum behandeln konnten.

Das hatte er sich zumindest vorhin eingeredet, als er zum Haus von Natalie aufgebrochen war. Solange er sich in ihrer Nähe herumgetrieben hatte, war seine Mutter nicht mehr in seinem Kopf gewesen. Jetzt sah das Ganze anders aus. Die Argumente, die er sich zurechtgelegt hatte, waren wie weggeblasen.

Er atmete noch einmal tief durch und steckte dann den Schlüssel ins Schloss und drückte langsam die Tür auf. Noch bevor er die Tür wieder geschlossen und sich in die Wohnung geschlichen hatte, hörte er schon die Stimme seiner Mutter aus dem Wohnzimmer.

»Lars«, übertönte sie die Geräusche des Fernsehers. »Bist du das? Ich warte seit Stunden.« Da er nicht antwortete, sondern schweigend in der Diele stehenblieb, stellte sie den Ton leiser. »Lars? Hörst du mich?«

»Ich bin ja schließlich nicht taub«, murmelte er, dann legte er widerwillig seinen Schlüsselbund auf die Kommode im Flur und schloss die Wohnungstür hinter sich. Am liebsten wäre er gleich wieder verschwunden. Da er aber nicht wusste wohin, ging er ins Wohnzimmer. Die Rollläden waren heruntergelassen. Durch die Ritzen schien das restliche Tageslicht und machte die rauchige Luft im Raum sichtbar. Offenbar war seine Mutter mal wieder ihrer Sucht erlegen.

»Da bin ich«, sagte er, als hätte seine Mutter ihn nicht längst im Türrahmen entdeckt.

»Das wird aber auch Zeit.« Sie warf die abgemagerten Hände in die Luft und stöhnte auf. Ihre Lunge rasselte bei jedem Atemzug. »Dein Vater ist doch schon vor über zwei Stunden ins Kino gegangen. Ich muss dringend duschen und gegessen habe ich auch noch nichts. Dabei muss ich gleich schon die Tabletten nehmen. Das weißt du doch …«

Lars nickte und starrte betreten auf seine Fußspitzen. Er hatte nicht gewollt, dass seine Mutter wegen ihm Hunger hatte. »Tut mir leid. Ich hab nicht dran gedacht.«

»Du kannst nur hoffen, dass du niemals erfahren musst, wie es ist, so sehr auf Hilfe angewiesen zu sein. Mit einem Mal kann man nichts mehr, was einem früher leichtgefallen ist. Manchmal möchte ich mir einfach einen Strick nehmen, aber nicht mal das würde ich schaffen.«

Wieder nickte Lars und knetete seine Hände, die er hinter dem Rücken versteckt hielt. Er fragte sich, was seine Mutter mit dem Strick dann anfangen würde. Vielleicht könnte sie ihren Rollator damit zu sich heranziehen oder sich in der Küche damit an den Schränken festbinden, damit sie nicht umkippte. Einen Moment lang überlegte er, ihr diese Frage zu stellen. Er ließ es besser, sonst würde sie nur noch wütender werden. »Was möchtest du zuerst? Duschen oder essen?«, erkundigte er sich stattdessen.

»Na was wohl? Ich habe doch gerade erklärt, dass ich meine Medikamente nehmen muss. Dass du aber auch kein kleines Bisschen mitdenken kannst.«

»Ist gut. Ich schmiere dir ein Brot, ist das genug?«

»Dein Vater hat einen Eintopf aufgetaut. Er steht im Kühlschrank und muss nur für ein paar Minuten in die Mikrowelle. Das ist nicht zu viel verlangt, oder?« Sie schüttelte den Kopf und stellte den Ton des Fernsehers wieder an. »Jetzt hab ich auch noch den Anfang von meiner Serie verpasst. Nicht zu glauben.«

»Nein, natürlich ist das nicht zu viel verlangt«, antwortete Lars. Er drehte sich um und ging aus dem Zimmer in Richtung Küche.

»Eine Scheibe Brot nehme ich trotzdem dazu. Falls dir nicht klar sein sollte, dass man sowas zur Suppe isst«, rief ihm seine Mutter hinterher. Wie immer, wenn sie zu sehr ihre Stimme erhob, schüttelte sie direkt darauf ein Hustenkrampf.

Lars stand bereits vor dem Kühlschrank und riss die Tür heftiger auf, als er geplant hatte. Eine Packung Orangensaft fiel ihm entgegen, die er gerade noch so erwischte, bevor sie auf dem Boden aufschlug. Am liebsten hätte er sie genommen und seiner Mutter vor die Füße geknallt. Er hatte es satt, von ihr wie der schlimmste Vollidiot auf der ganzen Erde behandelt zu werden.

Ja, er war nicht besonders schlau, aber so dumm, dass er nicht mal eine Suppe aufwärmen und ein Stück Brot abschneiden konnte, war er sicher nicht. Auch wenn seine Mutter ihm nicht einmal das zutraute.

Er nahm die Plastikdose aus dem Kühlschrank, die sie zum Einfrieren der Reste nutzten, öffnete den Deckel ein Stück und packte sie in die Mikrowelle. Den Timer stellte er auf fünf Minuten und wählte das Aufwärmprogramm. Dann nahm er sich ein Küchentuch und wischte über die Arbeitsfläche, wo er eine Spur aus Wasser hinterlassen hatte, das von der Plastikdose abgeperlt war.

Während er darauf wartete, dass die Mikrowelle ihren Job erledigte, holte er zwei Scheiben Brot aus der

Verpackung und legte eine davon auf das bereitgestellte Tablett für seine Mutter. Die andere aß er ohne Belag selbst. Als er fertig war, ertönte endlich auch das *Pling* der Mikrowelle. Er füllte die Suppe in einen tiefen Teller um und trug das Tablett zu seiner Mutter. Dabei zitterten seine Hände so sehr, dass er befürchtete, die Suppe würde samt dem Tablett jeden Moment auf dem Boden landen. Er war für solche Arbeiten einfach zu ungeschickt, bekam er es in der Regel nicht mal hin, ein Glas Wasser zu transportieren, ohne dabei etwas zu verschütten.

Entgegen seiner Befürchtung schaffte er es unfallfrei ins Wohnzimmer und stellte das Essen vor seiner Mutter ab. Die Erbsensuppe mit Würstchen roch köstlich, und ihm lief das Wasser im Mund zusammen. Seine Mutter schien genau das Gegenteil zu fühlen, denn ihr Gesicht wurde noch ein wenig blasser und sie verzog den Mund.

»Dein Vater weiß doch genau, dass ich während der Chemo keine Erbsen riechen kann«, sagte sie stöhnend und rührte mit angewiderter Miene in dem Teller herum. Sie schob sich einen Löffel voll in den Mund und spuckte die Portion zurück in den Teller. Ein grünlich gefärbter Speichelfaden blieb an ihrer Lippe hängen und zog sich über das Kinn.

»Aber ... Das hätte ich doch noch essen können«, sagte er, obwohl sein Appetit augenblicklich verschwunden war.

»Räum das weg, bevor ich noch kotzen muss«, befahl seine Mutter und wischte sich mit dem Handrücken übers Kinn.

Lars bemühte sich, weder die Suppe noch seine Mutter anzuschauen, als er das Tablett aufhob, doch trotzdem musste er ein Würgen unterdrücken.

»Warte«, rief seine Mutter und nahm sich die Scheibe Brot vom Tellerrand. »Damit ich wenigstens irgendwas im Magen habe. Als wäre ich nicht bereits dürr genug durch die verdammte Krankheit. Man könnte ja meinen, ich würde zu Hause verhungern.« Ihr Ton war so vorwurfsvoll, als würde Lars höchstpersönlich die Verantwortung an ihrem Schicksal tragen.

Er trug das Tablett in die Küche, leerte den Teller im Bad in die Toilette und ging dann zurück zu seiner Mutter ins Wohnzimmer.

»Duschen möchtest du trotzdem?«, fragte er in der Hoffnung, dass ihr mittlerweile auch darauf die Lust vergangen war. Leider hatte er sich getäuscht.

»Was glaubst du denn? Solange ich noch ein paar Haare auf dem Kopf habe, will ich die auch waschen.«

Sie hielt auffordernd ihre Arme nach vorne und Lars beugte sich nach unten, um ihr aufzuhelfen. Mittlerweile musste er sich dabei kaum mehr anstrengen, da sie mit jeder Woche immer dünner wurde.

Als sie sich im Bad den Pullover über den Kopf zog, erfüllte ein saurer Schweißgeruch den kleinen Raum. Ihre Rippen und Hüftknochen stachen deutlich hervor. Als er ihr vor zwei Wochen das letzte Mal beim Duschen geholfen hatte, war es noch nicht so schlimm gewesen. Sie war nur noch Haut und Knochen. Lars senkte den Blick, da er sie nicht so offensichtlich anstarren wollte. Er hatte sich noch nie wohl dabei gefühlt, seine Mutter nackt zu sehen. Schon damals als Kind nicht, als sie ihn mit in die Frauendusche im Schwimmbad genommen hatte. Doch jetzt war der Anblick für ihn unerträglich.

Früher war seine Mutter eine stämmige Frau gewesen, die dank ihrer Schwimmleidenschaft ein breites Kreuz hatte und die er respektierte. Sie so schwach und ausgemergelt zu sehen, führte ihm täglich vor Augen, wie böse so eine Krankheit war. Und das machte ihm eine unbeschreibliche Angst. Was, wenn auch er später Krebs bekommen würde? Könnte er dann überhaupt noch nach draußen gehen und sich ein Eis holen oder stundenlang vor seinem PC sitzen und lustige Videos schauen, wie er es jetzt so gerne tat?

»Ach, was ich fast vergessen hätte«, sagte seine Mutter und krallte sich in seiner Schulter fest, um beim Einstieg in die Dusche nicht das Gleichgewicht zu verlieren. »Ich habe noch einmal mit Frau Bühler telefoniert. Sie hat sich mittlerweile ein wenig beruhigt und ist sogar bereit, dir noch mal eine Chance zu geben.« Sie klappte den Plastiksitz herunter, den sie extra für sie hatten einbauen lassen. Mit einem Stöhnen ließ sie sich darauf fallen und atmete schnaufend durch.

»Oh«, sagte Lars tonlos. Eigentlich hatte er keine Lust, noch einmal zu ihr zu fahren, um die dämliche Hecke zu schneiden. Das war langweilige Arbeit und außerdem hatte er doch im Kino mit Natalie endlich nette Gesellschaft.

»Du solltest dich bemühen, sie nicht noch einmal zu enttäuschen. Sie wird dir keine dritte Chance geben, sich bei ihr ein Taschengeld aufzubessern, wenn das nicht so läuft, wie sie es sich vorstellt.« Sie stellte das Wasser an und Lars setzte sich auf den geschlossenen Toilettendeckel.

»Ich will ihr blödes Taschengeld überhaupt nicht haben«, murmelte Lars und fragte dann lauter, um das Rauschen der Dusche zu übertönen: »Wann soll ich hingehen?«

Seine Mutter antwortete nicht. Anscheinend hatte sie ihn nicht gehört. Er beobachtete ihre verschwommene Silhouette durch den Duschvorhang und malte sich aus, wie es wäre, wenn er jetzt einfach aufstand und ging. Den Schlüssel zur Badezimmertür nahm, hinter sich abschloss, seine Sachen packte und die Wohnung verließ. Dann konnte seine Mutter zusehen, wie sie ohne ihn zurechtkam. Aber sein Vater wäre mit Sicherheit wütend auf ihn und er würde ganz schönen Ärger bekommen.

Seine Mutter stellte das Wasser in der Dusche ab und Lars stand auf, um ihr das Handtuch zu reichen. Er wartete, bis sie sich abgetrocknet hatte, half ihr beim Anziehen und brachte sie zurück ins Wohnzimmer. Dann verabschiedete er sich und setzte sich vor seinen PC, um dort noch ein paar Sexfilme im Internet zu schauen. Am liebsten hatte er die, in denen sich zwei Frauen dort unten küssten. Die bereiteten ihm am meisten Spaß und irgendwann wollte er auch mal so etwas machen.

15. Kapitel

Isabell wachte auf und streckte sich. Jede Faser ihres Körpers schmerzte bei der Bewegung. Für einen Moment, solange sie noch die Augen geschlossen hatte, hielt sie es für eine extreme Form von Muskelkater. Sie überlegte, wann sie zuletzt im Fitnessstudio gewesen war, konnte sich aber weiß Gott nicht erinnern. Dann öffnete sie die Augen, starrte in die alles umfassende Finsternis und mit einem Mal fiel ihr wieder ein, wo sie sich befand. Sie war noch immer eingesperrt in dem Gefängnis und anscheinend hatte der Kerl irgendwas mit ihr angestellt.

Sie streckte ihre Beine, die sie bis eben an den Bauch gezogen hatte, und unterdrückte einen Schrei. Hatte sie gerade noch geglaubt, den schlimmsten Muskelkater ihres Lebens zu haben, durchfuhr nun ein Krampf ihren Körper. Es begann in den Oberschenkeln und breitete sich wellenförmig über alle anderen Muskeln aus, bis sogar die Kiefer davon betroffen waren. Sie biss ihre Zähne so fest aufeinander, dass sie Angst hatte, sie würde sich jeden Moment einen Zahn rausbrechen. Sie wollte stöhnen, doch kein Ton kam aus ihrem Mund.

Panisch schnappte sie nach Luft, während ihre Muskeln ein Eigenleben führten. Was geschah hier mit ihr? Was hatte er mit ihr gemacht?

Sie versuchte, ihre Glieder zu dehnen und zu strecken, um die Anspannung zu lösen, doch ihr Körper wollte ihr nicht gehorchen.

Während sie darauf wartete, dass die Krämpfe von ihr abließen, versuchte sie sich daran zu erinnern, was passiert war.

Sie hatte im Dunkeln gelegen und befürchtet, dass er sie verdursten lassen wolle. Das bisschen Urin, das sie zuletzt abgesondert hatte, stank bereits unerträglich - ein erstes Zeichen dafür, dass der Körper dehydriert war, wie Isabell aus ihrem Studium wusste. Ihr Blutdruck war dermaßen in den Keller gesackt, dass ihr sogar beim Aufsetzen schwindelig geworden war, weswegen sie die meiste Zeit nur noch liegend verbrachte. Ihre Nieren schmerzten, sodass sie davon ausging, dass sie bereits mehr als einen Tag keine Flüssigkeit zu sich genommen hatte. Ihre Zeit wurde knapp. Wenn ihre Nieren versagten, würde sie hier drin sterben.

Dann hatte sie an ihre Eltern gedacht. An die letzte Gelegenheit, bei der sie mit ihnen gesprochen hatte. War sie nett zu ihnen gewesen? Hatte sie ihnen ihre Dankbarkeit gezeigt? Dafür, dass sie ihr das Studium ermöglichten, dass sie ihr immer zur Seite standen und sogar eine eigene Wohnung finanzierten, obwohl sie gut und gerne in dem ausgebauten Keller ihres Elternhauses hätte wohnen können? Würden sie wissen, wie sehr sie die beiden geliebt hatte, wenn man ihre Leiche fand?

Die Gedanken an ihre Familie waren das Letzte, an das sie sich erinnerte. Danach fand sie nichts Greifbares mehr in ihrem Kopf. War er zu ihr gekommen und hatte ihr eine Suppe gebracht? Möglicherweise mit Drogen versetzt, auf die ihr Körper nun reagierte. Drogen, mit denen er sie gefügig machen wollte? Ob er sie vergewaltigt hatte? Sie versuchte, in sich hineinzuhorchen, wollte erspüren, ob er in sie eingedrungen war oder ob ihre Brüste schmerzten. Doch die Krämpfe übertünchten jegliches Gefühl. Vielleicht hatte er auch gar nichts mit ihr gemacht und die Krämpfe waren die ersten Vergiftungserscheinungen, weil die Nieren ihre Arbeit eingestellt hatten. Sie wusste, dass sie in dem Seminar auch über die Symptome von Nierenversagen gesprochen hatten, aber ihr Gehirn wollte die Information nicht preisgeben.

Nach einer gefühlten Ewigkeit spürte Isabell, wie die ersten Muskeln sich endlich lockerten. Faser für Faser entspannte sich ihr Körper und erst jetzt merkte sie, dass sie so gut wie keine Luft bekommen hatte. Sie atmete tief durch und streckte sich erleichtert. Vorsichtig massierte sie erst ihre Oberschenkel und dann ihre Arme. Die Schmerzen ließen langsam nach, doch das unangenehme Ziehen und das Gefühl von Muskelkater blieben. Erst jetzt, da ihr gesamter Körper nicht mehr unter Spannung stand, spürte sie den Druck auf ihrer Blase. Sie musste pinkeln.

Isabell setzte sich auf und stieß dabei mit dem Fuß gegen etwas. Sie beugte sich nach unten und tastete in der Dunkelheit auf dem Boden herum. Ihre Finger berührten den Rand eines Plastikbechers. Suppe! Er hatte ihr Suppe gebracht. Warum tat er das? Weshalb hielt er sie hier gefangen und ließ sie beinahe verdursten, nur um sie dann doch am Leben zu halten, wenn sie gerade dabei war, aufzugeben? Was hatte er mit ihr vor und wie lange musste sie das noch ertragen?

Sie griff nach dem Becher, hob ihn an. Ihre Finger waren zu schwach, ihn zu halten und er glitt ihr aus der Hand. Mit einem leisen Scheppern fiel er auf den Boden.

»Nein!«, rief Isabell und streckte die Hand danach aus. Ihre Finger stießen auf eine kleine Pfütze. Sie hatte die Suppe verschüttet. Ein lauter Schluchzer voller Verzweiflung drang aus ihrer Kehle.

16. Kapitel

Arndt konnte sich nicht erinnern, wann er zuletzt geschlafen oder etwas gegessen hatte. Lediglich die blinkende Anzeige des Akkus auf seinem Desktop gab ihm einen Anhaltspunkt, dass die letzte Pause bereits wieder zu lange her war. Er blickte hinunter auf sein Buch. Die Buchstaben vor seinen Augen verschwammen und die letzte Seite hatte er gleich mehrmals lesen müssen, weil er sich nicht entsinnen konnte, welche Informationen er dort entnehmen konnte.

Er nahm das abgegriffene Foto seiner Tochter, auf dem sie gerade einmal ein paar Monate alt war, legte es zwischen die Seiten und klappte das Buch zu. Eine kurze Auszeit war längst überfällig - auch wenn es ihm schwerfiel, sich von dem Thema zu lösen. Er stützte den Kopf in seine Hände, massierte seine Schläfen und streckte den Rücken durch. Seine Wirbel knackten bedrohlich und er befürchtete, dass er nicht mehr weit von einem Bandscheibenvorfall entfernt war.

Kein Wunder, in letzter Zeit kam er kaum noch weg von seinem Schreibtisch, was sich deutlich an dem

Durcheinander ablesen ließ, das sich immer weiter um ihn herum ausbreitete. Er war noch nie der Ordentlichste gewesen, was seine Frau immer bemängelt hatte, aber so langsam verlor sogar er den Überblick. Dass nur das Genie das Chaos beherrschte, konnte er sich nicht mehr länger vormachen.

Überall auf seinem Schreibtisch stapelten sich die Unterlagen. Klausuren und Hausarbeiten der letzten zwei Semester, die darauf warteten, korrigiert zu werden, nahmen den größten Teil davon ein, sodass er sie mittlerweile sogar auf dem Boden lagerte. Das aktuelle Semester neigte sich bereits dem Ende zu, sodass er bald weitere Stapel anlegen musste. Im letzten Jahr hatte er sich nur dazu aufraffen können, etwas zu korrigieren, wenn einer der Studierenden nachgefragt hatte, weil er seine Note brauchte.

Je größer die Unordnung wurde, desto macht- und hoffnungsloser fühlte er sich, sie jemals in den Griff zu bekommen. Sein Blick wanderte zu den deckenhohen Regalen, die jede freie Wand in seinem Büro säumten und die randvoll mit Büchern waren. Zusätzlich zu den Klausuren und Hausarbeiten wartete auch noch die Dokumentation des Bestandes seiner umfangreichen Bibliothek auf ihn.

Da er - wenn alles gut ging - sehr bald gemeinsam mit seiner Tochter in ein kleineres Haus fernab der Stadt ziehen würde, hatte er beschlossen, das meiste seiner über die Jahre angesammelten Forschungsliteratur an verschiedene Bibliotheken zu spenden. Dafür brauchte er aber zunächst eine Liste, was er überhaupt besaß und um welche Ausgaben es sich jeweils handelte.

Seit er vorletzte Woche die Putzfrau gekündigt hatte, musste er sich außerdem komplett alleine um den Haushalt kümmern, was er bis jetzt vermieden hatte. Nun aber ging das saubere Geschirr zur Neige und in der Küche roch es nicht gerade angenehm. Dieser ständig wachsende Berg von Arbeit war zum Verzweifeln und eine Besserung war nicht in Sicht. Er konnte nur hoffen, dass Natalie Dreher sein Jobangebot annehmen würde und er mit ihrer Hilfe zumindest einen Anfang fand. Ja, es war nicht erlaubt, Korrekturarbeiten von Hilfskräften durchführen zu lassen, aber sie wäre nicht offiziell bei ihm angestellt und so musste es niemand erfahren. Die Benotung würde er selbst machen, er brauchte nur die erreichte Punktezahl, um voranzukommen.

Er überprüfte sein E-Mail-Postfach. Bisher hatte sie sich noch nicht zurückgemeldet. Das war vermutlich kein gutes Zeichen. Wenn jemand so dringend Geld brauchte wie sie, dann überlegte er nicht so lange bei einem so lukrativen Angebot. Vielleicht hätte er ihr nicht sofort eröffnen sollen, dass es sich dabei um einen nicht angemeldeten Job handelte. Allerdings war er nicht darauf vorbereitet gewesen, sie dort im Kino anzutreffen und hatte sich spontan überlegt, sie zu fragen. Mit etwas mehr Überlegung hätte er ihr das Angebot sicher noch schmackhafter machen können.

Arndt schob seinen Stuhl zurück. Es war Zeit für einen Kaffee oder ein kleines Nickerchen auf dem Sofa. So wie er es früher immer nach den Vorlesungen gehandhabt hatte, damals, als seine Frau noch nicht aus dem gemeinsamen Haus ausgezogen war. An welchem Zeitpunkt war ihm die Kontrolle über sein Leben nur dermaßen abhandengekommen? Warum hatte er es nicht frühzeitig bemerkt, um noch gegensteuern zu können? Sonst war er doch auch nicht so begriffsstutzig. Nur wenn es um ihn selbst ging, schien er nicht genug Reflexionsvermögen zu haben. Er konnte seine Frau verstehen. Vermutlich hätte er auch nicht länger mit sich selbst zusammenleben wollen. Er seufzte und stand auf.

Als er in die Küche kam, verzog Arndt das Gesicht angesichts der Unordnung, die hier herrschte. Die Spülmaschine stand offen, vollgeräumt mit verkrustetem Geschirr, das vermutlich nicht mal das Intensivprogramm sauber bekommen würde. Die nächsten schmutzigen Teller und Töpfe warteten bereits auf der Arbeitsfläche darüber.

Er öffnete den Schrank für die Tassen und fand tatsächlich noch genau eine saubere. Als er die Vorrichtung für die Filter der Kaffeemaschine öffnete, schlug ihm ein übler Geruch entgegen. Er hätte den alten Filter beim letzten Mal besser entfernen sollen, denn weißer Schimmel zog sich über das Kaffeepulver, das sich noch darin befand. Hatte er zu Hause tatsächlich so lange keinen Kaffee mehr gekocht? Mit spitzen Fingern klaubte er den Filter aus der Halterung. Er warf ihn in die Schale mit den Bioabfällen, die er schon seit bestimmt einer Woche nicht mehr in die Tonne gekippt hatte. Fruchtfliegen stoben auseinander und flogen ihm vor dem Gesicht herum.

»So kann es nicht weitergehen«, schimpfte er sich selbst, schnappte sich die Schüssel mit den Abfällen und stapfte in den Flur.

Durch das Milchglas seiner Haustür sah er, wie gerade jemand durch das Hoftor kam. Arndt blieb stehen und warf einen erschrockenen Blick auf seine Aufmachung. Das fleckige Hemd hing zerknittert aus seiner Hose, der Reißverschluss selbiger stand offen und in seinem rechten Socken war ein großes Loch, durch das der Nagel seines großen Zehs schaute. Er konnte sich nur ausmalen, welches Bild er abgeben musste, wenn er in diesem Aufzug gleich die Tür öffnete.

Bevor die Person die Treppe zu seiner Haustür hinaufgekommen war, machte Arndt einen Satz nach rechts und verschwand in der Tür zur Küche. Mit etwas Glück hatte der Besucher ihn nicht in der Diele gesehen und er konnte vorgeben, nicht zu Hause zu sein.

Kaum hatte er den Schritt zurückgemacht, klingelte es. Arndt hielt unwillkürlich den Atem an. Der Besucher wartete einen Moment und klingelte dann erneut.

»Arnie, mach schon auf! Ich habe dich vom Auto aus durchs Küchenfenster gesehen.«

Arndt schloss die Augen. Er hasste es, wenn jemand diesen uralten Spitznamen verwendete. Es gab nur eine Person, die es trotzdem tat: sein Doktorbruder Joachim Strenzel. Der hatte ihm den Namen damals in Anspielung auf Arnold Schwarzenegger verpasst, weil Arndt als junger Mann gerne mit Gewichten trainiert hatte.

»Einen Moment, ich komme gleich«, rief er in den Flur. Er stellte die Schüssel mit dem Biomüll auf die Arbeitsfläche zurück, befeuchtete sich die Hände am Waschbecken und fuhr sich durch die Haare. Anfang der Achtziger hatten er und Joachim sich gemeinsam mit sechs weiteren Kommilitonen eine Wohnung geteilt, er war es also gewohnt, dass Arndt nicht gerade die Ordnung in Person war. Dennoch schloss er die Küchentür hinter sich, bevor er seinen alten Freund hereinbat.

»O Herr, lass Abend werden! Du siehst ja aus ...«, rief der, bevor er überhaupt einen Schritt ins Haus getan hatte. »Dass dich in deinem Alter noch mal so der Forschungsdrang packen würde und du deshalb alles um dich vergisst, hätte ich nicht gedacht.«

»Man steckt nicht drin«, sagte Arndt und lachte, auch wenn ihm nicht danach zumute war. Joachims gnadenlose Ehrlichkeit war selten erbaulich.

Die beiden umarmten sich und Arndt führte seinen Freund ins Wohnzimmer, wo es nicht ganz so schlimm aussah wie in den restlichen Räumen des Erdgeschosses.

Sie setzten sich auf die abgewetzte Ledercouch, die Arndt sich von seinem ersten Professorengehalt geleistet hatte. Während Joachim sich im Raum umschaute, fegte Arndt beiläufig mit dem Handrücken ein paar Krümel vom Tisch, die von seinem Frühstück übrig geblieben waren.

»Was verschafft mir die Ehre deines Überraschungsbesuches?«, fragte er und hoffte, dass sich seine Befürchtung nicht bewahrheiten würde. »Kann ich dir etwas anbieten?«

»Danke, Arnie, mein Freund, aber ich will hier keine Wurzeln schlagen. Eigentlich bin ich nur gekommen, um den Schlüssel für die Praxis abzuholen.«

Arndt knirschte mit den Zähnen, was dieses Mal nicht nur der Verwendung seines unbeliebten Spitznamens geschuldet war. »Jetzt schon? Hattest du mir nicht eine Nutzung bis in den Herbst hinein in Aussicht gestellt?«

»Von September sprachen wir, maximal Oktober. Es hat sich aber nun mal eine neue Situation für uns ergeben. Wir haben einen Kaufinteressenten für die Geräte gefunden, der sie sofort übernehmen würde und er würde die Sachen gerne besichtigen. Kannst du dir vorstellen, welche Unsummen der Umzug in die Staaten verschlingt? Da kommt die Finanzspritze gerade recht. Beatrice ist schon völlig aus dem Häuschen, dass wir endlich jemanden gefunden haben, der alles auf einmal abnehmen möchte. Vorausgesetzt, du hast nichts kaputtgemacht ...«

»Aber ich habe meine Untersuchungen darauf ausgerichtet. Wie kannst du mir jetzt sagen, dass ich mittendrin abbrechen muss?« Arndt schlug mit der flachen Hand auf den Tisch.

Joachim zuckte kaum merklich zusammen, fing sich aber sofort wieder. »Niemand hat gesagt, dass du sofort unterbrechen musst. Ich bräuchte nur einen Schlüssel, damit ich zur Besichtigung rein kann.«

Arndt versuchte, sich zusammenzureißen. Sein Herz hämmerte gegen die Brust und er bekam schlecht Luft. »Ich stecke mitten in einem Versuchsdurchlauf. Jede Störung könnte die Proben kontaminieren. Mensch, Joachim. Ich habe mich auf dein Wort verlassen.«

»Willst du mir nicht endlich mal verraten, an was du gerade forschst?«

Arndt schüttelte vehement den Kopf. »Nicht in diesem Stadium. Kannst du mir nicht etwas mehr Zeit geben? Ein paar Wochen?«

»Wie stellst du dir das vor? Es ist der erste Interessent, der sogar einen Teil der Inneneinrichtung übernehmen würde, wenn ihm der Stil zusagt. Und dann gleich Wochen. Wer garantiert mir, dass er sich in der Zeit nicht für ein anderes Angebot entscheidet? Beschaffst du mir dann Ersatz? Du weißt doch, wie schwer es ist, gebrauchte Geräte loszuwerden.« Joachim knetete seine Hände und Arndt spürte instinktiv, dass da ein Funken des Entgegenkommens war, den er lediglich entfachen musste.

»Wir kennen uns schon so viele Jahre. Kannst du nicht unserer Freundschaft zuliebe das Ganze etwas hinauszögern? Eine Unterbrechung würde mich um Monate zurückwerfen.« Er schaute seinem Freund eindringlich in die Augen. »Du hast doch eine Inventarliste und die Baupläne. Für einen ersten Eindruck dürfte das in Kombination mit den Fotos doch genügen. Ich beeile mich und hinterlasse dir die Praxis in einem besseren Zustand, als du sie mir übergeben hast. Von mir aus streiche ich vorher noch die Wände. Darauf gebe ich dir mein Wort.«

»Zwei Wochen? Dann versuche ich den Käufer so lange damit zu vertrösten, dass wir im Urlaub sind. Die Wände kannst du dir sparen, er will ja nicht die Räumlichkeiten kaufen.«

Arndt seufzte und bemühte sich, dabei besonders enttäuscht zu klingen. »Schon vier wären wirklich knapp. Aber wenn du mir diese Frist setzt, werde ich sie einhalten müssen.« Er konnte förmlich sehen, wie es hinter Joachims Stirn arbeitete, also setzte er noch einen drauf. »Eigentlich hast du recht. Im Endeffekt bringen mich die zwei Wochen nicht weiter und du kannst den Schlüssel sofort mitnehmen. Ich muss eben komplett neu starten. Wenn ich denn noch mal die Gelegenheit bekomme. Solche Instrumente gibt es eben nicht einfach irgendwo auszuleihen ...«

Das hatte gesessen. Joachim hob die Hände, um Arndt zu unterbrechen. »Schon gut, ich muss dir ja zustimmen. Wir kennen uns so lange, es wäre wirklich kein feiner Zug von mir, dich in diesem Stadium deiner Forschung hängenzulassen. Auch wenn du mir weiter verheimlichst, worum es da eigentlich geht. Du hast vier Wochen und ich vertröste den Käufer und sehe zu, dass er sich vorerst mit den Plänen zufriedengibt.«

»Du bist ein wahrer Freund«, sagte Arndt und klopfte Joachim brüderlich auf die Schulter. »Diese Loyalität werde ich dir niemals vergessen. Ich danke dir von Herzen.«

»Nicht dafür. Wenn du aber den Nobelpreis dafür bekommen solltest, weißt du, wen du in deiner Dankesrede zu erwähnen hast«, entgegnete Joachim. Er klopfte Arndt auf die Schulter und stand auf. »Jetzt muss ich aber schon weiter, ich bin noch mit Elisabeth zum Mittagessen verabredet.«

»Grüß sie bitte ganz herzlich von mir. Bevor ihr in die Staaten geht, koche ich auf jeden Fall noch mal meine berühmte Lammhüfte für euch. Außerdem müssen wir noch unseren Dissertationswein gemeinsam leeren.«

»Aber nur, wenn du vorher etwas Ordnung schaffst«, sagte Joachim und ging in Richtung Flur.

Arndt begleitete Joachim noch zur Tür und wartete, bis er in seinem Mercedes davongebraust war.

Dann atmete er erleichtert auf. Vier Wochen blieben ihm noch. Jetzt brauchte er dringend seinen wohlverdienten Mittagsschlaf. Er fühlte sich, als hätte ihm jemand eine tonnenschwere Last von der Brust genommen.

17. Kapitel

Es regnete Bindfäden vom Himmel und Natalie rettet sich unter das Vordach von Professor Haubolds Haus. Vor rund zwanzig Minuten, als Natalie losgegangen war, hatte noch die Sonne geschienen, weshalb sie lediglich ein luftiges Shirt und einen Sommerrock trug. Beides war nun vollkommen durchnässt. Sie klemmte sich ihren Einkaufsbeutel, den sie als Handtasche benutzte, unter den Arm und rieb sich mit den Händen über die Wangen und unter den Augen entlang, um die verlaufene Wimperntusche abzuwischen. Dann atmete sie tief durch, um ihre Nervosität etwas abzumildern.

Es fühlte sich seltsam an, in das Haus ihres ehemaligen Biologie-Professors zu gehen. Irgendwie nicht richtig. Das hier war seine Privatsphäre und für sie wie eine unsichtbare Grenze, die sie nun überschritt. Johanna hatte es ihr mit ihren anzüglichen Witzchen über den Professor und seine angeblichen Frauengeschichten nicht gerade leichter gemacht. Hätte sie ihr doch nie von dieser dämlichen Klogeschichte erzählt, die ihr Lars Schallmeyer unterbreitet hatte.

Bevor sie noch weiter über die Bilder nachdenken konnte, die Johanna in ihrem Kopf hatte entstehen lassen, fasste sie sich ein Herz und klingelte.

Es dauerte kaum ein paar Sekunden, da öffnete sich schon die Tür.

»Wie schön, dass Sie es so spontan einrichten konnten. Es wird wirklich Zeit, dass mir jemand zur Hand geht«, sagte Professor Haubold und machte eine einladende Geste.

Natalie folgte seiner Aufforderung und betrat die Diele. Im Haus war es kühl. Natalie fröstelte und rieb sich über die Arme.

»Sie sind ja völlig durchnässt.« Er schaute an ihr vorbei, als habe er bis eben überhaupt nicht mitbekommen, dass es wie aus Eimern schüttete. »Auf den deutschen Sommer ist auch kein Verlass mehr, nicht wahr? Darf ich Ihnen ein Handtuch bringen?«

Natalie nickte dankbar. »Das wäre hervorragend.« Neugierig schaute sie sich um, während Haubold an ihr vorbeiging und die Treppe hinaufstieg.

Die meisten Türen in der grau gestrichenen Diele waren geschlossen. An den Wänden hingen Urlaubsbilder aus den unterschiedlichsten Ländern. Natalie erkannte das Kolosseum von Rom, die Sagerada Familia in Barcelona, daneben Fotos von asiatischen Tempeln und den »Big Five« aus Afrika.

Was man alles in den Semesterferien anfangen kann, wenn man genug auf der hohen Kante hat, dachte Natalie teils anerkennend, teils neidisch. Sie konnte es kaum erwarten, bis sie ihren Vorbereitungsdienst hinter sich gebracht hatte und es sich mit dem Lehrergehalt endlich leisten konnte, auch etwas von der Welt zu sehen. Bisher waren ihre Reisen nicht über Zandvoort in Holland hinausgegangen.

»Hier, bitte sehr«, sagte Haubold und Natalie fuhr herum. Sie hatte gar nicht bemerkt, dass er bereits wieder heruntergekommen war. Dankbar nahm sie das Handtuch entgegen und tupfte sich die Arme ab.

»Außerdem habe ich Ihnen noch etwas zum Wechseln mitgebracht. Eine Hose und ein T-Shirt von meiner Tochter. Die Sachen müssten Ihnen sogar einigermaßen passen.«

»Ihrer Tochter? Ich wusste gar nicht, dass Sie Kinder haben.« Natalie faltete die Jeans auseinander, die er ihr gegeben hatte. »Sie hat doch hoffentlich nichts dagegen?«

»Ganz bestimmt nicht. Die Gästetoilette ist am Ende des Ganges, dort können Sie sich umziehen. Ich warte dort in meinem Büro auf Sie.« Er deutete auf die einzige geöffnete Tür. »Wundern Sie sich bitte nicht über die Unordnung, die Ihnen überall begegnen wird. Ich habe erst kürzlich meine Putzfrau entlassen und bin noch auf der Suche nach einer geeigneten Nachfolgerin. Ich selbst komme momentan zu überhaupt nichts.«

Natalie verkniff sich die Frage, weshalb seine Tochter ihm nicht im Haushalt half, und ging in die enge Gästetoilette, wo sie ihre Kleidung gegen die von Haubolds Tochter tauschte. Die Hose hatte zum Glück lange Beine, sodass sie nicht mehr ganz so sehr fror wie in ihren nassen Klamotten. Sie wusch sich noch das Gesicht, um das restliche Make-up zu entfernen und suchte dann Haubolds Büro.

Im Türrahmen blieb Natalie ehrfürchtig stehen. So viele Bücher auf einem Haufen hatte sie bisher nur in einer Bibliothek oder einer Buchhandlung gesehen. Die Wände waren mit Bücherregalen zugestellt, die allesamt bis unter die hohen Decken des Altbaus reichten und gefüllt mit verschiedenster Literatur waren. Bei den meisten Büchern handelte es sich auf den ersten Blick um Forschungsliteratur der Biologie, doch beim Näherkommen entdeckte Natalie auch Werke von Aristoteles, La Mettrie und Sachbücher über den Hinduismus neben Krimis von Agatha Christie.

»Kommen Sie bitte rein, nur keine falsche Scheu.« Haubold saß an seinem Schreibtisch, der vor dem Fenster stand und vollgelegt mit allen möglichen Unterlagen war. Vor ihm lag ein Buch, in das er nun ein Lesezeichen steckte und es zuklappte. »Ich weiß, hier drin sieht es furchterregend aus. Aber das kennen Sie ja aus meinem Büro an der Uni, wenn Sie mal meine Sprechstunde besucht haben.«

»Ach«, sagte Natalie und machte eine wegwerfende Handbewegung. »Danach habe ich gar nicht geschaut. Ich bewundere eher Ihre Sammlung. Da kann ich mit meinem Fünfzehn-Quadratmeter-WG-Zimmer glatt neidisch werden. Für mehr als ein Regal reicht mein Platz nicht aus.«

»Nun, als ich in Ihrem Alter war«, er musterte sie mit zusammengekniffenen Augen, »Mitte zwanzig?«

Natalie nickte.

»Damals hatte ich so etwas auch nicht vorzuweisen. Eine solche Bibliothek habe ich mir erst eingerichtet, als wir damals dieses Haus gekauft haben. Dann hat mich aber die Sammelleidenschaft gepackt und ich habe bestimmt zwei drei Jahre lang jeden Cent, den ich überhatte, nur in Bücher gesteckt. Meine Frau hätte mich nicht selten beinahe für meine Passion gesteinigt. Sie wollte viel lieber in den Urlaub fahren, als sich die Wände mit Büchern zu dekorieren.«

Natalie lachte. »Kann ich auch irgendwie verstehen. Ich weiß nicht, welcher Leidenschaft ich als Erstes nachgehen werde, wenn ich es mir dann mal leisten kann. Reisen oder einen Haufen Bücher anschaffen. Ich hoffe, es dauert nicht mehr so lange, bis es so weit ist.«

»Da sind Sie auf dem besten Weg. Sie werden sicher im nächsten Halbjahr einen Platz für das Referendariat bekommen, davon bin ich überzeugt. Fleiß wird in der Regel belohnt und Sie waren immer sehr tüchtig. Deswegen habe ich Sie ja gebeten, mir auszuhelfen. Womit wir auch direkt beim Thema wären.« Haubold deutete auf einen Stuhl, der vor einem der Regale stand und auf dem einige Ordner gelagert waren. »Räumen Sie den Krempel auf den Boden und setzen Sie sich zu mir, dann zeige ich Ihnen, was am dringlichsten erledigt werden muss.«

Als Natalie den Stuhl an den Tisch schob und sich neben Haubold setzte, fiel ihr Blick auf ein Foto, das neben dem ausgeschalteten Monitor stand. Das Mädchen darauf schaute grimmig in die Kamera. Ihr Gesicht war über und über mit Sommersprossen bedeckt.

Haubold folgte ihrem Blick, nahm das Bild in die Hand und streichelte mit dem Daumen über die orangefarbenen Haare des Mädchens. »Ja, das ist mein

Goldstück, meine Amelie. Allerdings war sie da noch wesentlich jünger und wurde gerade schwer von der Pubertät gequält.«

»Die gute Stimmung springt einen förmlich aus dem Bild heraus an«, sagte Natalie und grinste. »Bestimmt hat sie es nicht leicht mit all den Sommersprossen im Gesicht.«

Haubolds Blick wanderte zu Natalies Gesicht. Er runzelte die Stirn und kniff die Augen zusammen. »Sie sprechen wohl aus Erfahrung, hm?«

»Das können Sie laut sagen. Als Kind hatte ich noch etwas hellere Haare, und wenn die Sonne drauf schien, hätte man sie fast für rot halten können. Sie kennen die Geschichte mit den Rothaarigen und den Seelen?«

»Rotes Haar und Sommersprossen sind des Teufels Artgenossen«, zitierte Haubold in feierlichem Ton. »Das stammt von Luther, wenn ich mich recht entsinne. Aber Sie und rote Haare? Färben Sie denn heute? Ihr Ton ist ja viel dunkler.«

Natalie streifte sich unwillkürlich eine Strähne hinters Ohr. »Das hier ist meine Naturhaarfarbe. Je älter ich wurde, desto mehr sind meine Haare ins Hellbraune gegangen.«

»Erstaunlich. Die Geschichte mit der fehlenden Seele durfte sich meine Tochter jedenfalls auch oft genug anhören. Das ging manchmal so weit, dass niemand zu ihr zum Spielen kommen wollte oder sie auf dem Schulhof als Hexentochter beschimpft wurde.«

»Kinder können wirklich grausam sein. Ich bin froh, dass meine Eltern mich selbstbewusst genug erzogen haben und mir diese Hänseleien nichts anhaben konnten.«

Haubold nickte und seufzte. Er sah plötzlich aus, als wäre er mit seinen Gedanken völlig woanders. Sein Blick ging ins Leere und er streichelte wieder mit dem Daumen über das Foto seiner Tochter.

Natalie räusperte sich. »Herr Haubold? Sie wollten mir ...«

Er schüttelte ruckartig den Kopf und schaute sie verwirrt an. »Ah. Ja. Aber natürlich. Entschuldigen Sie.« Haubold schob ein paar Unterlagen zur Seite, bückte sich unter den Schreibtisch und holte einen Stapel Schnellhefter hervor, den er vor Natalie ablegte. »Das hier sind verschiedene Hausarbeiten der letzten Semester. Die müssten unbedingt durchgeschaut werden.

Natalie schnappte nach Luft. »Ich soll ... Das trauen Sie mir wirklich zu? Ich habe noch nie ...«

»Papperlapapp! Sie haben Lehramt studiert und irgendwann müssen Sie mal anfangen. Da können Sie auch gleich ins kalte Wasser springen. Machen Sie es sich einfach: Schauen Sie sich Fragestellung und Einleitung an, überprüfen Sie, ob das Fazit darauf Bezug nimmt, und lesen Sie stichpunktartig über den Inhalt. Dann werfen Sie noch einen Blick auf das Literaturverzeichnis und geben mir eine Empfehlung für die Benotung. Die endgültige Entscheidung treffe ich und auch die Verantwortung liegt bei mir. Da müssen Sie keinerlei Bedenken haben.«

Natalie fühlte sich überhaupt nicht wohl dabei. Sie hatte schon einmal während eines Praktikums an einer

Schule Klausuren korrigiert. Diese waren allerdings aus einer fünften Klasse gewesen und die Lehrerin hatte ihr dabei ständig über die Schulter geschaut. Bei den Hausarbeiten ging es um so viel mehr.

Haubold schien ihre Zweifel zu bemerken. »Wenn Sie lieber langsam starten wollen, habe ich hier auch noch ein paar Klausuren. Einführungsveranstaltung, Genetik. Das bekommen Sie ohne Probleme hin. Und wenn Sie erst mal im Fluss sind, bereiten Ihnen die Hausarbeiten auch keine Probleme mehr. Es wäre gut, wenn Sie bis Ende des Monats zumindest einen Teil davon wegschaffen könnten. Ich dachte in etwa an die Hälfte, zumindest aber ein Drittel. Glauben Sie, das ist möglich?«

Natalie nickte unschlüssig, doch das war für Haubold offensichtlich Zustimmung genug. Er stand auf und ging zur Tür. »Wenn Sie Fragen haben, im Flur neben der Haustür ist eine Gegensprechanlage, damit können Sie mich im oberen Stockwerk erreichen. Drücken Sie einfach die Zwei, dann komme ich nach unten. In eineinhalb Stunden muss ich mal für eine Weile weg, aber das braucht Sie nicht weiter zu stören. Wenn Sie für heute fertig sind, können Sie einfach gehen. Schreiben Sie nur Ihre Zeit auf, damit wir beide nicht den Überblick verlieren.«

»Und die Sachen Ihrer Tochter?«

Haubold runzelte die Stirn. »Was meinen Sie?«

Natalie deutete auf ihre Beine und zupfte am Kragen des Shirts. »Die Klamotten.«

»Die können Sie anlassen, dann müssen Sie nicht in Ihre nasse Kleidung steigen. Bringen Sie sie nächste

Woche einfach wieder mit.« Damit drehte er sich um und ließ Natalie alleine.

Die wartete einen Moment, bis seine Schritte sich auf der Treppe entfernt hatten, und nahm sich dann den obersten Ordner. Ratlos blätterte sie durch die Seiten und überflog die Einleitung. Sie hatte keine Ahnung, wie sie an die Sache herangehen sollte, sie wusste nur, dass es so wie Haubold ihr geraten hatte, für sie nicht funktionieren würde. Sie konnte den Studenten nicht einfach eine Note anhand der Einleitung und des Fazits verpassen. Das würde der Arbeit, die die meisten in ihre Hausarbeiten steckten, nicht gerecht werden.

Also nahm sie sich eine der Arbeiten, las sie Seite für Seite durch und versuchte den Inhalt zu verinnerlichen. Nach etwa der Hälfte klappte sie den Ordner zu und legte ihn beiseite, um sich eine andere Hausarbeit zu nehmen. Vielleicht war es keine schlechte Idee, sich erst mal einen Überblick über die verschiedenen Herangehensweisen zu verschaffen und dann an die Benotung zu gehen. Doch die nächste Arbeit machte sie noch ratloser. Sie hatte keine Ahnung, wie sie eine faire Note ansetzen sollte. Frustriert klappte sie auch diesen Ordner zu.

Draußen war die Sonne wieder rausgekommen und es wurde warm und stickig im Büro. Sie stand auf, streckte sich und ging ans Fenster, um etwas frische Luft hereinzulassen. Natalie kippte es, weil die Fensterbank voller Unterlagen war, die vom Schreibtisch nach hinten gerutscht waren, und atmete tief ein. Auf der anderen Straßenseite tauchte eine Gestalt im Hoftor des

Nachbargrundstücks auf. Als sie erkannte, wer da auf den Bürgersteig trat, machte sie einen Satz nach hinten.

Es war Lars, der Sohn des Kinobetreibers und für einen Moment hatte sie das Gefühl, er würde ihr direkt in die Augen schauen.

Konnte er sie wirklich durch das Fenster hier sehen? Was machte er überhaupt hier? Hatte er sie etwa verfolgt?

Ein lauter Knall ließ Natalie zusammenfahren. Offensichtlich war die Tür zum Büro durch den Luftzug zugeflogen. Als sie wieder aus dem Fenster blickte, war Lars verschwunden.

Natalie schüttelte den Kopf. Dass er plötzlich hier auftauchte, konnte einfach ein dummer Zufall gewesen sein. Johanna wäre sogar davon überzeugt, würde Natalie ihr später davon erzählen. Aber sie selbst glaubte langsam nicht mehr an Zufälle. Dafür häuften sich die Begegnungen mit Lars in letzter Zeit einfach zu sehr.

18. Kapitel

Lars saß unter dem Vordach von Frau Bühler und beobachtete die dicken Tropfen, die vom Himmel fielen. Er hatte kurz überlegt, einfach nach Hause zu fahren, anstatt hier blöd rumzusitzen und zu warten. Dann würde allerdings Frau Bühler bei seiner Mutter anrufen, um sich zu beschweren, und die würde wieder ausrasten und mit ihm schimpfen. Also wartete er hier seit mehr als fünfzehn Minuten, dass der Schauer endlich vorbeizog.

Die eine Hälfte der Hecke hatte er bereits geschnitten und so konnte er bequem auf die Straße hinaussehen. Es wollte ihm nicht in den Kopf, weshalb Frau Bühler so dringend den Blick auf die Straße freihaben wollte. Das Viertel lag weit draußen und in der Seitenstraße, in der Frau Bühler lebte, fuhren nur selten Autos vorbei. Eigentlich passierte hier überhaupt nichts Interessantes.

Außerdem fand er den Mann von gegenüber irgendwie unheimlich. Natalie hatte ihm die Sache mit dem Damenklo nicht geglaubt, aber Lars hatte nicht gelogen. Gut, er hatte ein wenig übertrieben, denn eigentlich wollte der Professor, wie Natalie ihn genannt hatte, gerade erst die Tür zum Damenklo öffnen, als Lars daran vorbeigelaufen war. Professor. Ob das wohl etwas Besonderes war? Immerhin kamen ganz schön viele Leute ins Kino, wenn er etwas vorlas. Jedenfalls war er nicht besonders schlau, sonst hätte er damals bemerkt, dass er in die falsche Toilette gegangen war. Lars hatte ihn jedenfalls auf seinen Fehler aufmerksam gemacht und der *Professor* war zur anderen, richtigen Tür gegangen.

Das Prasseln um Lars herum wurde lauter, die Wand aus Regen verdichtete sich. Auf der anderen Straßenseite rannte eine Frau mit eingezogenem Kopf auf das gegenüberliegende Haus zu. Sie stieß das Hoftor auf, hetzte den Weg zur Eingangstür entlang und stellte sich unter das Vordach, wo sie sich wie ein nasser Hund schüttelte. Lars zog die Stirn kraus. Von Weitem sah die Frau beinahe aus wie Natalie.

Sie rieb sich nun über das Gesicht, wrang ihre Haare aus und klingelte. Kurz darauf öffnete sich die Tür und die Frau wandte sich für einen Moment um, bevor sie ins Haus ging. Lars hob den Arm und winkte lächelnd. Das da drüben war wirklich Natalie. Allerdings reagierte sie nicht auf ihn, drehte sich wieder um und verschwand im Haus des seltsamen Mannes.

Lars ließ enttäuscht die Hand sinken. Warum hatte sie nicht zurückgewinkt? Auf der Arbeit war sie immer sehr nett und unterhielt sich mit ihm. Gut, genauer gesagt erzählte er eigentlich die ganze Zeit Geschichten von seinen Erlebnissen im Kino. Manchmal stimmten sie auch nicht wirklich, aber er dachte sich einfach was aus, um in ihrer Nähe sein zu können. Vielleicht hatte sie ihn hier drüben einfach nicht gesehen. Er stellte sich vor, wie sie gleich wieder aus der Tür kommen, ihn zu sich rufen würde und sie gemeinsam versuchen würden, ein paar Regentropfen mit dem Mund zu fangen.

Wenn doch nur einmal ein Mädchen Interesse an ihm zeigen würde. Er hätte so gerne eine richtige Freundin, mit der er auch solche Sachen machen konnte, die er sich immer in den Videos im Internet anschaute. Da drehte er den Ton immer ganz leise, damit seine Mutter nichts davon mitbekam. Sie hatte ihn einmal dabei erwischt, wie er sich einen solchen Film angeschaut hatte, und war richtig wütend geworden. Hatte ihn als abartig und nicht mehr normal beschimpft und dann das Kabel vom Router zerschnitten. Abends hatte sie sogar Streit mit seinem Vater angefangen, der nicht verstehen wollte, weshalb sie das ganze Internet kaputtgemacht hatte. Bestimmt schaute sein Vater auch gerne solche Filme.

Ein dumpfes Klacken riss Lars aus seinen Gedanken. Hinter seinem Rücken gab die Tür plötzlich nach und er verlor das Gleichgewicht. Bevor er sich's versah, kippte er nach hinten um und lag mit dem Rücken im Eingangsbereich von Roswitha Bühlers Haus. Sie stand mit ihrem kleinen Hund auf dem Arm hinter ihm und schaute ihn besorgt von oben herab an. Lars spürte, wie ihm die Röte ins Gesicht schoss, so als könnte sie wissen, worüber er gerade nachgedacht hatte.

»Oh«, sagte sie und bückte sich, um ihm aufzuhelfen. »Du bist ja doch noch hier. Gerade schau ich aus dem Fenster und denke mir, der Lars ist sicher vor dem

Regen geflüchtet und nach Hause gegangen. Du hättest ruhig klingeln können. Musst doch nicht auf der Treppe hier draußen herumsitzen wie ein Landstreicher.«

Lars rappelte sich hoch und strich sich die Hose glatt. »Entschuldigen Sie. Sind Sie jetzt böse auf mich?«, murmelte er und hoffte, dass sie nicht sofort zum Telefon griff, um seine Mutter anzurufen. Verschüchtert schaute er sie an und stellte überrascht fest, dass sie lächelte.

»Komm mit doch mit rein ins Haus, dann mache ich uns einen Kaffee, während du wartest. Bei diesem Wetter jagt man ja keinen Hund vor die Tür. Ich wollte dich ohnehin noch um etwas bitten.«

»Aber ich mag doch gar keinen Kaffee«, sagte Lars, doch Frau Bühler war bereits auf dem Weg in die Küche. Er folgte ihr, blieb aber im Türrahmen stehen. »Haben Sie auch Kaba? Den mag ich viel lieber als Kaffee.«

Sie nickte und der weiße Dutt an ihrem Hinterkopf wackelte, während sie die Schranktür über der Spüle öffnete. Sie nahm eine Thermoskanne heraus und stellte sie auf die Anrichte. »Na, selbstverständlich. Früher, als meine Enkel noch etwas kleiner waren, habe ich ihnen immer Kakao zum Frühstück gemacht. Einen aus echtem Kakaopulver, nicht dieses überzuckerte Mischzeug für Kinder. Jetzt kommen sie mich nur noch besuchen, wenn sie Geld für einen Kinobesuch oder die Dippemess brauchen.« Sie seufzte und sah irgendwie traurig aus.

Lars fragte sich, warum, denn die Dippemess war doch etwas Spaßiges. Er liebte es, dorthin zu gehen und Achterbahn zu fahren oder Zuckerwatte zu essen. Frau

Bühler schüttelte den Kopf und lächelte wieder. »Setz dich doch an den Tisch, dann bereite ich dir fix eine Tasse zu. Und dann sprechen wir darüber, ob du dir mit Gassigehen noch etwas Geld dazuverdienen willst. Ich schaffe es mit meinem Bein momentan einfach nicht, Harry den nötigen Auslauf zu geben. Abends macht er mich völlig wahnsinnig, weil er sich nicht auspowern konnte.«

Lars folgte ihrer Aufforderung und zog sich einen Stuhl an den runden Küchentisch, von dem aus er das Haus des Professors beobachten konnte. »Kennen Sie eigentlich den da drüben?«, fragte er, während er versuchte, Natalie hinter einem der Fenster zu entdecken. Durch die Tropfen an der Scheibe konnte er allerdings nicht wirklich etwas erkennen.

»Wen meinst du?«, fragte sie. Sie steckte gerade mit dem Kopf in ihrem Vorratsschrank. »Ah, da ist er ja«, rief sie aus und hielt triumphierend eine Packung Kakao hoch.

»Den Herrn Professor«, sagte Lars, weil Natalie ihn so genannt hatte, also musste das wohl sein Name sein.

»Du meinst Professor Haubold? Selbstverständlich kenne ich ihn. Einen besseren Nachbarn hatte ich in meinem ganzen Leben noch nicht.«

»Sie finden ihn nett?«

»Warum nicht? Er ist ein gebildeter Mann und dazu äußerst höflich. Wenn ich nicht so kann, wie ich möchte, geht er mir gerne mal etwas einkaufen oder hilft mir, wenn ich eine männliche Hand brauche. Als Witwe hat man es nicht immer einfach. Es gibt ständig etwas zu tun am Haus und ich war noch nie gut in handwerklichen Dingen.«

»Hm«, machte Lars. Die Antwort stellte ihn nicht zufrieden.

»Woher kennst du ihn denn?«, fragte Roswitha Bühler, während sie geschäftig mit einem Schneebesen den Kakao in den Topf mit Milch einrührte.

»Aus dem Kino. Er gibt dort manchmal Lesungen.«

»Du meinst Vorlesungen?«

»Ja, glaub schon.«

»Nun, es gibt jedenfalls keinen Grund, warum ich ihn nicht nett finden sollte.« Sie goss vorsichtig den heißen Kakao aus dem Topf in zwei bauchige Tassen. »Auch er hatte es nicht leicht im Leben, das verbindet uns gewissermaßen.«

Lars starrte wieder aus dem Fenster. Noch immer war von Natalie nichts zu sehen. Ob sie schon wieder gegangen war und er es nur nicht mitbekommen hatte?

Roswitha setzte sich auf die Eckbank, schob ihm die dampfende Tasse hin und nippte an ihrer. »Auch der Herr Professor Haubold hat früh jemanden verloren, ähnlich wie ich. Wobei es für ihn sicherlich noch härter gewesen sein dürfte. Kinder sollten einfach nicht vor ihren Eltern gehen.«

Lars rührte mit dem Löffel in seinem Kakao herum und schaute sie verwirrt an. Er verstand nicht, wovon sie sprach. »Wohin ist seine Tochter denn gegangen? Findet er sie nicht wieder?«

»Nein, Lars. Das sagt man einfach nur so.« Roswitha lächelte milde, beugte sich zu ihm herüber und drückte seine Hand. Dann wischte sie sich mit einer Serviette am

Augenwinkel herum. »Während ich noch damit zurechtkommen musste, dass mein Dieter so früh an einem Herzinfarkt verstorben ist. Hatte Professor Haubold einen ganz anderen Kampf zu kämpfen. Der arme Mann hat seine Tochter an eine sehr heimtückische Krankheit verloren.«

»Meine Mutter hat auch eine Krankheit. Krebs«, sagte Lars und löffelte sich etwas von dem heißen Kakao in den Mund.

»Das weiß ich doch«, sagte Frau Bühler und legte ihm ihre Hand auf den Arm. »Es ist einfach furchtbar, wie ungerecht das Leben einem mitspielen kann, oder?«

Lars schaute sie verständnislos an. Das Leben war nicht schuld an der Krankheit seiner Mutter. Die Zigaretten waren es. Zumindest sagte das sein Vater immer. »Hat er seine Tochter denn wiedergefunden?«, fragte er.

Frau Bühler lächelte, schüttelte dabei aber den Kopf. »Nein. Und das wird er leider auch nicht mehr. Sie ist gestorben.«

19. Kapitel

Der Saal war bereits gut gefüllt, als Arndt an der medizinischen Fakultät der Universität zu Köln eintraf. Wegen eines Unfalls auf der A3 bei Limburg hatte die Polizei zwei der vier Spuren gesperrt und Arndt hatte über eine Stunde verloren. Zwischenzeitlich hatte er sogar befürchtet, dass er es nicht mehr rechtzeitig schaffen würde, und so war er froh, dass er überhaupt noch einen freien Platz fand.

Er schaute sich kurz um und versuchte zu eruieren, welchen der wenigen freien Stühle er sich nehmen sollte. In den hinteren Reihen würde er vermutlich für Wortmeldungen nur schwer wahrgenommen werden, in den vorderen hingegen war die Gefahr groß, dass ein bekannter Kollege in seiner Nähe saß und er in die Verlegenheit käme, sich mit ihm unterhalten zu müssen. Dafür war er allerdings nicht hier.

Etwa in der Mitte entdeckte er schließlich einen Platz neben einer älteren Dame, der weit genug entfernt von bekannten Gesichtern lag. Die Frau hatte ihre Tasche auf dem Stuhl neben sich abgestellt und wühlte mit angestrengtem Blick darin herum, während ihre Nebenfrau neugierig die Bühne beäugte, auf der bereits die ersten Redner Platz nahmen. Er drängte sich an den anderen Sitzen der Reihe vorbei und räusperte sich, als die Dame ihn geflissentlich ignorierte. Da sie noch immer nicht einzusehen schien, dass der Platz nicht für ihre Habseligkeiten reserviert war, fragte er bestimmt, während er die Hand nach dem Henkel der Tasche ausstreckte: »Hier ist doch sicher noch frei, oder reservieren Sie für jemanden?«

Die Frau warf ihm einen missbilligenden Blick zu, nickte dann aber und stellte die Handtasche auf den Boden zwischen ihre Füße, bevor Arndt das für sie erledigen konnte.

Er lächelte zufrieden, während er sich setzte. Selbst wenn die Dame vorher in Betracht gezogen haben sollte, ihn mit einer Unterhaltung zu belästigen, war ihr jetzt sicherlich die Lust darauf vergangen und er würde seine Ruhe haben.

Es dauerte nicht lange, da kam der Veranstalter der Tagung, Professor Herbst, Leiter der Klinik für funktionelle Neurochirurgie in Düsseldorf, auf die Bühne und eröffnete die Podiumsdiskussion zur Biologie der Seele. Er begrüßte das Publikum und stellte die Redner vor, unter denen sich Vertreter der verschiedensten Fachrichtungen befanden, von Psychologen über Neurologen bis hin zu Theologen und Philosophen.

Zunächst bekam jeder von ihnen die Gelegenheit, sich selbst, den Stand seiner Forschung und entsprechende Thesen in Kurzform vorzustellen. Arndt hatte sein Notizbuch mit vorformulierten Fragen und

Ausführungen auf dem Schoß und machte sich Aufzeichnungen zu konkreten Wortbeiträgen, auf die er bei der Diskussion näher eingehen wollte.

Nach der Einführung stellte nun jeder der Diskutanten seine Position genauer vor. Arndt fiel es schwer, sich zu konzentrieren. So manches Mal konnte er sich kaum zurückhalten, um nicht aufzuspringen und dem Vortragenden ins Wort zu fallen. Er kam kaum mit seinen Notizen hinterher und ging so irgendwann dazu über, sich nur noch einzelne Stichworte zu notieren. Die Pause, die nach dem zweiten Vortrag eingelegt wurde, kam ihm dabei gerade recht. Er nahm seinen Geldbeutel aus seinem Jackett und hängte es über den Stuhl, um seinen Platz nicht zu verlieren.

Draußen am Getränketisch traf er auf Professor Herbst, der gerade mit zusammengekniffenen Augen auf seinem Handy herumtippte und dabei recht verzweifelt aussah. Arndt nahm sich ein Glas Apfelschorle und stellte sich neben ihn.

»Die neue Technik. Fluch und Segen zugleich, hm?«

Herbst schaute auf. »Was Sie nicht sagen. Ich kann mit den neuesten Instrumenten umgehen und die kompliziertesten Techniken anwenden, aber der Umstieg von Android auf das Betriebssystem von Apple bringt mich um. Dabei behauptet mein Sohn steif und fest, dass diese i-Phones einfacher zu bedienen seien als die anderen Geräte. Ich komme jedenfalls nicht mit nur einer einzigen Taste zurecht.« Er hielt ihm das Handy hin. »Wissen Sie vielleicht, wie man hier zurückkommt? Es gibt dafür einfach keinen Button ...«

»Tut mir wirklich leid, davon habe ich keine Ahnung.« Arndt hob entschuldigend die Hände. »Bisher weigere ich mich erfolgreich, überhaupt ein Smartphone mein Eigen zu nennen. Wenn man alleine schon bedenkt, was die kosten.«

Herbst steckte das Telefon in seine Hemdtasche. »Na dann. Verpassen Sie nur nicht den Anschluss, würde mein Sohn jetzt mahnen«, sagte er achselzuckend. »Wie gefällt Ihnen die Tagung denn bisher? Ich freue mich, dass Sie es doch einrichten konnten. Immerhin waren Sie an den Tierversuchen damals maßgeblich beteiligt.«

Arndt nickte. Zu diesem Zeitpunkt hatte er die messbaren Hirnströme bei Ratten nach ihrem Tod noch nicht als Indiz für eine Existenz einer Art körperunabhängigen Seele gesehen. Die Vorstellung einer Seele war für ihn damals nur ein religiöser Erklärungsversuch oder ein Trost gewesen für die Tatsache, dass die Existenz einer Person mit dem Tod einfach endete. Die Menschen wollten schlicht und ergreifend nicht einsehen, dass von ihnen nichts blieb als eine verwesende Hülle. So jedenfalls hatte er das damals gesehen. Heute war seine Meinung zu dem Thema eine völlig andere.

»Lustig, dass wir immer noch nicht weiter sind, finden Sie nicht auch?«, fragte Herbst und riss ihn aus seinen Gedanken. »Die Frage, was unsere Persönlichkeit - manch einer möchte sagen unsere Seele - so einzigartig macht, ist eine der schwierigsten Fragen und trotz unserer Möglichkeiten in der Forschung ohne zufriedenstellende Lösung geblieben.«

»Das würde ich so nicht unterschreiben«, merkte Arndt an. »Zumindest sind wir doch weiter als Virchow, der einmal sagte, er habe schon so viele Leichen seziert, ohne eine Seele zu finden. Heutzutage versucht man hingegen immer seltener, der Seele etwas wie eine räumliche Qualität zuzuschreiben.«

»Natürlich nicht, immerhin ist die Theorie der einundzwanzig Gramm längst überholt. Auch wenn sich das Gerücht bis heute hartnäckig hält, dass der Körper beim Eintritt des Todes ausgerechnet dieses Gewicht verliert, weil die Seele ihn verlässt.«

Arndt ballte seine Hände zu Fäusten. Wenn man sich die Forschungen auf diesem Gebiet mal genauer anschaute, stellte man fest, dass die Gegenbeweise voller Widersprüche waren. Wie konnte es zum Beispiel sein, dass jeder Mensch exakt dieselbe Menge an Gewicht verlor, sollte es sich dabei tatsächlich um Flüssigkeit handeln?

»Finden Sie es nicht auch spannend, dass sogar in der Moderne noch einige Philosophen nicht anerkennen wollen, welch großen Einfluss die Gene auf unsere Psyche haben? Dabei ist es doch völlig klar: Alles, was uns ausmacht, wird uns dank der Erbanlagen in die Wiege gelegt, der Rest kommt von der Erziehung. Ich bin wirklich schon sehr gespannt auf die Diskussion nachher.« Herbst schaute auf die Uhr. »Noch eine Viertelstunde, bis es weitergeht. Ich muss dann mal ...«

»Sie wollen mir doch nicht sagen, dass Sie wirklich davon überzeugt sind, dass ein einzelnes Gen das gesamte menschliche Verhalten steuert?«, unterbrach Arndt seinen Kollegen. »Eigenschaften wie Neugierde,

Mut oder Untreue? Diese Behauptung ist doch völlig unsinnig.«

»Nun, sicherlich nicht ein einzelnes Gen. Aber die Gesamtheit der genetischen Informationen, und das sollten Sie als Neurobiologe auch wissen, ist variantenreich genug, dass sie ein völlig individuelles Verhalten erzeugen kann. Die Nervenbahnen im Gehirn, die unsere Persönlichkeit ausmachen, verändern sich zudem ständig durch Umwelteinflüsse. Die Seele, die am Ende auch noch unsterblich sein soll, da sind wir uns doch wohl einig, ist nichts als esoterischer Quatsch.« Herbst schüttelte entschieden den Kopf. Dann nahm er das Handy aus seiner Brusttasche und sagte: »Jetzt entschuldigen Sie mich aber. Ich muss noch meinen Sohn anrufen, bevor es weitergeht, damit er mir dieses vermaledeite Telefon erklärt.«

Arndt schaute ihm hinterher. Nur langsam entspannte er sich. Sein Herz raste und ihm war heiß. Das Thema nahm ihn einfach zu sehr mit. Am liebsten hätte er den verdammten Herbst am Hals gepackt und ihm ins Gesicht geschrien, dass er als Neurobiologe die Frage, ob tatsächlich etwas wie eine Seele existierte, auf wissenschaftlicher Basis ganz und gar nicht eindeutig beantworten konnte. Das Hirn war eines der komplexesten Gebilde des Universums und bisher hatte trotz der heutigen medizinischen Möglichkeiten niemand den Sitz der Seele in den Hirnwindungen nachweisen können. Außerdem wusste Arndt es einfach besser. Seine Tochter war nicht tot. Ihre Hülle, die war es. Aber ein Teil von ihr begleitete ihn noch immer und das würde er sich auch von einem Professor Herbst nicht ausreden lassen.

Der Gong zum Ende der Pause ertönte und die Teilnehmer der Veranstaltung strömten zurück in den Saal. Arndt hingegen bewegte sich nicht von der Stelle. Er konnte nicht zurück zu all den verbohrten Wissenschaftlern gehen, die nicht bereit waren, auch mal über den Tellerrand hinauszuschauen. Erst recht nicht, nachdem Herbst ihn dermaßen beleidigt hatte. Esoterischer Quatsch. Nicht mehr lange, dann würde Arndt diesen Idioten das genaue Gegenteil beweisen.

Ohne auch nur über sein Jackett nachzudenken, das noch immer über dem Stuhl hing, verließ er das Gebäude und fuhr mit dem Taxi ins Hotel. Dort setzte er sich an die Bar und bestellte sich einen doppelten Whiskey auf Eis. Genau das brauchte er jetzt. Ein wenig Ruhe. Etwas abschalten. Morgen brauchte er seine volle Konzentration.

20. Kapitel

Es war einfach zum Schreien. Da saß diese Katze vor der Tür und gab so seltsame Töne von sich, dass es beinahe so klang, als würde ein Mensch sprechen. Lars startete das Video neu. Er musste wieder darüber lachen. Der kurze Film war fast so gut wie der von der Katze, die mit einem Skateboard herumfuhr. Am liebsten würde er sich noch stundenlang durch die Videos der Seite klicken, aber so langsam bekam er Kopfschmerzen und seine Augen brannten, weil er so konzentriert auf die Webseite geschaut hatte. Er sollte sich noch ein wenig ausruhen, bevor er zur Arbeit musste. Seine Mutter war heute den ganzen Tag in der Klinik und er musste erst am Abend ins Kino.

Mit den Handballen rieb er sich über die geschlossenen Lider und lehnte sich in seinem Schreibtischstuhl zurück. Er gähnte und legte die Füße auf den Schreibtisch. Eigentlich hatte er sich darauf gefreut, heute ganz viel freie Zeit zu haben, doch das Nichtstun langweilte ihn schnell. Seine Playstation war kaputt, sodass er sich nicht mal mit einem Spiel ablenken konnte und er wusste nichts mit sich anzufangen.

Er stand auf und schaute aus dem Fenster auf den Innenhof, wo der Hausmeister zwischen den Häuserblocks gerade die winzige Rasenfläche mähte. Auf dem Baum in der Nähe seines Fensters entdeckte Lars eine Katze, die den Hausmeister entspannt bei seiner Tätigkeit beobachtete.

Lars öffnete das Fenster. Sanft sagte er: »Hallo, du Kleine.« Die Katze reagierte nicht auf ihn. Er spitzte die Lippen wie zu einem Kuss und zog die Luft zwischen seinen Zähnen ein, um ein quietschendes Geräusch zu erzeugen. Nun schaute die Katze doch.

»Na«, sagte er und streckte die Hand nach ihr aus. Zu gerne hätte er sie gestreichelt. Er liebte Tiere, hatte aber nie selbst eins haben dürfen, obwohl er sich zu jedem Geburtstag aufs Neue ein kleines Kätzchen oder einen Hund gewünscht hatte.

Es klingelte an der Tür, doch Lars reagierte nicht. Als Jugendlicher hatte er einmal einen Mann in die Wohnung gelassen, der behauptet hatte, er sei Handwerker und müsse nach dem Abfluss schauen. Da es Lars zu langweilig gewesen war, den Mann die ganze Zeit zu beaufsichtigen, war er in sein Zimmer gegangen, um an seiner Konsole zu spielen. Erst am nächsten Morgen war seinen Eltern aufgefallen, dass der geerbte Schmuck von seiner Mutter verschwunden war. Danach hatte ihm sein Vater verboten, jemals wieder einen fremden Menschen in die Wohnung zu lassen, wenn sonst niemand zu Hause war. Egal, wer da klingelte.

Der Besucher gab nicht auf und hämmerte nun auch noch von außen gegen die Tür.

»Frau Schallmeyer? Herr Schallmeyer? Ist jemand zu Hause?«

Eine Frauenstimme. Jetzt wurde Lars doch neugierig. Frauen waren in der Regel keine Einbrecher, oder? Und sie behaupteten auch nicht, ein Handwerker zu sein. Auf Socken schlich er durch den Flur an die Wohnungstür und linste durch den Spion. Draußen standen eine Frau und ein Mann, die miteinander tuschelten. Dann klopfte es noch einmal.

Lars öffnete die Tür ein kleines Stück und schaute durch den Schlitz. »Hallo, was wollen Sie?«, fragte er.

Die Frau schaute zu dem Mann rüber und er nickte kaum merklich. »Hallo. Sie sind bestimmt Lars Schallmeyer, oder?«, fragte sie und kam etwas näher an die Tür. Lars nickte. »Mein Name ist Melanie Büchner und das ist mein Kollege Frank Kopp. Wir sind von der Polizei. Würden Sie uns kurz reinlassen?«

»Was wollen Sie?«, wiederholte Lars seine Frage. Seine Eltern hatten gesagt, dass es völlig egal war, wer da vor der Tür stand. Böse Menschen dachten sich alles Mögliche aus, um in fremde Wohnungen zu gelangen. Aber die Polizei? Niemand würde behaupten, er wäre ein Polizist, wenn das gar nicht stimmte, oder?

»Wir würden Ihnen gerne ein paar Fragen stellen, wenn Sie Lars Schallmeyer sind«, sagte Melanie Büchner und lächelte.

»Dann fragen Sie doch. Wir können ja auch hier reden«, sagte Lars und war stolz, dass ihm diese Lösung so schnell eingefallen war. Er kam sich fast wie ein schlauer Bösewicht aus einem Film vor. Dabei hatte er gar nichts Böses getan.

»Im Hausflur, wo alle Nachbarn etwas mitbekommen?«, mischte sich Frank Kopp ein. »Das wollen Sie doch bestimmt nicht.«

»Aber es ist niemand zu Hause außer mir, und ich darf niemanden reinlassen.«

Wieder warfen die beiden sich einen Blick zu. »Lars, Sie sind doch ein erwachsener Mann, oder?«, fragte Melanie Büchner.

Lars nickte, ein Grinsen huschte über sein Gesicht. Ja, er war erwachsen. Etwas, das seine Eltern nur selten anerkannten.

»Na also. Dann können Sie auch selbst entscheiden, ob Sie uns reinlassen oder nicht. Haben Sie ein eigenes Zimmer?«

»Natürlich. Ich habe sogar einen eigenen Fernseher und einen Computer.«

»Dann gehen wir in Ihr Zimmer und unterhalten uns dort. Wir werden die Räume Ihrer Eltern überhaupt nicht betreten, einverstanden?«

Lars überlegte. Was sollte schon passieren? In seinem Zimmer konnten die beiden nichts klauen. Er war ja die ganze Zeit dabei und musste nur richtig aufpassen. Außerdem war er neugierig, was die Polizisten von ihm wollten. Seine Eltern würden gar nicht merken, dass jemand hier gewesen war. »Gut, okay«, sagte er und öffnete die Tür ganz. »Da hinten ist es.«

Die beiden folgten ihm durch die Diele. In dem kleinen Zimmer wurde es zu dritt ganz schön eng. Frank Kopp setzte sich zu Lars aufs Bett, Melanie Büchner nahm auf seinem Schreibtischstuhl Platz. Verstohlen warf sie einen Blick auf seinen Monitor, der lediglich seinen Desktophintergrund zeigte. Ein Bild von Sailor Moon, von unten gezeichnet, sodass man ihr Höschen sehen konnte. Lars merkte, wie er rot wurde, als er es ebenfalls anschaute.

»Ja, dann wollen wir Ihnen mal verraten, weshalb wir hier sind«, sagte Frank Kopp. Seine Kollegin reichte ihm eine beigefarbene Mappe, die er auf seinem Schoß ablegte und aufklappte. Er nahm ein Foto heraus und hielt es Lars hin.

Sein Herz schlug schneller, als er die Person darauf erkannte.

»Ah, ich sehe schon, die Dame sagt Ihnen etwas, hm?«

Lars schaute den Polizisten an. Sein Mund war trocken. Auf dem Foto war die hübsche Rothaarige aus dem Erdgeschoss im Nachbarhaus abgebildet. Er nickte.

»Woher kennen Sie die Frau?«, fragte Melanie Büchner ihn.

»Sie ... sie wohnt hier nebenan.« Er stand auf und ging zum Fenster, wo er nach links unten deutete. »Da drüben.«

»Das ist ziemlich nah bei Ihnen, nicht wahr? Kennen Sie denn ihren Namen?«

Lars überlegte, ob er die Wahrheit sagen sollte. Sie hatte ihm den Namen nie verraten, aber er wusste von ihrem Klingelschild, wie sie hieß. Also nickte er. »Aline heißt sie.«

»Genau«, sagte Melanie Büchner. »Aline Rauschert, um genau zu sein. Können Sie sich denn noch erinnern, wann Sie Frau Rauschert das letzte Mal gesehen haben und wo das war?«

Lars zog die Stirn kraus. Warum stellten die Polizisten ihm all diese Fragen über Aline? Sie hatten ihm doch erst mal verraten wollen, warum sie überhaupt hier waren.

»Da müssen Sie anscheinend etwas länger nachdenken. Ist es schon eine Weile her? Oder war es diese Woche?«

»Ich weiß nicht mehr so genau«, antwortete Lars wahrheitsgemäß und setzte sich wieder zurück aufs Bett. Er wusste lediglich, dass es schon eine ganze Weile her war und er sich gewundert hatte, wo sie steckte. In ihrer Wohnung hatte die letzten paar Abende zumindest kein Licht mehr gebrannt.

»Es ist ganz wichtig, dass Sie uns die Wahrheit sagen, Lars«, sagte Melanie Büchner und schaute ihn eindringlich an. »Wir müssen nämlich dringend herausfinden, mit wem sie zuletzt zusammen war.«

»Okay. Ich lüge nicht. Mache ich nie.«

»Gut. Uns hat jemand erzählt, dass Sie sehr interessiert an Frau Rauschert waren. Dass Sie immer gerne mit ihr reden wollten und deshalb sogar öfter im Hof auf sie gewartet haben. Aline wollte sich aber nicht so gerne mit Ihnen unterhalten. Stimmt das?«

Lars zuckte mit den Schultern. »Sie hat es immer sehr eilig. Sie ist nämlich Studentin und die haben viel zu tun. Ständig müssen die lernen und sowas.«

»Fühlten Sie sich zurückgewiesen von ihr?«

Darauf hatte Lars keine Antwort. Er hatte nicht mal eine Ahnung, was diese Frage überhaupt bedeuten sollte, also schaute er nur betreten auf seine Hände.

»Anders gefragt: Fanden Sie es schade, dass Frau Rauschert sich nicht mit Ihnen unterhalten wollte? Wurden Sie dann wütend?«

Nachdenklich wog Lars den Kopf hin und her. »Traurig. Manchmal war ich traurig. Ich rede doch so gerne mit Leuten, aber viele wollen das nicht. Im Kino hat nie einer Zeit, die wollen ja den Film sehen. Dabei kommt vorher immer viel Werbung. Und hier zu Hause ... Ich hätte Aline gerne als Freundin gehabt, aber das wollte sie nicht, glaube ich.«

Frank Kopp neben ihm zog scharf die Luft ein und Lars überlegte, ob er etwas Falsches gesagt hatte.

»Und dann wurden Sie wütend?«, hakte die Polizistin noch einmal nach.

Lars schüttelte den Kopf. »Nein. Traurig, das habe ich doch gerade gesagt.« So langsam wurde ihm das Gespräch unangenehm. Er wusste immer noch nicht, weshalb die Polizisten überhaupt hier waren und die Fragen nervten ihn. Es war Zeit, dass die beiden wieder gingen.

»Was ist mit Ihrem Finger passiert?«, fragte Frank Kopp und zeigte auf den Verband, den seine Mutter ihm umgewickelt hatte. Der Zeigefinger war ziemlich angeschwollen, nachdem Lars im Hof umgeknickt war, als er sich vor Natalie und ihrer Freundin versteckt hatte.

»Ich hab mir wehgetan. In der Tür«, log Lars, denn es war ihm zu peinlich zu verraten, was wirklich passiert war.

»Wissen Sie, was uns noch erzählt wurde?« Frank Kopp schaute ihn ernst an.

»Nein«, antwortete Lars, obwohl diese Antwort wohl ziemlich offensichtlich war. Woher sollte er es auch wissen?

»Dass Sie gerne mal vor dem Fenster von Frau Rauschert standen und sie beobachtet haben.«

Lars spürte, wie ihm die Hitze in den Kopf schoss. Es fühlte sich an, als hätte plötzlich jemand ein Feuer hinter seiner Stirn angezündet.

Melanie Büchner nickte. »Wir haben Aline gefunden, Lars. Wollen Sie uns erzählen, was Sie mit ihr gemacht haben?«

»Durchs Fenster geschaut«, murmelte Lars. »Weil sie so hübsch ist.«

»Sie meinen war, oder? Sie war hübsch.«

Lars verstand kein Wort. Er wollte gerade fragen, was sie damit meinte, da hörte er die Haustür und kurz darauf die Stimme seiner Mutter: »Lars? Ich bin schon wieder zurück. Habe mir ein Taxi genommen.«

Er sprang auf und rannte auf den Flur. Selten war er so erleichtert gewesen, seine Mutter zu sehen. Beinahe hätte er sie umarmt. »Da sind zwei Leute von der Polizei«, sagte er leise, als würde er ihr ein Geheimnis mitteilen.

Ihre Augen wurden groß. »Wie bitte?« Sie hustete. »Lars ... Wir hatten das doch besprochen. Du lässt niemanden in die Wohnung, wenn sonst keiner zu Hause ist. Auf dich kann man sich einfach nicht verlassen. Wo sind die Leute?«

Lars deutete in die Richtung seines Zimmers, aus dem gerade die beiden Polizisten traten.

»Wer zur Hölle sind Sie und was wollen Sie hier?«, keifte seine Mutter und Lars war stolz, dass sie trotz ihrer Krankheit und dem Rollator, auf den sie sich stützte und ohne den sie nicht mehr gehen konnte, in diesem Moment so respekteinflößend wirkte.

Melanie Büchner zog etwas aus ihrer Hosentasche und hielt es seiner Mutter hin. »Melanie Büchner und Frank Kopp von der Kripo. Wir untersuchen das Verschwinden von Aline Rauschert. Haben Sie schon mal von ihr gehört? Sie wohnt nebenan.«

»Das ist mir völlig egal, was Sie untersuchen. Wer hat Ihnen erlaubt, meine Wohnung zu betreten und alleine mit meinem Sohn zu sprechen?«

»Ich bitte Sie, Frau Schallmeyer«, sagte Frank Kopp und stemmte die Hände in seine Hüften. »Ihr Sohn ist ein erwachsener Mann, wir brauchen sicher nicht Ihre Erlaubnis, um uns mit ihm zu unterhalten.«

Seine Mutter machte einen Schritt auf den Polizisten zu und rammte ihm den Finger in die Brust. »Der Intelligenzquotient meines Sohnes ist gerade mal fünf Punkte von einer geistigen Behinderung entfernt. Wenn Sie meine Wohnung betreten wollen und versuchen, ihn in irgendwas zu verwickeln, dann spielt sein Alter keine Rolle und da geht mich sehr wohl etwas an.« Sie drehte sich zu Lars. »Geh sofort auf dein Zimmer. Ich werde das mit den Herrschaften hier regeln.«

Lars senkte den Kopf, gehorchte aber. In diesem Zustand sollte er sich wohl besser nicht mit seiner Mutter anlegen. Er ging in sein Zimmer und legte sich dort auf das Bett und überlegte, was wohl damit gemeint gewesen war: das Verschwinden von Aline Rauschert.

Hatte Frank Kopp nicht gesagt, sie hätten sie gefunden? Dann war sie doch gar nicht verschwunden und alles würde gut werden. Sie würde der Polizei erklären, dass er ihr gar nichts getan hatte und er könnte sie bald wieder in ihrer Wohnung beobachten.

21. Kapitel

Sein Kopf dröhnte noch immer von dem Exzess am gestrigen Abend. Warum hatte er sich auch nicht zurückhalten können? Ihm war doch klar gewesen, was für ein wichtiger Tag ihm heute bevorstand. Doch er hatte diese Auszeit dringend gebraucht. Einfach mal, um den Kopf frei zu bekommen, auch wenn er in der Konsequenz jetzt mit dem ziemlich fiesen Kater zurechtkommen musste.

Isabells dünner Körper lag schwer in seinen Armen. Er hatte ihr ein leichtes Anästhetikum gespritzt, damit sie von den Vorbereitungen nicht allzu verstört wurde. Auf einer Liege festgeschnallt und mit Elektroden beklebt zu werden, konnte einem durchaus Angst einjagen. Sie hatte allerdings so viel Gewicht verloren, dass er sich anscheinend mit der Menge des Mittels verschätzt hatte. Ihr Kopf hing vornübergekippt auf ihrer Brust, die roten Locken fielen ihr wie ein Schleier ins Gesicht. Schrauben ragten aus ihrem Kopf, an denen er den stereotaktischen Rahmen befestigen würde. Damit konnte er nicht nur ihren Kopf ruhig halten, sondern hatte auch eine Art

Koordinatensystem zur Verfügung, das ihn zum lateralen präfrontalen Teil des Frontallappens leiten würde. Der Punkt in ihrem Gehirn, an den er wollte.

Isabell Muskeln erschlafften, sie schien immer mehr wegzudämmern. Er trug sie zu dem Rollstuhl, den er an der Tür abgestellt hatte, setzte sie hinein und schob sie in den vorbereiteten Behandlungsraum.

An der Stirnseite des Raumes stand die Liege, an der Fixateure für die verschiedenen Körperteile angebracht waren. Er stellte den Rollstuhl am Fußende ab. Mittlerweile hatte Isabell vollständig das Bewusstsein verloren. Er hob sie aus dem Stuhl und legte sie auf der Liege ab, fixierte dann sorgfältig ihre Arme und Beine mit den Lederriemen. Die Lederschnalle um ihren Hals, die ihren Kopf fixieren sollte, legte er besonders vorsichtig an, um Isabell nicht zu würgen. Noch immer zeigte sie keinerlei Regung. Das war aber auch in Ordnung, so würde sie wenigstens kaum etwas von der Behandlung mitbekommen. Das, was zu ihrem Bewusstsein vordrang, würde mit ihrer Seele ihren Körper verlassen und wäre nach dem Aufwachen somit auch aus ihrer Erinnerung verschwunden.

Er ging an das Kopfende und strich ihr mit den Fingern über die ausrasierten Stellen auf ihrem Schädel. Die Haut war ganz weich und schimmerte unter dem roten Haar besonders hell. Sogar hier waren Sommersprossen vorhanden, wenngleich die natürlich sehr viel heller waren als die im Gesicht.

Er hatte absichtlich nicht zu viel von ihren Haaren abrasiert. Nur gerade so viel, dass die Elektroden an der Haut haften bleiben und so optimal den Strom in ihr

Gehirn leiten würden. Die verbliebenen Haare könnte man später ohne Probleme über die kahlen Stellen kämmen, ohne dass es groß auffallen würde.

Gesetzt den Fall, sie überstand die Behandlung. Bei seinem letzten Versuchsobjekt war alles furchtbar schiefgegangen, was zur Folge hatte, dass das Mädchen gestorben war. Natürlich hatte ihm der Verlust furchtbar leidgetan, aber er hatte sie so spontan ausgewählt und entführt, dass er für ordentliche Planung kaum genug Zeit gehabt hatte. Somit war es absehbar gewesen, dass er bei diesem ersten Versuch nicht erfolgreich sein würde, auch wenn er es gehofft hatte.

Im Gegensatz zu ihrer Vorgängerin hatte Isabell sich bisher als äußerst zäh erwiesen, was vermutlich auch an ihrem gefestigteren Charakter lag. Er konnte nur hoffen, dass dieser sich nicht negativ auf das Ergebnis auswirken würde. Dieser Versuch durfte ihm auf keinen Fall misslingen, denn er würde kaum genug Zeit für einen weiteren haben.

Nach dem letzten Mal hatte er alle möglichen Variablen gründlich geprüft, um herauszufinden, an welcher Stelle er einen Fehler gemacht hatte. Leider hatte er nicht zu einhundert Prozent herleiten können, woran genau es gelegen hatte, dass Aline so schnell verstorben war. Eine Möglichkeit lag in den Messergebnissen. Vielleicht waren sie nicht exakt genug gewesen und er hatte zu viel Strom durch das Gehirn der jungen Frau geschickt.

Er musste dieses Mal einfach behutsamer vorgehen, nicht zu viel auf einmal wollen. Deshalb hatte er auch einen Probedurchlauf gemacht, als er ihr die Schrauben in der Schädeldecke befestigt hatte. Dabei hatte er die Reaktionen auf die einzelnen Stromstärken dieses Mal genau notiert. Natürlich war er nicht ans Maximum gegangen, aber er hatte nun eine bessere Orientierung, wie viel er ihr ohne Probleme zumuten konnte. Solange er vorsichtig blieb, standen die Chancen also gut.

Sorgfältig tupfte er die rasierten Stellen mit einem feuchten Wattebausch ab und befestigte die Elektroden auf ihrer Haut. Das dauerte eine ganze Weile, doch er war zufrieden mit dem Ergebnis. Jetzt musste er nur noch die Kabel sortieren und dann ...

Sein Herz schlug vor Nervosität so schnell, dass er glaubte, es würde ihm jeden Moment aus der Brust springen. Für einen Moment schloss er die Augen, atmete tief durch und versuchte sich zu entspannen. Er sperrte all die zweifelnden Stimmen aus seinem Kopf aus, verdrängte die Gegenargumente, die Herbst und seine Kollegen ihm an den Kopf werfen würden.

Dann öffnete er die Augen wieder und konzentrierte sich auf die Kabel. Wenn er jetzt einen Fehler machte, würde ihn das weit zurückwerfen oder Isabell viel zu früh das Leben kosten. Er steckte die Kabel in den Elektroenzephalografen sowie in das Schockgerät und überprüfte akribisch, ob alles korrekt angeschlossen war. Bis hier stimmte alles. Er hakte die Punkte auf seiner selbstentworfenen Checkliste ab, notierte die Uhrzeit und montierte schließlich noch den stereotaktischen Rahmen an den Schrauben in ihrem Kopf.

»Dann mal los«, murmelte er und steckte ihr den Schlauch in den Mund, der den Schaum absaugen würde, sollte sie einen epileptischen Anfall erleiden.

»Du stehst das völlig ohne Komplikationen durch. Mach einfach alles so wie beim letzten Mal«, sprach er ihr und sich selbst noch einmal Mut zu, dann ging er zu den Geräten, die hinter dem Kopfteil der Liege auf einem Tisch angeordnet waren. Zuerst schaltete er den Elektroenzephalografen ein, der die Hirnströme aufzeichnete. Anschließend startete er das Schockgerät und wählte die Stromstärke aus. Er nickte seiner Tochter zu und drückte auf den Knopf.

Isabells dünne Arme zuckten, als der Strom durch ihre Hirnwindungen jagte. Sie war vorher schon schlank gewesen, doch nachdem sie seine Fastenkur durchlaufen hatte, war sie kaum mehr Haut und Knochen. Genau wie das andere Mädchen sah sie furchtbar aus und hatte nichts mehr von dem, weshalb er sie ausgewählt hatte, doch das war egal. Sie würde wieder zunehmen. Nur das Endergebnis zählte.

Er überprüfte die Werte und stellte auf die nächste Stufe. Nun zuckten nicht nur ihre Arme, auch die Füße begannen zu krampfen und zeigten spitz nach vorne.

»Komm schon«, flüsterte er und dann etwas lauter: »Klammere dich nicht fest. Lass sie gehen und sei bereit für die Aufnahme.«

Isabells Körper krampfte weiter, sonst geschah nichts. Er stoppte den Stromfluss, um ihren Puls zu überprüfen. Ein Speichelfaden tropfte von ihrem Mundwinkel auf den Boden, als er seine Hand auf ihren Brustkorb legte und er stellte den Sauger ein. Im Gegensatz zum letzten Versuch schlug ihr Herz nun kräftig in einem schnellen Takt. Ein wenig zu schnell, wie er fand, doch er konnte jetzt unmöglich aufhören. Er spürte, dass sie kurz davor war, aufzugeben und loszulassen. Ihr Hirn brauchte dann nur noch den kleinen Schubser und sie wäre bereit für die Aufnahme. Er war kurz davor, es zu schaffen.

Er ging zurück zu den Geräten, notierte sich den bisherigen Ablauf sowie die Ergebnisse der Hirnströme zu der eingestellten Stromstärke. Seine Hand zitterte dabei vor Aufregung so sehr, dass einige der Zahlen nur schwer zu entziffern waren. Er konnte es kaum erwarten, seine Tochter endlich wieder in die Arme zu schließen. Wie würde sie reagieren? Würde sie gleich verstehen, was passiert war?

Gerade als er den Stromfluss wieder einschalten wollte, begann Isabell auf der Liege zu krampfen. Sie hatte ihren Hals überstreckt und die Muskeln ihres Körpers zogen den Kopf nach hinten, soweit es der Gurt zuließ. Aus ihrem Mund kam ein langgezogenes »Mhhhhh« und weißer Schaum bildete sich auf ihren Lippen, der von dem Schlauch eingesaugt wurde. Sie war so weit. Jetzt durfte er keine Zeit verlieren.

Er griff sich die Bohrmaschine, die er auf dem Edelstahltisch bereitgelegt hatte, und setzte sie an der Stelle an, die er vorher auf Isabells Kopfhaut markiert hatte. Für einen winzigen Augenblick schloss er die Augen und atmete tief durch. Unter seinen Fingern spürte er ein leichtes Vibrieren, das von den Muskelkontraktionen ihres Körpers kam. Er musste es tun. Wenn er noch länger wartete, war es vielleicht zu spät. Er öffnete die Augen und konzentrierte sich darauf, dass seine Hand nicht zitterte. Dann startete er die Maschine. Ein kreischendes Geräusch übertönte Isabells Stöhnen und drang ihm bis ins Mark. Der dünne

Gewindestab arbeitete sich schnell und sauber durch die Schädeldecke. Jetzt durfte er keinen Fehler machen. Nur eine minimal falsche Bewegung und er würde irreparable Schäden verursachen.

Ein Rinnsal Blut trat aus der Wunde, als der Widerstand unter der Maschine plötzlich geringer wurde. Er war durch die Schädeldecke gestoßen. Nun waren es noch wenige Zentimeter und er würde die Stelle erreichen, die Isabells Bewusstsein quasi resetten sollte. Das war der Moment, in dem sie bereit für die Aufnahme sein würde.

Ein neuer Krampf durchfuhr ihren Körper, sie bäumte sich auf. Der stereotaktische Rahmen klapperte bedrohlich. Er durfte jetzt nicht aufhören. Er war kurz davor. Stetig drückte er den Bohrstab weiter in Isabells Hirn, als plötzlich der Rahmen nachgab. Gerade noch rechtzeitig riss er die Maschine zurück und somit den Gewindestab aus ihrem Kopf heraus. Er warf die Bohrmaschine auf den Boden, drückte seine Hände auf ihre Brust. Kein Herzschlag zu spüren. Vermutlich hatte sie Kammerflimmern. Er begann mit der Herzmassage, ihre Rippen knackten unter seinem Gewicht. Die Krämpfe ließen nicht nach. Er durfte sie jetzt nicht verlieren.

Nach einer Weile hörten die Zuckungen auf und ihr Atem, der bis eben noch stoßweise und viel zu schnell gegangen war, verlangsamte sich. Der Krampf, der ihren gesamten Körper eingenommen hatte, löste sich nach und nach. Doch im gleichen Moment stockte nun ihr Atem und setzte schließlich völlig aus.

»Nein! Das tust du mir nicht an. Nicht jetzt, wo wir so weit gekommen sind«, rief er. Hilflos blickte er sich um. Plötzlich überfiel ihn eine bleierne Müdigkeit. Es war hoffnungslos. Isabell starb ihm unter den Händen weg. Schon das zweite Mädchen.

»Amelie!«, schrie er verzweifelt. Er konnte ihre Anwesenheit nicht spüren. »Amelie, wo bist du? Ich brauche dich!«

22. Kapitel

Ungeduldig drückte Natalie zum zweiten Mal auf die Klingel. Ein kühler Wind war aufgezogen und am Himmel türmten sich bedrohlich dunkle Gewitterwolken. Sie klingelte ein drittes Mal.

Ob Professor Haubold vergessen hatte, dass sie verabredet waren? Vielleicht hatte sie sich aber auch im Tag vertan. Sie wartete noch einen Moment, zuckte mit den Schultern und ging die Treppe wieder hinunter. Als sie am Hoftor angekommen war, öffnete sich die Tür.

Blinzelnd streckte Haubold seinen Kopf ins Freie und schaute sich um. Er sah verschlafen aus, als habe sie ihn gerade geweckt. Natalie winkte ihm zu. »Hallo, Herr Haubold«, rief sie, weil er sie nicht zu entdecken schien. »Komme ich ungelegen?«

Endlich entdeckte er sie. Er rieb sich mit der Hand übers Gesicht, dann öffnete er die Tür vollständig. »Nein, ach was. Kommen Sie nur rein. Ich habe die Nacht durchgearbeitet und bis gerade eben einen Mittagsschlaf eingelegt. In dem ganzen Stress habe ich völlig vergessen, dass Sie heute arbeiten wollten«, sagte er, als sie näherkam.

Natalie betrat das Haus und wich erst einmal unwillkürlich zurück. Die Luft hier drin roch abgestanden und aus der Küchentür, die offenstand, drang ein fauliger Geruch. Im Vorbeigehen warf sie einen Blick auf das Chaos, das sich darbot. Überall standen Teller herum, Fliegen lieferten sich ein Wettrennen über dem Waschbecken und ein paar Äpfel im Obstkorb schimmelten fröhlich vor sich hin.

»Ähm. Ich hatte Ihnen erzählt, dass meine Putzfrau im Urlaub ist?«, fragte er und kratzte sich verlegen am Hinterkopf.

Natalie nickte. Sie wollte ihn nicht darauf hinweisen, dass er letztes Mal davon gesprochen hatte, sie entlassen zu haben. »Wenn Sie eine Hand beim Aufräumen brauchen, kann ich das gerne erledigen«, sagte Natalie und bereute sofort, das Angebot gemacht zu haben.

Haubold blieb stehen und schaute sie stirnrunzelnd an, als wäge er ab, ob ihr Angebot ernst gemeint war. Dort, wo er sich am Hinterkopf gekratzt hatte, stand nun eine graue Locke in die Höhe, sodass er aussah wie ein in die Jahre gekommenes Mitglied der kleinen Strolche.

»Ach, was rede ich. Tut mir leid, das ist viel zu privat. Ich mache mich sofort ans Korrigieren«, sagte Natalie und hoffte, dass er ihren Rückzieher akzeptieren würde. Sie ging ins Büro und setzte sich an den Schreibtisch, auf dem sich seit ihrem letzten Arbeitstag nicht viel verändert hatte. Wenn er wirklich so viel arbeitete, wie er behauptete, dann tat er es offensichtlich nicht hier.

»Ich mache mir jetzt erst mal einen starken Kaffee, damit ich wieder unter den Lebenden weilen kann. Möchten Sie auch einen?«, fragte Haubold, der im Türrahmen stehengeblieben war.

»Nein, danke. Ich hatte gerade erst einen auf dem Weg hierher.« Das war gelogen. Natalie hätte tatsächlich liebend gerne einen Kaffee gehabt, denn sie hatte heute einen langen Tag vor sich. Nach ihrer Arbeit bei Haubold musste sie noch eine Schicht im Kino hinter sich bringen. Nachdem sie allerdings die Küche gesehen - und vor allem gerochen - hatte, war ihr Bedarf an Getränken aus diesem Haus gedeckt. Sie war froh, dass sie noch eine halbvolle Flasche Wasser in ihrer Tasche hatte, womit sie die nächsten Stunden überbrücken konnte.

»Gut, dann bin ich erst mal wieder oben, sobald der Kaffee fertig ist. Wenn etwas ist, Sie wissen ja ...«

»Eine Frage noch«, hielt Natalie Haubold auf. »Dürfte ich mir hier auf dem Schreibtisch etwas Platz schaffen? Ich würde mir zu den Hausarbeiten zum Beispiel gerne Notizen machen. Außerdem ...«

Haubold betrachtete seinen Schreibtisch, als hätte er ihn noch nie zuvor gesehen. Nur langsam schien sein Hirn zu realisieren, wie groß das Chaos auch hier war. Er legte den Kopf schief und kniff die Augen zusammen. Dann kam er ins Büro und nahm zwei Bücher vom Tisch. »Aber ja. Verzeihen Sie bitte, ich arbeite immer so. Da verliert man schnell den Blick fürs Normale, wissen Sie? Die hier können zum Beispiel ins Regal, die Tagung war vorgestern.« Er legte die Bücher ins überfüllte Regal. Eines davon glitt herunter und fiel auf den Boden.

Haubold bemerkte es nicht oder es war ihm egal. Er griff sich einen Stapel Papiere und schob mit der anderen Hand seine Tastatur nach hinten, wobei ein Brief zerknitterte, der darunter gelegen hatte. Schließlich schob er mit dem Arm einfach alles, was auf der linken Seite des Tisches lag, nach rechts, wo die dort gelagerten Bücher und Unterlagen auf den Boden fielen. Es schien Haubold nicht weiter zu stören. Verwundert beobachtete Natalie ihn, sagte aber nichts. Immerhin hatte sie nun eine freie Fläche zum Arbeiten.

»So, das müsste gehen.«

»Vielen Dank«, murmelte Natalie, bemüht, nicht zu tief einzuatmen, solange er noch dicht bei ihr stand. Er roch unangenehm nach Schweiß und bei genauerem Hinsehen waren seine Haare fettig, so als habe er seit mehreren Tagen nicht geduscht.

»Nun bin ich aber erst mal weg. Es wäre gut, wenn Sie heute zuerst mit den Einführungsklausuren von vorletztem Semester anfangen könnten. Die müssen bis Ende des Monats eingetragen sein. Es sind um die achtzig, rechnen Sie also eher mit zwei Tagen, die Sie brauchen werden.«

»Ist gut«, sagte Natalie und wartete, bis er aus dem Zimmer gegangen war. Dann schob sie ihren Stuhl zurück und stand auf, um eins der heruntergefallenen Bücher aufzuheben. Haubold ging für ihren Geschmack viel zu sorglos mit seiner Bibliothek um. Natalie konnte es nicht ansehen, wie eines der Bücher dort auf dem Boden lag und verknickte. Sie drehte das Buch in ihrer Hand, um den Titel lesen zu können. *Nahtoderfahrungen - Die Unsterblichkeit der Seele.*

Natalie runzelte die Stirn und blätterte durch die ersten paar Seiten. Dass sich ein Biologieprofessor für eine solche Lektüre interessierte, hätte sie nicht geglaubt. Auf den ersten Blick war das Buch auch nicht gerade wissenschaftlich angelegt. Bereits auf den ersten zwei Seiten war von unumstößlichen Beweisen die Rede, die sich aber lediglich auf die Aussagen von Betroffenen und deren Angehörigen stützten. Natalie schüttelte den Kopf und legte das Buch zurück ins Regal. Warum erwärmte Haubold als seriöser Wissenschaftler sich für ein solches Machwerk? Sie nahm sich vor, ihn bei Gelegenheit darauf anzusprechen.

Jetzt musste sie sich erst mal an die Klausuren setzen. Sie hatte keine Ahnung, ob sie wirklich in zwei Tagen über achtzig Tests durchkorrigieren konnte. Sie hatte mit Haubold eine Arbeitszeit von zehn Stunden die Woche ausgemacht. Um in dieser Zeit all die Klausuren zu schaffen, brauchte es einiges an Routine, die sie einfach noch nicht hatte. Sie hoffte, dass sie schneller wurde, wenn sie erst mal ein oder zwei Exemplare komplett durchgesehen hatte. Irgendwann würde sich hoffentlich alles nur noch wiederholen.

Tatsächlich merkte sie mit jeder korrigierten Klausur, wie sie schneller wurde. Sie musste nicht mehr über jede Antwort nachdenken und wurde selbstbewusster im Anstreichen. Ehe sie es sich versah, hatte sie die ersten fünf Exemplare durchgesehen und gönnte sich eine kurze Pause. Sie lehnte sich in dem großen Chefsessel zurück und legte ihre Waden so auf der Tischplatte ab, dass ihre Füße weder den Schreibtisch noch irgendwelche gestapelten Unterlagen berührten.

Entspannt legte sie den Kopf in den Nacken und rollte ihn auf der Lehne leicht hin und her, um ihre Muskeln zu lockern.

Als sie sich wieder aufrichtete, fiel ihr ein in altes braunes Leder gebundener Kalender ins Auge. Der Einband war abgegriffen, doch als sie ihn berührte, fühlte er sich wunderbar weich an und nicht so rau, wie er auf den ersten Blick ausgesehen hatte. Offensichtlich war das gute Stück nur auf Vintage gemacht. Neugierig öffnete sie den Deckel. Sie musste unbedingt wissen, welche Firma den Kalender herstellte, auch wenn sie ihn sich höchstwahrscheinlich nicht leisten konnte.

Im Inneren war der Ledereinband mit einem schwarzen Seidenstoff vernäht, der sich noch besser anfühlte als die Außenseite. In einer Ringheftung befanden sich Kalenderblätter, auf denen keine Informationen zum Hersteller zu finden waren. Ohne wirklich auf den Inhalt zu achten, blätterte sie durch die Seiten, bis ihr plötzlich ein Name ins Auge fiel.

Isabell Mühring. Eingetragen war sie an einem Samstag vor zwei Wochen. Der Samstag, nachdem Johanna nichts mehr von ihr gehört hatte.

Natalies Nackenhaare stellten sich auf. Das konnte natürlich ein Zufall sein, doch sie hatte auf einmal kein gutes Gefühl dabei. Eine Kommilitonin war verschwunden und auch die andere junge Frau, die nur noch tot hatte geborgen werden können, war Studentin gewesen. Hatte Johanna nicht sogar gesagt, dass sie sie aus irgendwelchen Kursen gekannt hatte?

Natalie blätterte einige Wochen zurück, ob ihr weitere bekannte Namen ins Auge sprangen. Hatte Johanna den

Namen der ermordeten Studentin genannt? Keiner der Namen weckte bei ihr Erinnerungen. An vielen Wochentagen waren Termine mit allen möglichen Personen eingetragen. Mindestens ein weiterer Name kam Natalie aus der Uni bekannt vor, aber sie konnte ihn nicht genau zuordnen.

Sie müsste das genaue Datum von Isabells Verschwinden und außerdem den Namen der ermordeten Studentin wissen, um aus den Eintragungen schlau zu werden. Sie blätterte zurück zum Eintrag mit Isabells Namen und legte den Kalender aufgeschlagen auf den Schreibtisch. Würde Haubold wirklich einen Termin mit Isabell eintragen, wenn er vorhatte, sie zu entführen und zur ermorden? Auf der anderen Seite ging er vermutlich davon aus, dass niemand seinen Kalender zu Gesicht bekam.

Natalie war hin- und hergerissen. Auf jeden Fall musste sie Johanna fragen, was sie von der Sache hielt. Natalie bückte sich und kramte in ihrer Tasche nach dem Handy. Ein Foto davon würde sicherlich nicht schaden, so musste sie sich später nicht fragen, ob sie sich vielleicht im Datum geirrt oder sich sonst wie vertan hatte.

Gerade als sie es gefunden hatte, hörte sie hinter sich Schritte. Schnell steckte sie das Telefon in die Tasche ihrer Shorts. Gerade rechtzeitig, bevor Haubold im Türrahmen erschien. Natalies Herz setzte einen Moment aus, als ihr klar wurde, dass der Kalender noch immer aufgeschlagen auf dem Schreibtisch lag.

»Na, sind Sie schon durch für heute?«, fragte Haubold und schaute auf seine Armbanduhr. »Vier Stunden sind aber noch nicht um.«

»Nein, also ...« Natalies Stimme versagte und sie räusperte sich. Ihr Mund war unendlich trocken und sie fühlte sich, als wäre sie gerade beim Spicken während einer wichtigen Prüfung erwischt worden. »Ich habe nur gerade eine kurze Pause gemacht. Musste mal den Rücken strecken.«

Haubold machte einen Schritt nach vorne und streckte seine Hand nach dem Schreibtischstuhl aus. »Ja, das gute Ding hier ist nicht wirklich das Wahre. So bequem er auch aussehen mag, ergonomisch hapert es an allen Ecken und Enden. Passen Sie auf, dass sie von sich aus auf Ihre Haltung achten, sonst werden Sie die nächsten Tage mit schmerzendem Rücken herumlaufen.« Er tätschelte die Lehne, als wäre es der Rücken eines guten Freundes und drehte dadurch den Stuhl so, dass er nun freie Sicht auf seinen Schreibtisch hatte.

»Da haben Sie wohl recht«, sagte Natalie, nahm sich das Buch über die Unsterblichkeit der Seele und ging an eins der Regale in der Hoffnung, Haubolds Blick würde ihr folgen.

Der interessierte sich jedoch nicht für sie. Stattdessen beugte er sich nach vorne und griff sich den Kalender. Einen Moment starrte er geistesabwesend auf die aufgeschlagene Seite, dann klappte er ihn zu. Bei dem Geräusch der zuklappenden Seiten zuckte Natalie zusammen.

»Haben Sie etwa in meinen persönlichen Unterlagen herumgeschnüffelt?«, fragte Haubold ohne sich zu ihr umzudrehen. Seine Stimme klang bedrohlich.

Natalie schnappte nach Luft. »Geschnüffelt? Nein, auf keinen Fall. Ich habe ...«

Nun drehte er sich doch in ihre Richtung. In seinen Augen war die Wut zu erkennen, die in ihm brodelte. »Lassen Sie gefälligst die Finger von meinen Privatsachen«, sagte er langsam und betonte dabei jedes Wort.

»Nein, so ist es nicht«, versuchte Natalie, ihn zu beschwichtigen. »Ihr Kalender, er hat mir so gut gefallen ... Der Ledereinband ...«

»Er war ein Geschenk meiner Frau.«

»Ich wollte ihn doch nicht wegnehmen oder so. Eigentlich wollte ich nur schauen, von welchem Hersteller er ist.«

»Nun, da muss ich Sie enttäuschen. Er ist von einer kleinen Manufaktur in Österreich, die mit privaten Kürschnern zusammenarbeitet. So etwas gibt es nicht in Massenproduktion. Ich hoffe, ich konnte Ihre Neugierde befriedigen.« Er klemmte sich den Kalender unter den Arm und schob den Stuhl an den Schreibtisch. Seine Lippen hatte er fest aufeinandergepresst und seine Stirn lag in tiefen Falten.

»Es tut mir wirklich leid, Herr Haubold. Hätte ich geahnt, dass er Ihnen so viel bedeutet ...«

»Schon gut. Für heute haben Sie ja schon genug gearbeitet. Am besten, Sie nehmen die restlichen Klausuren mit nach Hause, ich habe nämlich jetzt einen dringenden Termin. Bei Fragen können Sie mich gerne auf dem Handy anrufen. Ansonsten sehen wir uns Montag.«

Natalie war noch immer zu perplex von Haubolds Reaktion, um eine angemessene Antwort zu finden, also nahm sie ihre Tasche und steckte die Klausuren hinein. »Die fünf, die dort noch liegen, habe ich bereits fertig«, sagte sie und ihre Stimme zitterte leicht. »Ich wünsche Ihnen ein schönes Wochenende.«

Haubold reagierte lediglich mit einem Grummeln, also nahm Natalie ihre Tasche und sah zu, dass sie so schnell wie möglich aus dem Haus herauskam.

23. Kapitel

Ein Wagen schoss von rechts aus einer Seitenstraße. Wütend hämmerte Arndt auf die Hupe. Er bremste gerade noch rechtzeitig, damit er ihm nicht in die Seite krachte. Erst nach der Abzweigung sah er, dass hier rechts vor links galt.

»Verdammt«, fluchte er und haute mit der Hand seitlich gegen das Lenkrad. Der Wagen brach von dem Schlag leicht nach rechts aus und er lenkte schnell dagegen. Er musste sich zusammenreißen, nicht dass er noch angehalten wurde. Obwohl er ein routinierter Fahrer war, fiel es ihm schwer, sich auf die Straße zu konzentrieren. In den knapp zehn Minuten, die er nun unterwegs war, hatte er sich schon zweimal dabei erwischt, so in Gedanken versunken zu sein, dass er von seiner Umgebung gar nichts mehr mitbekommen hatte. Beim letzten Kreisverkehr hatte er sogar seine Ausfahrt verpasst und hatte noch einmal die komplette Runde fahren müssen.

Er bremste den Wagen ab und warf einen Blick nach hinten. Isabell lag zusammengekrümmt im Fußraum vor der Rückbank. Er hatte eine Decke über sie gelegt und zwei größere Umzugskartons beladen mit alten Büchern auf die Rückbank gestellt. Sie reichten bis zu den Vordersitzen, sodass niemand sehen konnte, was sich darunter befand. Das war ihm sicherer vorgekommen als die Option, sie im Kofferraum zu transportieren. Polizisten in Filmen schauten dort generell zuerst nach, wenn sie einen Mörder völlig zufällig auf einer Landstraße anhielten. In der Realität würde ihn vermutlich aber niemand bitten, die schweren Umzugskartons rauszuräumen, um in den Fußraum schauen zu können.

Mittlerweile kam ihm die Idee, Isabell ausgerechnet auf diese Weise zu transportieren, weniger brillant vor. Aller Voraussicht nach hatte nun die Totenstarre eingesetzt und er würde seine Mühe haben, den zusammengekrümmten Körper wieder aus dem Fond des Wagens zu bekommen. Er hatte noch eine Viertelstunde Fahrt vor sich. Dieses Mal hatte er sich vorher ausführlich Gedanken darüber gemacht, wo er die Leiche entsorgen konnte, und eine abgelegenere Stelle ausgesucht.

Bei Alines Tod war er so geschockt gewesen, dass er sie noch in derselben Nacht in seinen Wagen geladen und an der erstbesten Stelle auf einem Parkplatz an der A3 zwischen zwei Sträucher geworfen hatte. Kein Wunder, dass es kaum mehr als einen Tag gedauert hatte, bis sie gefunden worden war. Als er wieder klarer hatte denken können, war ihm sein Fehler auch aufgefallen, aber dann war es schon zu spät gewesen. Zum Glück hatte es in der Nacht heftig geregnet, sodass anscheinend keine Spuren von seinem Wagen auf dem Parkplatz zurückgeblieben waren.

Dieses Mal würde er etwas überlegter vorgehen. Die Leiche durfte nicht sofort entdeckt werden, denn es wäre für jeden logisch denkenden Polizisten eindeutig, dass hier ein und derselbe Täter am Werk gewesen war. Ein *Serienkiller*, würden die Zeitungen schon bald titeln, auch wenn das nicht im Entferntesten der Wahrheit entsprach. Frauen würden nach einem solchen Bericht vorsichtiger werden, insbesondere Studentinnen, und die Leute würden generell die Augen mehr offenhalten. Das durfte er auf keinen Fall riskieren.

Er hatte nur noch diesen einen Versuch, bevor Joachim seine Praxisräume endgültig wiederhaben wollte. Arndt musste vorher noch die baulichen Maßnahmen rückgängig machen und das Wartezimmer, in dem er Aline und Isabell gefangen gehalten hatte, wieder in seinen ursprünglichen Zustand versetzen sowie die Tür tauschen. Zum Glück gab es dort immerhin keine Nachbarn, die durch die Berichterstattung in den Medien aufgescheucht waren.

Als er die Landstraße erreichte, setzte leichter Nieselregen ein, der mit jedem Kilometer stärker wurde. Das kam Arndt gerade recht. So musste er zumindest nicht mit sonnenhungrigen Spaziergängern rechnen, die ihn bei seinem Vorhaben stören würden.

Nach einer weiteren Viertelstunde hatte er endlich sein Ziel erreicht. Er parkte den Wagen auf dem verlassenen Parkplatz in der Nähe eines Waldgasthofes. Nicht weit davon entfernt lag ein kleiner See, eine verlassene Tongrube, die sich mit Wasser gefüllt hatte und die weder zum Schwimmen noch zum Angeln freigegeben war. An diesen Ort verirrten sich nur selten Menschen, wie er bei seinen häufigen Besuchen festgestellt hatte.

Den Waldgasthof hatte er zur silbernen Hochzeit gemietet. Damals war noch alles in Ordnung gewesen und niemand hatte geahnt, dass nur wenige Wochen später ihr gesamtes Leben aus den Fugen geraten würde. Nachdem seine Tochter in seinen Armen verstorben war, hatte seine Frau ihn verlassen, weil sie nicht mit seiner Art zu trauern zurechtkam. Um abzuschalten, war er öfter an dem See gewesen und hatte die Ruhe genossen und sich an bessere Zeiten in seinem Leben erinnert. Hier war ihm auch die Erkenntnis gekommen, dass die Seele nach dem Tod weiterexistierte.

Arndt schloss die Augen und massierte sich die Stirn. Stechende Kopfschmerzen plagten ihn seit der Tagung. Er brauchte dringend eine ordentliche Mahlzeit und außerdem eine Mütze Schlaf, aber jetzt war nicht die Zeit für eine Pause. Er stieg aus dem Wagen und ging nach hinten. Dort zerrte er die Kartons von der Rückbank und wuchtete sie in den Kofferraum.

Mittlerweile schüttete es und er war schon jetzt völlig durchnässt, aber das brauchte ihn nicht weiter zu interessieren. Vom Beifahrersitz holte er den Rollstuhl. Er hatte ihn zur Sicherheit mitgenommen, für den Fall, dass ihm doch jemand begegnete, was bei dem Wetter nun gänzlich unwahrscheinlich war. Dennoch wollte er kein Risiko eingehen und klappte ihn auseinander.

Mühsam machte er sich daran, Isabell aus dem Wagen zu befreien. Wie er befürchtet hatte, war ihr Körper mittlerweile komplett versteift und es dauerte eine ganze

Weile, bis er sie überhaupt zur Hälfte aus der Tür manövriert hatte. Ihr Oberkörper hing nun am Fahrersitz fest. Egal, in welche Richtung er die Beine drehte, er bekam Isabell nicht frei. Es war, als würde sie sich festkrallen, damit er ihre Leiche nicht entsorgen konnte.

»Hättest du dich mal so ans Leben geklammert, wie du es jetzt mit meinem Auto tust«, murmelte er, während er zur Fahrertür ging, um den Sitz nach vorne zu stellen. »Dann könnte ich jetzt mit meiner Tochter auf dem Weg nach Schweden sein und alles wäre gut.«

Tränen der Wut und Enttäuschung traten ihm in die Augen. Er hatte sich von diesem Versuch so viel versprochen. Hatte alle Parameter überprüft, neu berechnet, umgestellt, war viel exakter vorgegangen und doch war alles umsonst gewesen. Eine zweite junge Frau hatte ihr Leben gelassen, eine weitere Familie war durch ihn ins Unglück gestürzt worden. Er fragte sich, ob er überhaupt jemals erfolgreich sein würde.

Er schüttelte den Kopf. Dass es Rückschläge geben würde, damit hatte er gerechnet. Aber dass sie ihn so mitnehmen würden, überraschte ihn. Er durfte sich nicht entmutigen lassen, musste nach vorne blicken. Den Fokus bewahren.

Von der Rückbank gab es ein leises Geräusch. Isabell war aus dem Wagen gerutscht und saß nun auf der Erde. Er hatte den Sitz weit genug nach vorne gestellt und schlug die Fahrertür zu. Nun konnte er Isabells Leiche ganz einfach hochheben und in den Rollstuhl verfrachten. Dann legte er ihr noch die Decke über die

Oberschenkel, spannte einen Schirm auf und spazierte mit ihr den Weg in Richtung Wald entlang.

Isabells Oberkörper war ziemlich weit nach links gebeugt und ihr Kopf unnatürlich nach vorne abgeknickt, aber wenn ihm jemand begegnen sollte, würde er einfach den Schirm weiter nach unten halten, sodass niemand sie genau ansehen konnte. Sich selbst hatte er die Kapuze seiner Regenjacke tief ins Gesicht gezogen.

Als er den Feldweg verließ, wurde der Untergrund matschiger. Die unzähligen Regenschauer der letzten Tage hatten den Boden aufgeweicht und er kam mit dem Rollstuhl nur noch schwer voran. Obwohl die Temperaturen nur knapp im zweistelligen Bereich lagen, war Arndt völlig nassgeschwitzt, als er die Lichtung erreichte, bei der er zur Tongrube abbiegen musste. Er suchte eine geeignete Stelle, an der er den Rollstuhl verstecken konnte, denn den Rest des Weges würde er Isabell tragen müssen.

Wie beiläufig drehte er sich in alle Richtungen, konnte aber niemanden auf dem Waldweg entdecken. Schnell hob er Isabell aus dem Rollstuhl, legte sie ab und schob den Rollstuhl hinter die hochstehende Wurzel eines umgestürzten Baumes. Dann hob er die Leiche hoch und watete mit ihr durch den schlammigen Waldboden. Jetzt war es nicht mehr weit bis zur Tongrube.

Ihm war nicht gerade wohl bei dem Gedanken, dass er sie völlig alleine in dem Wald zurücklassen musste. Amelies Seele war bei ihrem Tod aus ihrem Körper gewichen. Doch anstatt ins Universum zu gehen, war sie hier auf der Erde verblieben, um bei ihm, ihrem Vater bleiben zu können. Doch was, wenn Isabells Seele noch immer in ihrem Körper gefangen war? Auch von solchen Fällen hatte er gelesen, es war also durchaus möglich. Was wenn er ihren Körper nun in die alte Tongrube warf, er dort auf den kalten und finsteren Grund sank und Isabells Seele bis in alle Ewigkeit dort voller Angst verweilen musste?

Nein, daran durfte er jetzt nicht denken. Er merkte, dass sich seine Hand um die Hüfte von Isabell verkrampft hatte, die auf seiner Schulter lag.

»Wenn ich es mit Amelie nach Schweden geschafft habe, gebe ich der Polizei einen anonymen Tipp. Sie werden dich finden und aus dem See befreien. Das verspreche ich dir«, sagte er außer Atem. Mit der Zeit wurde die Leiche ganz schön schwer. Er war froh, dass er den See schon sehen konnte. Gleich hatte er es geschafft.

Wie aus dem Nichts riss plötzlich etwas an seinem Fuß.

Er stieß einen Laut der Überraschung aus, versuchte einen Ausfallschritt. Das Gewicht auf seiner Schulter ließ ihn straucheln. Er taumelte noch einen halben Schritt vorwärts, dann verlor er das Gleichgewicht und knallte der Länge nach auf den Waldboden. Isabells Fuß wurde ihm beim Aufprall in den Magen gerammt und er bekam im ersten Moment keine Luft mehr.

Panisch schaute er sich nach dem vermeintlichen Angreifer um und entdeckte eine aus dem Boden stehende Wurzel, die ihn wahrscheinlich zu Fall gebracht hatte.

»So ein verdammter Mist«, rief er und schlug mit der Faust in den Matsch. Die ganze Aktion kostete ihn jetzt schon mehr Zeit als er eigentlich dafür eingeplant hatte, denn er musste später noch zu einer Vorlesung.

Er rappelte sich auf die Knie und bemerkte erst beim Aufrichten die Schmerzen in seincr rechten Seite. Vermutlich hatte er sich zu allem Überfluss bei seinem Sturz noch eine Rippe gebrochen. Nur mit Mühe schaffte er es, wieder auf die Beine zu kommen. Wie sollte er es mit solchen Schmerzen bloß bewerkstelligen, Isabell das letzte Stück bis zur Tongrube zu tragen?

Er hob sie an, aber nahm sie nicht wieder auf die Schulter, sondern packte sie stattdessen unter den Achseln, um sie rückwärts zu schleifen.

Plötzlich knackte irgendwo ein Ast. Aus dem Augenwinkel nahm er eine Bewegung wahr. Hatte ihn etwa jemand entdeckt?

Hektisch schaute er sich um. Es gab keine Möglichkeit, sich zu verstecken. Dann sah er einen schwarzen Labrador durchs Gebüsch streunern. Mit einem Stock im Maul rannte er direkt auf ihn zu. Um seinen Hals trug er ein reflektierendes Halsband. Arndt ließ Isabell zu Boden sinken.

Wo ein Hund war, konnte der Besitzer nicht weit sein. Fieberhaft überlegte er, was er nun tun sollte. Er könnte Isabell wieder auf seine Schulter wuchten, sie so schnell es irgendwie ging zum See tragen und dabei hoffen, dass der Labrador von ihm abließ und stattdessen zu seinem Besitzer zurückkehrte. Was aber, wenn sich der Hundehalter am See aufhielt? Dann würde er ihm direkt in die Arme laufen. Außerdem konnte er ohnehin schon kaum atmen, vermutlich würde er es nicht einmal schaffen, Isabell wieder vom Boden aufzuheben, geschweige denn sie über eine weitere Strecke zu tragen.

Die Alternative war, dass er die Leiche genau hier liegen ließ und zurück zu seinem Auto flüchtete. Der Hund war aus einer anderen Richtung gekommen, mit etwas Glück waren er und sein Besitzer nicht an seinem Wagen vorbeigelaufen.

Der Hund stand nun vor Arndt, legte seine Beute auf den Boden und bellte ihn an.

»Schhh!«, machte Arndt und deutete an, nach dem Stock zu greifen. Der Hund wedelte mit dem Schwanz, also griff Arndt zu und schleuderte den Stock in die Richtung, aus der der Labrador gekommen war. Der Hund fetzte hinterher und Arndt drehte sich um und lief so schnell er konnte zum Waldweg.

Die Schmerzen in seiner rechten Seite waren unerträglich und er konnte kaum atmen, doch er schaffte es irgendwie zu seinem Auto. Den Rollstuhl hatte er bei der Wurzel zurückgelassen. Um ihn noch zu holen, war keine Zeit mehr geblieben. Völlig außer Atem ließ er sich auf den Fahrersitz fallen und startete den Motor. Die Scheiben beschlugen und er wischte sich mit dem Ärmel ein kleines Sichtfenster frei.

Als er auf die Landstraße abbog, beobachtete er im Rückspiegel den Waldweg hinter sich. Niemand war zu sehen. Arndt atmete erleichtert auf, was er sogleich wegen der stechenden Schmerzen in seiner Lunge bereute.

Es war nicht so gelaufen, wie er es sich vorgestellt hatte, aber er hatte es geschafft. Jetzt brauchte er nur noch ein letztes Testobjekt. Dieses Mal würde nichts schiefgehen.

24. Kapitel

Nervös wartete Natalie darauf, dass Johanna nach Hause kam. Auf ihre SMS vor zwei Stunden hatte sie keine Antwort bekommen. Ihre Mitbewohnerin war nicht der Typ, der ständig auf sein Handy starrte, da konnte eine Antwort schon mal dauern, aber trotzdem wuchs Natalies Nervosität stetig. Der Eintrag, den sie in Haubolds Kalender gefunden hatte, beunruhigte sie zutiefst, obwohl sie sich immer wieder sagte, dass sie vollkommen überreagierte.

Eigentlich hatte dieser Termin doch rein gar nichts zu bedeuten. Etliche andere Namen hatten ebenfalls in seinem Kalender gestanden und keiner dieser Studenten war verschwunden. Aber Isabell war es eben und die beiden Ereignisse lagen nun mal auffällig dicht beieinander. Dazu kam Haubolds seltsame Reaktion, als er in sein Büro gekommen war.

Endlich hörte sie den Schlüssel in der Wohnungstür und sprang auf. Im Flur erschien eine vollkommen durchnässte Johanna im Türrahmen.

»Ein beschissenes Mistwetter«, fluchte sie und pfefferte ihren Rucksack unter die Garderobe. »Da dachte ich mir, ich bin schlau und suche mir einen Job, der zu meinem Hobby passt und dann regnet es die ganze Zeit. Kurierfahren! Was für eine Scheißidee!«

»Wenn das Hobby zum Beruf wird, kann es einem das auch mal ganz schnell versauen«, sagte Natalie und musste sich zusammenreißen, nicht direkt mit ihrer Neuigkeit rauszuplatzen.

»Immer noch besser, als tagtäglich im Behindertenwohnheim zu schuften und dort Kunstwerke aus Kacke wegzumachen.«

»Diese alte Geschichte musst du auch immer wieder auspacken, oder?« Natalie schaute sie angewidert an.

»Klar, was denkst du denn? Wenn du so etwas einmal hättest wegputzen müssen, würde dich das auch bis zum Ende deines Lebens verfolgen.«

»Das ist einfach ekelhaft!«

»Kannst du laut sagen. Ich habe die Arbeit mit den Behinderten wirklich geliebt, aber das war kein schöner Teil davon. Den Geruch hast du den kompletten Abend nicht mehr aus der Nase bekommen. Und jetzt muss ich dringend heiß duschen«, ließ Johanna verlauten und verschwand im Bad.

Etwa eine Viertelstunde später, die sich für Natalie wie eine Ewigkeit anfühlte, kam sie mit einem Handtuch auf dem Kopf und fertig umgezogen in die Küche.

»Was ist nur mit diesem verrückten Klima los? Und da behauptet dieser Idiot von Trump allen Ernstes, die Klimaerwärmung wäre eine Erfindung von den Chinesen. Ein Spinner vor dem Herrn ist das«, sagte sie und warf sich auf die Couch. »Es ist Juni und die einzigen fünf Minuten Sonnenschein in diesem Jahr hatten wir im April.«

»Und vor zweieinhalb Wochen, als du dich beschwert hast, dass es draußen heißer ist als in der Hölle. Schon vergessen?«

»Das muss man ja vergessen bei dem Mistwetter. Da wünsche ich mir auch einen Job, den man drinnen ausführen kann. Du hast echt Glück.«

»So würde ich das nicht nennen«, sagte Natalie achselzuckend. Jetzt war die Gelegenheit, ihr von dem Kalender zu erzählen. »Bei Haubold lief es heute ganz und gar nicht.«

Johanna rollte sich auf die Seite, angelte nach der Dose mit den gesalzenen Cashewkernen und stopfte sich eine Hand voll in den Mund. »Was war los?«, murmelte sie undeutlich zwischen den zerkauten Nüssen hindurch.

Natalie erzählte ihr von ihrer Entdeckung und von Haubolds seltsamer Reaktion, als er den geöffneten Kalender auf dem Tisch entdeckt hatte. Wie erwartet, fand ihre Mitbewohnerin die Geschichte nicht sonderlich besorgniserregend.

»Wenn ich dich beim Rumwühlen in meinen persönlichen Sachen erwischen würde, wäre ich mit Sicherheit auch ziemlich angefressen.« Johanna ließ eine weitere Portion Cashews in ihren Mund wandern. »Nur so als Warnung vorab«, fügte sie augenzwinkernd hinzu.

»Es ist ja gar nicht so, als hätte ich gewühlt. Was ich gesagt habe, war nicht gelogen. Ich fand den Einband unglaublich schön und wollte einfach nachsehen, ob ich einen Hersteller finde. Durch Zufall bin ich dann auf Isabells Namen gestoßen.«

»Mein Gott, dann hatte er eben einen Termin mit ihr. Na und? Er ist Prof, sie ist seine Studentin. Du hast ja selbst gesagt, dass da noch etliche andere Namen standen.«

»Aber ausgerechnet Isabell ist seit dem Tag nicht mehr zu erreichen.«

Johanna winkte ab. Ihre Finger waren voller Salzkrümel. »Sie ist jetzt wie lange *verschwunden*?« Sie kniff die Augen zusammen und zählte mit dem Daumen die einzelnen Finger ab, wobei sie die Couch vollkrümelte. »Etwas über zwei Wochen zirka, wenn ich mich nicht komplett vertue. Glaubst du im Ernst, ihre Eltern hätten sich noch nicht gekümmert, wenn sie so lange rein gar nichts von ihrer Tochter hören?«

Natalie zuckte mit den Schultern. Ihre Eltern hätten es vermutlich nicht, aber sie meldete sich ohnehin nicht sonderlich oft zu Hause. Da würde es kaum auffallen, wenn mal vierzehn Tage ohne ein Telefonat vergingen. Und doch wollte sie Johanna gerne zustimmen, ja sie hatte sich sogar insgeheim gewünscht, dass sie ihre Befürchtungen etwas relativieren würde. Aber ihr Gefühl sagte ihr, dass es einfach falsch war, auf die einfachste Lösung zu setzen. »Irgendwie hast du ja recht«, gab sie zu. »Aber auf der anderen Seite: Wenn Isabell wirklich in Gefahr ist, dann hat sie es doch verdient, dass sich jemand um sie sorgt, oder findest du nicht?«

»Das haben wir doch schon durch. Wozu sind wir denn in ihre Wohnung gegangen?« Johanna wurde merklich genervt, doch Natalie war noch nicht bereit, die Sache einfach auf sich beruhen zu lassen.

»Und was haben wir da gefunden?«

»Nichts, was darauf hindeuten würde, dass Isabell entführt wurde. Es sah nicht nach einem Kampf aus und im Kühlschrank sind keine Lebensmittel vor sich hin geschimmelt.«

»Es war aber genauso wenig der Schrank auffällig leer, sodass wir uns sicher sein könnten, dass sie in den Urlaub gefahren ist. Außerdem vergisst du das Obst.«

»Meine Güte Natalie, jetzt komm endlich mal runter. Als wäre bei uns noch nie ein Netz Orangen schlecht geworden. Da muss nur eine drin sein und zack ist dir alles vergammelt.« Johanna setzte sich auf und schaute Natalie ernst an. »Du siehst überall Gespenster. Erst leidest du unter Verfolgungswahn, bloß weil dir der zurückgebliebene Sohn aus dem Kino zufällig ein paarmal begegnet und jetzt verdächtigst du einen angesehenen Professor, dass er Isa entführt hat, bloß weil sie in seinem Kalender steht.«

Natalie nickte. Aber nicht, weil sie Johanna zustimmte, sondern weil ihre Mitbewohnerin sie auf eine Idee gebracht hatte. Möglicherweise verdächtigte sie die völlig falsche Person. Hatte sie Lars nicht erst vor ein paar Tagen am Haus von Haubold gesehen? Und außerdem hatte er vor Isabells Haus herumgestanden. Das waren weitaus seltsamere Zufälle als der Eintrag in Haubolds Kalender. Was, wenn er sie verfolgt und nach ihrem Termin bei Haubold abgepasst hatte? Aber war Lars überhaupt zu einer Entführung fähig?

»Wenn es dich überhaupt nicht loslässt, warum suchst du nicht einfach nach etwas eindeutigeren Hinweisen? Ich meine, selbst wenn wir mit der Seite aus dem Kalender zur Polizei gehen würden, kämen wir nicht weiter. Wahrscheinlich würden die uns einfach auslachen und wieder wegschicken, weil das überhaupt kein Beweis ist.«

»Ein Beweis vielleicht nicht, aber doch wohl immerhin ein Indiz. Wenn jemand verschwindet, fängt man an, sein Umfeld abzusuchen und die Leute zu befragen, mit denen die Person zuletzt in Kontakt stand. Und Haubold war einer der Letzten, mit denen Isa gesprochen hat.«

»Versteh mich nicht falsch, ich sage ja nicht, dass deine Theorie völlig unmöglich ist. Aber hey, Haubold ist ein Professor. Ich stecke noch mitten im Studium. Ich kann mich da nicht blind in irgendwas verrennen. Überleg mal, am Ende stellt sich heraus, dass das überhaupt nicht stimmt. Dann kann ich mir den Abschluss an dieser Uni mit ziemlicher Sicherheit in die Haare schmieren.«

Von der Seite aus hatte es Natalie noch gar nicht betrachtet. Das erklärte zumindest Johannas Zurückhaltung, was Haubold betraf, wenngleich sie immer noch nicht verstand, weshalb ihre Mitbewohnerin sich weigerte, es verdächtig zu finden, dass Isabell sich seit Wochen nicht meldete. »Ich will natürlich nicht, dass du Probleme bekommst«, murmelte sie schuldbewusst.

»Eben. Deshalb suchst du einfach das nächste Mal, wenn du bei Haubold bist, nach stichhaltigeren Hinweisen. Wenn Isabell wirklich nach diesem Termin nicht mehr aufgetaucht ist, findest du vielleicht noch mehr. Und wenn dem so ist, dann schwöre ich, kannst du auf mich zählen. Ein Anruf und wir treten dem Haubold gemeinsam in den Arsch. Oder gehen zur Polizei, weil Rambo müssen wir ja nicht gerade nachspielen.«

»Wird gemacht«, sagte Natalie. *Oder ich achte sehr genau darauf, ob Lars sich wieder in der Nähe herumtreibt, wenn ich dort bin*, fügte sie in Gedanken hinzu. Davon würde sie Johanna allerdings vorerst nichts erzählen. Sie hatte keine Lust darauf, als komplett paranoid abgestempelt zu werden.

Aus dem Flur hörten sie ein lautes Piepsen. Johanna verschränkte die Arme hinter ihrem Kopf und lehnte sich gähnend zurück.

»Willst du überhaupt nicht nachsehen, wer dir schreibt? Das ist doch dein Handy, oder?«, fragte Natalie.

»Nö. Ist vermutlich eh nur mein Chef und ich hab Feierabend.«

»Und wenn es was Wichtiges ist? Isa zum Beispiel?«, ließ Natalie nicht locker. Sie konnte es nur schwer ertragen, ein Handy klingeln zu lassen oder eine Nachricht zu ignorieren. Ihre Neugierde war viel zu groß, als dass sie es ignorieren könnte. Johanna war in Sachen Erreichbarkeit eindeutig gelassener.

»Oh man. Ich hab jetzt absolut keinen Bock aufzustehen.«

»Soll ich es dir holen?«, bot Natalie an und stand auf, ohne die Antwort abzuwarten. »Im Rucksack?«

»Anscheinend lässt du dich ohnehin nicht aufhalten. Es müsste im Rucksack sein, ja.«

Es dauerte nicht lange, bis Natalie das Telefon gefunden hatte. Sie ging damit zurück in die Küche und hielt es Johanna hin.

»Willst du mir nicht zufällig auch noch vorlesen, wer da etwas von mir will?«, fragte die und schloss demonstrativ die Augen.

Natalie warf ihr das Handy in den Schoß. »So neugierig bin ich nun auch wieder nicht. Außerdem hast du mich ja vorhin gewarnt, was mit mir passiert, solltest du mich beim Herumfingern an deinen Sachen erwischen.«

Johanna grinste sie an und entsperrte das Display. Sofort verfinsterte sich ihre Mine und sie scrollte mit zusammengezogenen Augenbrauen durch ihre Nachrichten.

»Was ist los? Ist etwas passiert?«, fragte Natalie und lehnte sich neugierig nach vorne, konnte aber die auf dem Kopf stehende Schrift nicht entziffern. »Sag schon!«

»Fuck«, murmelte Johanna leise und schaute Natalie an. »In der WhatsApp-Gruppe vom Didaktikseminar schreibt einer, dass Isabells Leiche gefunden wurde.«

25. Kapitel

Ohne zu blinken, riss Arndt das Lenkrad herum. Endlich war da eine freie Parklücke. Nur noch zehn Minuten bis zur Vorlesung, und die brauchte er sicher für den Fußweg bis zum Kino. Nach seiner Bauchlandung im Wald hatte er sich zu Hause noch geduscht und sich außerdem noch einen Moment für sich genommen. Um runterzukommen und die Schmerztablette ihre Wirkung entfalten zu lassen, die er wegen der schmerzenden Rippen genommen hatte. Jetzt verfluchte er sich für diese Trödelei.

Er ignorierte das wütende Hupen des Fahrers hinter ihm und lenkte den Wagen ungeschickt in die Parklücke. Als er den Motor ausstellte, stand er mit einem Rad noch auf der Straße und so dicht an dem Wagen vor ihm, dass dieser seine Mühe haben würde, auszuparken, doch darauf konnte er jetzt keine Rücksicht nehmen. Eilig holte er seine Tasche und die Probeklausuren aus dem Kofferraum und machte sich auf den Weg zum Kino.

Auf dem Vorplatz blieb er wie vom Schlag getroffen stehen. Durch die Glastür am Eingang des Kinos sah er zwei uniformierte Polizeibeamte, die mit der Person hinter der Theke sprachen. Er musste sich zwingen, ruhig zu atmen und nicht in Panik auszubrechen. Natürlich hatte er Pech gehabt, und der Spaziergänger mit seinem Labrador hatte Isabells Leiche sofort entdeckt. Aber hatte er auch seinen Wagen gesehen? Wie sonst konnte die Polizei so schnell auf seine Spur kommen? Und warum kamen sie ausgerechnet ins Kino? Wollten sie ihn etwa hier vor den Augen seiner Studenten festnehmen?

Arndt schüttelte den Kopf. Das war unmöglich. Sie konnten überhaupt keine Beweise haben. Vermutlich waren sie hier, um ihn zu befragen, und das würde er ohne Probleme meistern. Schon auf der Rückfahrt zu seinem Haus hatte er sich eine Antwort auf die Frage überlegt, wo er den Vormittag verbracht hatte. Er wischte sich seine schweißfeuchten Hände an den Hosenbeinen ab und setzte sich in Bewegung. Einer der beiden Beamten schaute in seine Richtung, als er den Eingangsbereich betrat, schien sich aber nicht weiter für ihn zu interessieren.

Während er an den beiden vorbeiging, murmelte er möglichst beiläufig ein »Guten Tag« und bemühte sich, nicht zu hektisch zu werden. Er schlenderte betont gemächlich zu dem Kinosaal, in dem er die Vorlesung abhielt. Dort angekommen atmete er erleichtert aus. Die beiden Uniformierten waren wohl doch nicht wegen ihm hier. Dennoch verdeutlichte ihm seine panische Reaktion, wie labil er mittlerweile offensichtlich war. Es war an der Zeit, endlich den letzten Versuch zu starten und dann in Schweden neu anzufangen - wie geplant.

Arndt atmete noch einmal tief durch und betrat den Vorlesungssaal. Die Köpfe von Studierenden in den letzten paar Reihen wandten sich ihm zu. Er schritt schnell die Treppe nach unten, entnahm dem Jutebeutel die Übungsklausuren und legte sie auf das extra für ihn bereitgestellte Pult vor der Leinwand. Dann setzte er sich das Headset-Mikrofon auf, schaltete den Sender ein und räusperte sich leise. Das Gemurmel im Saal verstummte und die meisten der Studierenden schenkten ihm ihre Aufmerksamkeit.

»Ich begrüße Sie alle zur zehnten Sitzung von Grundlagen der Biologie.«Seine Stimme klang angeschlagen. Er bemerkte ein leichtes Kratzen im Hals. Vermutlich hatte er sich heute Vormittag im Dauerregen eine Erkältung eingefangen. »Wie Sie wissen, bleibt Ihnen nicht mehr viel Zeit bis zur Abschlussklausur, die für die meisten von Ihnen eine Prüfungsleistung ist.«

Im Saal stöhnten einige Studenten auf, andere tuschelten miteinander. Prüfungen waren einfach kein beliebtes Thema, das würde sich vermutlich niemals ändern.

»Keine Sorge. Solange Sie sich während der Sitzungen regelmäßig Aufzeichnungen gemacht haben sowie das Skript Anfang des Semesters erworben haben, müssen Sie keinerlei Bedenken haben. Damit Sie sich Ihres aktuellen Wissensstandes vergewissern können, habe ich Ihnen heute eine Testklausur mitgebracht. Sie haben eine Dreiviertelstunde Zeit, die Fragen zu beantworten. Seien Sie sich selbst zuliebe ehrlich, denn von Ihren Kommilitonen abzuschreiben, bringt Sie in diesem Fall kein bisschen weiter. Nach Ablauf der Zeit werde ich die

Lösungen auf die Leinwand projizieren und Sie können überprüfen, wie viel Sie sich innerhalb der letzten drei Wochen noch anlesen müssen.«

Als Arndt das Headset absetzte und den Stapel Klausuren hochnahm, ging das Gemurmel im Saal wieder los. Die Routine der Vorlesung beruhigte ihn und er konnte allmählich wieder etwas klarer denken. In jeder Sitzreihe gab er eine Handvoll Klausuren an die Studenten, die ganz außen saßen, und ging dann zurück zum Headset.

»Ich werde jetzt kurz den Saal verlassen und bin in etwa zehn Minuten wieder zurück«, sagte er. Eigentlich sollte er sich das verkneifen, um sich nicht verdächtig zu machen, doch er wollte unbedingt in Erfahrung bringen, was die Polizei hier zu suchen hatte. Vorher würde er keine Ruhe haben. »Vorher appelliere ich aber noch einmal daran, dass Sie an Ihre Eigenverantwortung denken und die Sache ernst nehmen, auch wenn es sich dabei nur um eine Übung handelt. Beantworten Sie die Fragen selbst, wenn Sie einen Eindruck über Ihren Leistungsstand haben möchten. Die Einführungsklausur bestehen im Regelfall nur etwa achtzig Prozent der Studierenden. Fallen Sie jetzt durch, sollte das ein Weckruf für Sie sein.«

Er legte das Mikrofon wieder ab und ging zur Tür des Saales. Kaum hatte er diese hinter sich geschlossen, hörte er, wie drinnen der Lärm anschwoll. Auch das würde sich vermutlich niemals ändern. Die meisten Studenten benahmen sich wie Schüler - nur noch etwas schlimmer.

Arndt zuckte mit den Schultern und machte sich auf den Weg in die Eingangshalle. Er stoppte abrupt, als er die beiden Polizisten sah. Die beiden Beamten standen noch immer am Tresen und unterhielten sich mit der Aushilfe dahinter. Sollte es hier wirklich um ihn gehen, konnte er froh sein, dass Natalie heute nicht hier war. Nach seinem Ausbruch gestern hätte sie vermutlich nicht viel Positives über ihn zu sagen gehabt.

Mit einer Hand in der Hosentasche schlenderte er die Treppe hinunter zur Theke, lehnte sich daran und räusperte sich. »Entschuldigen Sie, kann ich einen Becher Wasser bekommen?«, fragte er und die Aushilfe schaute zu ihr rüber.

»Aber ja, Herr Professor. Einen Moment.« Sie schaute den einen Polizisten fragend an und er nickte. Der andere drehte sich zu Arndt.

»Professor, habe ich das richtig verstanden? Sie halten also eine der Biologie-Vorlesungen, nehme ich an?«

Arndt nickte. Anscheinend waren die Beamten ja bestens informiert. »Einführung in die Biologie. Fast zwanzig Jahre bin ich nun schon Professor an der Uni Frankfurt.« *Hör auf zu schwatzen,* fuhr er sich in Gedanken über den Mund. *Die riechen deine Nervosität sonst auf hundert Kilometer Entfernung.* Er erinnerte sich an damals, als er mit zwanzig seinen Führerschein wegen eines Joints verloren hatte. Die Polizisten von der Verkehrskontrolle damals hatten ihm gesagt, sie hätten ihn gar nicht zum Drogentest gebeten, hätte er nicht so nervös vor sich hingebrabbelt.

»Hätten Sie einen Moment Zeit, uns ein paar Fragen zu beantworten?«

Arndt spürte, wie sich Schweißperlen auf seiner Stirn sammelten. Er räusperte sich. Sein Hals fühlte sich ganz wund an. »Also gerade im Moment warten meine Studenten auf mich …«

Die Aushilfe stellte ihm einen Becher Wasser hin. Gierig nahm er einen Schluck.

»Es wird bestimmt nicht lange dauern«, meldete sich der andere Polizist zu Wort. Er war kleiner als sein Kollege und hatte eindeutig ein paar Pfunde zu viel auf den Rippen.

»Wie gesagt. In Saal eins warten etwa einhundertfünfzig Studierende auf meine Rückkehr. Wir haben nur noch wenige Sitzungen bis zur Klausur.« Er kramte aus seinem Geldbeutel ein Zweieurostück heraus und legte es auf den Tresen.

»Nun, das ist schade. Ihre Einschätzung hätte uns schon interessiert«, sagte der Dünnere von beiden.

Jetzt wurde Arndt doch neugierig. Von was für einer Einschätzung war die Rede? Um die Leiche von Isabell konnte es kaum gehen. Er war hin- und hergerissen und fragte schließlich nach einem Moment des Abwägens: »Worum geht es denn?«

»Mh«, machte der dicke Polizist. »Haben Sie wohl doch Zeit, hm?«

Arndt bereute nun seine Nachfrage. Genau so machte man sich doch verdächtig. Im falschen Moment Neugierde zu zeigen, zu hilfsbereit zu sein. »Wie ich bereits sagte, eigentlich nicht.« Er drehte sich um und hörte im Weggehen, wie die beiden Beamten miteinander tuschelten. Dann ertönten Schritte hinter ihm und er drehte sich um. Der lange Dünne kam hinter ihm her.

»Warten Sie einen Moment, Herr …«

»Haubold.«

»Entschuldigen Sie meinen Kollegen, er ist nicht gerade für sein Feingefühl bekannt.« Er streckte die Hand aus und stellte sich vor: »Fleischer mein Name. Ich will Ihre Zeit gar nicht lange beanspruchen. Nur ein oder zwei Fragen und Sie können wieder zu Ihren Studenten.«

»Dann fragen Sie doch endlich«, sagte Arndt und schaute demonstrativ auf seine Armbanduhr.

Sein Handgelenk war leer.

Er schob den Ärmel weiter nach oben.

Keine Spur von seinem Chronographen. Er schnappte nach Luft, riss sich dann aber zusammen und lächelte die Beamten an. Auf keinen Fall durfte er sie darauf bringen, dass er seine Uhr vermisste.

Aber wo zur Hölle war sie? Hatte er sie etwa im Wald verloren? Würde sie eine Verbindung zwischen ihm und Isabell herstellen? Zusammen mit dem Eintrag in seinem Kalender, den Natalie vermutlich gesehen hatte, gab es genug Beweise, um ihn für eine lange Zeit ins Gefängnis zu bringen. Aber er konnte unmöglich zurückfahren, um nach der Uhr zu suchen. Das war der zweite Fehler, durch den Mörder sich selbst entlarvten. Die Rückkehr zum Tatort oder eben zu dem Ort, an dem sich die Leiche befand.

»… aufgefallen ist?« Fleischer hatte seinen Notizblock gezückt und schaute ihn erwartungsvoll an.

»Was soll mir aufgefallen sein?«, fragte Arndt in der Hoffnung, der Polizist würde seine Frage noch einmal wiederholen. Er hatte Glück.

»Zum Beispiel, dass Herr Schallmeyer sich besonders für junge Studentinnen interessiert hat.« Fleischer griff in seine Brusttasche und zog ein Foto heraus. »Können Sie sich erinnern, ob Sie Lars Schallmeyer je mit dieser jungen Frau gesehen haben?«

Arndt bemühte sich, normal weiterzuatmen, doch sein Herz raste und er wäre am liebsten zu seinem Wagen gelaufen und von hier weggefahren. Das Foto zeigte eine Aufnahme von Aline Rauschert. Sie lächelte selbstbewusst in die Kamera, ihre Haare waren ordentlich gekämmt. Arndt schaute Fleischer in die Augen, doch in dessen Blick lag keinerlei Misstrauen.

»Da muss ich leider passen«, sagte er schließlich und zuckte zur Bekräftigung mit den Schultern. »Die Einführungsvorlesung wird von rund einhundertfünfzig Studierenden besucht. Es ist unmöglich, mir jedes Gesicht zu merken. Näher bekannt bin ich mit ihr auf keinen Fall.« Er bereute sofort, so übertrieben zu haben, denn es war leicht nachvollziehbar, dass Aline Rauschert zu seinen Studentinnen gehört hatte.

»Wir haben uns wohl missverstanden. Diese junge Frau hier war bereits im achten Semester. Es geht mir auch nicht darum, ob Sie sie kennen, sondern ob Ihnen aufgefallen wäre, dass Lars Schallmeyer verstärktes Interesse an ihr gezeigt hat.«

Arndts Mund war staubtrocken und er schluckte, bevor er antwortete. »Sie meinen, ob er aufdringlich oder anzüglich war, nehme ich an?«

Fleischer legte den Kopf schief, verneinte dann aber. Doch Arndt hatte an der Reaktion gesehen, dass er mit seiner Frage genau ins Schwarze getroffen hatte. Offensichtlich hatte ihn hier niemand in Verdacht, jedenfalls noch nicht. Er musste sich jetzt nur zusammenreißen. »Nicht direkt. Aber wenn Sie mich so fragen … Er unterhält sich schon sehr gerne mit den Studentinnen und manchmal habe ich das Gefühl, dass er ihnen auch ein wenig zu lange hinterherschaut. Darf ich fragen, weshalb Sie das wissen wollen?«

»Nein, dazu kann ich Ihnen aus ermittlungstaktischen Gründen leider keine Auskunft geben.«

»Das dachte ich mir. Leider muss ich nun aber wirklich zurück, wenn Sie gestatten …«

»Aber ja, kein Problem. Wenn Ihnen etwas zu Lars Schallmeyer einfallen sollte, melden Sie sich doch bitte bei den Kollegen von der Kripo. Herr Kopp und Frau Büchner sind zuständig, die Namen stehen auf der Rückseite.« Fleischer hielt ihm eine Visitenkarte hin, die Arndt mit spitzen Fingern entgegennahm. Seine Hände waren so nassgeschwitzt, dass er befürchtete, er würde feuchte Flecken auf allem hinterlassen, was er anfasste. Er drehte sich schnell um, bevor Fleischer noch auf einen Händedruck bestehen würde.

»Tut mir leid, dass ich Ihnen nicht weiterhelfen konnte«, sagte er und öffnete die Tür zum Kinosaal.

Als er die Treppen hinunterging, hatte er das Gefühl, seine Beine würden jeden Moment ihren Dienst versagen. Unten angekommen setzte er sich auf einen der freien Sessel in der ersten Reihe und wischte sich mit seinem Hemdsärmel über die Stirn. Er fühlte sich plötzlich grippig. Es war höchste Zeit, dass er ein wenig Schlaf bekam, um wieder klar denken zu können. Die Polizei war ihm viel zu nah gekommen, und er brauchte dringend einen Plan.

26. Kapitel

Die restliche Vorlesung verging unendlich langsam und ausgerechnet heute hatten eine Menge der Studenten danach noch Fragen. Die Schlange vor dem Pult wollte einfach kein Ende nehmen und er konnte sich kaum auf die einzelnen Gespräche konzentrieren. Er fühlte deutlich, dass er seit Tagen nicht mehr ordentlich geschlafen hatte. In der letzten Woche war er kaum mehr als drei Stunden am Stück zur Ruhe gekommen.

Eine halbe Stunde später als geplant packte er endlich seine Unterlagen in die Ledertasche, klemmte sie sich unter den Arm und verließ den Saal. Vor der Tür wartete der Betreiber des Kinos auf ihn. Vermutlich, weil er ihn für die erste Vorstellung am Abend vorbereiten wollte.

Arndt lächelte ihm zu, als er an ihm vorbeiging.

»Herr Professor Haubold?«, sagte Schallmeyer und legte ihm die Hand auf die Schulter. Arndt hasste es, wenn fremde Menschen in seine Komfortzone eindrangen, doch er setzte ein Lächeln auf und drehte sich zu dem Mann um.

»Was gibt es? Ich habe es relativ eilig.«

»Ach, das ist blöd. Ich hätte gerne gewusst, was die Polizei vorhin von Ihnen gewollt hat.«

Arndt winkte ab. »Das war nichts Wichtiges. Es ging um …«

»Meinen Sohn, ich weiß. Die waren vorher auch bei uns zu Hause. Haben Lars wie einen Verdächtigen behandelt, als wäre er ein Perverser oder sowas. Sie wissen doch aber, dass er so etwas nie machen würde, oder?«

»Was genau meinen Sie mit *so etwas*?«

»Na, was die eben denken, dass er getan hat. Damit rücken sie ja nicht raus. Darf ich Sie fragen, was genau die von Ihnen wissen wollten?«

Arndt überlegte einen Moment und entschied sich dann, nur einen Teil der Wahrheit zu sagen. »Es ging um das Verhalten Ihres Sohnes gegenüber jungen Frauen. Meine Antwort darauf lautete, dass mir diesbezüglich nichts Negatives aufgefallen wäre.«

»Immer tadellos, das habe ich denen auch schon gesagt. Nur weil er mal im Hof vor dem Fenster stand.«

»Vor wessen Fenster?« Jetzt wurde Arndt hellhörig. Der Verdacht der Polizisten gegen Lars Schallmeyer war offensichtlich nicht aus der Luft gegriffen.

»Na, vor dem von dem toten Mädchen. Bestimmt haben Sie doch davon gehört. Die Studentin, die an der Autobahn gefunden wurde. Sie war unsere Nachbarin und Lars hat immer mal vom Hinterhof aus ihre Wohnung beobachtet. Er hatte sie irgendwie gern, was nicht auf Gegenseitigkeit beruhte. Ich habe schon mit ihm darüber gesprochen. Er hat einen Fehler gemacht, ja, aber deswegen bringt er doch noch lange niemanden um. Für so etwas wäre er doch viel zu dumm.«

»Sagen Sie so etwas nicht über Ihren eigenen Sohn.«

»Aber wenn es doch so ist. Da muss ich mir nichts vormachen. Lars war noch nie besonders helle. Ich wollte damals immer, dass er auf eine Förderschule kommt, aber seine Mutter hat sich geweigert. Sagte, aus ihm würde so nie etwas werden, außerdem wäre das doch eine Schande für die Familie. Jetzt hat er keinen Hauptschulabschluss und lebt mit über dreißig noch zu Hause. Er muss sich mit Gassigehen und Gartenarbeiten über Wasser halten.« Schallmeyer hob hilflos die Arme in die Luft. »Er hat ja noch nicht mal einen Führerschein. Wie soll er denn an die Autobahn gekommen sein, wo man die Frau gefunden hat?«

Obwohl sich Arndt vor dieser intimen Geste gruselte, legte er Schallmeyer beruhigend seine Hand auf den Oberarm. »Machen Sie sich keine Sorgen. Ich kann nachvollziehen, dass es sicherlich beunruhigend ist, wenn man sich im Visier der Polizei befindet. Aber bei Ermittlungen in einem Mordfall muss man eben jedem Verdachtsmoment nachgehen. Wir leben in einem Rechtsstaat, also klärt sich sicherlich alles auf.« Er lächelte, aber nicht, weil er glaubte, dass für Lars Schallmeyer alles gut ausgehen würde. Vielmehr hatte ihn der alte Schallmeyer auf eine Idee gebracht.

Arndt verabschiedete sich und eilte zu seinem Wagen. Ein Strafzettel klemmte unter einem Scheibenwischer. Das hatte ihm gerade noch gefehlt. Wütend stapfte er auf die Windschutzscheibe zu. Der Zettel war gefaltet. Arndt nahm ihn ab und faltete ihn auseinander und las die

Nachricht. Es war ein Vordruck von wüsten Beschimpfungen gegen Parksünder. Neben den typischen Bezeichnungen als Arschloch und Penner wünschte man ihm zusätzlich sieben Jahre schlechten Sex oder alternativ einen schweren Autounfall bei der nächsten Fahrt. Er zerknüllte den Zettel und warf ihn auf die Straße. Die Menschen nahmen sich einfach zu wichtig, wenn sie sich über Kleinigkeiten wie die Parkweise eines völlig Fremden aufregten.

Beim Rausfahren aus der Lücke streifte er mit seiner Stoßstange eine Laterne, aber das interessierte ihn nicht. Eine Menge Gedanken schwirrten durch seinen Kopf. Nachdem ihm vor wenigen Stunden noch alle Felle davongeschwommen waren, war er jetzt wieder voller Zuversicht. Er hatte einen Plan, sogar einen guten. Wenn er sich nun nur ein wenig Zeit nahm, ihn ausführlich zu durchdenken und nicht überreagierte, könnte er auf einen Schlag all seine Probleme lösen.

Er parkte seinen Wagen in der Einfahrt und ging ins Haus. Dort setzte er sich eine Kanne Kaffee auf, räumte den Küchentisch frei und legte sich einen DIN A4 Block bereit. Während er darauf wartete, dass die Kaffeemaschine durchgelaufen war, schaltete er die Spülmaschine ein und öffnete das Fenster. Es war längst überfällig, dass er hier einmal ordentlich durchlüftete und Ordnung schaffte. Er durfte sich nicht so hängenlassen, auch wenn er ohnehin bald aus dem Haus ausziehen würde. Der heutige Tag hatte ihm gezeigt, dass sein Platz nicht mehr in dieser Stadt war. Selbst wenn der letzte Versuch ebenfalls fehlschlagen würde, änderte das nichts an seiner Entscheidung. Die Seele seiner Tochter war ohnehin immer an seiner Seite und er konnte seine Versuche ebenso gut in Schweden wiederaufnehmen. Obwohl es da ohne eine Praxis mit den entsprechenden Gerätschaften wesentlich schwieriger sein würde.

Als er sich schließlich an den Tisch setzte, die Tasse mit dem duftenden Kaffee neben sich abstellte und den Stift in die Hand nahm, war er voller Motivation und Zuversicht. Er fühlte sich so lebendig wie schon seit Wochen nicht mehr. Ab jetzt würde alles gut werden, das spürte er. Und seine Tochter glaubte es ebenfalls. Er lächelte ihr zu.

»Du wirst sehen, ab jetzt dauert es nicht mehr lange. Die Rückschritte waren lediglich dazu da, um Anlauf zu nehmen. Wir stehen vor dem Durchbruch«, sagte er, nahm einen Schluck aus seiner Tasse und machte sich an seine Aufzeichnungen. Er überlegte sich für jeden Tag, den die Polizei möglicherweise interessieren konnte, wo er sich mit wem aufgehalten haben könnte. Doch das war nur der eine Teil. Viel wichtiger war es, was er gleich am Telefon sagen würde.

Um keinen unnötigen Verdacht auf sich zu lenken, hatte er beschlossen, anonym bei Fleischers Kollegen von der Kripo anzurufen. Zuerst hatte er sich überlegt, zu einer Telefonzelle in der Nähe von Lars Schallmeyers Wohnsitz zu fahren. Schallmeyer hatte gesagt, Aline Rauschert sei seine Nachbarin gewesen, und ihre Adresse hätte er leicht über das digitale Notensystem der Universität herausfinden können, wo alle Studierenden mit ihrer Meldeadresse verzeichnet waren. Doch er hatte sich letztlich dagegen entschieden. Er war sich nicht sicher, ob man seine Aktivitäten in dem System der Universität nachvollziehen konnte und außerdem glaubte er kaum, dass man bei der Kripo jedes eingehende Gespräch zurückverfolgte. Also würde er einfach sein Handy nehmen, die Anruferkennung unterdrücken und sich kurzfassen. Damit er sich nicht verzettelte, notierte er sich den genauen Wortlaut dessen, was er sagen wollte.

Schließlich probierte er verschiedene Stimmlagen aus, weil er befürchtete, dass ihn bei einer späteren Befragung doch jemand an der Stimme erkennen und als den anonymen Anrufer identifizieren könnte. Die Menschen wurden durch die dümmsten Zufälle erwischt und er wollte von vornherein die meisten davon ausschließen.

Als er zufrieden war, griff er zum Telefon, klickte im Menüpunkt *eigene Nummer senden* auf *aus* und wählte die Nummer von der Kripo. Eine Frau ging als Telefon und er verlangte nach Frank Kopp, weil ein Mann im Nachhinein sicher weniger auf Details wie den Klang einer Stimme achtete.

Seine Hände zitterten leicht, während er dem Freizeichen lauschte. Es dauerte so lange, dass er beinahe schon wieder auflegen wollte, weil er es für ein schlechtes Zeichen für sein Vorhaben hielt, als endlich jemand abnahm.

»Kopp, Kripo Frankfurt«, grummelte der Kommissar in den Hörer.

»Schönen guten Tag, mein Name ...« Arndt konnte sich gerade noch rechtzeitig zurückhalten, den Satz zu beenden. Dabei hatte er sich so gut vorbereitet. Ab jetzt würde er sich exakt an den Text halten, der auf dem Zettel stand. »... tut nichts zur Sache. Ich melde mich, weil ich Informationen habe, die Sie interessieren könnten. Es geht um den Mord an der Studentin, die letzte Woche gefunden wurde.«

»Und Sie wollen mir nicht verraten, mit wem ich die Ehre habe?«

»Hören Sie einfach zu, ich habe nicht viel Zeit. Heute Morgen habe ich eine interessante Beobachtung gemacht, aber ich will auf keinen Fall damit in Verbindung gebracht werden. Im Schieferwald bei der alten Tongrube begegnete ich einem Mann. Es handelt sich um den Sohn des Betreibers von CinePalace. Er trug etwas auf der Schulter, das aussah wie ein menschlicher Körper. Eine Leiche vermutlich. Ich bin ihm ein Stück durch das Dickicht gefolgt und habe beobachtet, wie er das Bündel ablegte. Hinter einem Baum versteckt konnte ich sein Gesicht erkennen. Es handelt sich um den Sohn des Besitzers vom CinePalace. Ich hoffe, Sie haben alles verstanden, denn ich muss jetzt auflegen.«

»Einen Moment«, sagte der Kommissar, seine Stimme klang aufgeregt. »Können Sie mir die Stelle genauer beschreiben? Sind Sie sich sicher, dass es sich dabei um diese Person handelt?«

»Ich habe alles gesagt, was ich weiß. Schieferwald in Richtung der alten Tongrube. Ich bin sicher.«

Der Kommissar wollte noch etwas sagen, doch Arndt beendete den Anruf. Sein Herz raste und kalter Schweiß stand auf seiner Stirn. Obwohl er keinerlei Hinweise auf seine Identität gegeben hatte, befürchtete er, sich durch irgendeine unbedachte Äußerung verraten zu haben. Im Kopf ging er noch einmal das Gespräch durch.

»Alles wird gut«, sagte er und wischte sich über die Stirn. War er zu weit gegangen, einen unschuldigen Idioten der Polizei auszuliefern? »Nur nicht das Ziel aus den Augen verlieren. Es ist alles für den höheren Zweck. Dafür muss man Opfer bringen.«

Langsam beruhigte sich sein Plus wieder und auch das schlechte Gewissen wurde leiser. Er hatte der Polizei gegeben, was sie haben wollte. Einen Täter. Es war nur noch eine Frage der Zeit, bis sie Lars Schallmeyer verhaften würden und er wäre dann endgültig aus dem Schneider.

27. Kapitel

Die Bustüren schlossen sich. Natalie sprang auf, doch zu spät. Der überfüllte Bus setzte sich in Bewegung. Sie war so in Gedanken gewesen, dass sie ihre Haltestelle verpasst hatte. Je näher sie Haubolds Haus kam, desto nervöser wurde sie. Sie versuchte sich einzureden, dass es überhaupt keinen Grund dafür gab. Immerhin wollte sie nur zu ihm, um ihrer Arbeit nachzugehen. Wie die letzten beiden Male auch. Dabei hatte er ausreichend Gelegenheit gehabt, ihr etwas anzutun. Dass er es nicht getan hatte, nicht einmal, nachdem sie in seinem Kalender *herumgeschnüffelt* hatte, zeigte doch, dass sie völlig danebenzuliegen schien. Außerdem hatte Johanna recht. Natalie durfte nicht zu viel in die Sache hineininterpretieren. Ein Eintrag im Kalender bedeutete überhaupt nichts.

Und doch wurde sie das Gefühl nicht los, einen Fehler zu begehen. Klar, dass Johanna unbesorgter an die Sache heranging. Sie war immerhin nicht diejenige, die alleine mit Haubold im Haus sein musste, um dort nach weiteren Hinweisen zu suchen. Wenn Haubold doch etwas zu verbergen hatte, war er vermutlich nach dem letzten Mal misstrauischer ihr gegenüber. Falls Natalie mit ihrer Verdächtigung richtig lag und Haubold etwas mit dem Verschwinden der beiden Studentinnen zu tun hatte, war er gefährlich. Natalie versuchte, sich nicht zu sehr reinzusteigern. Dennoch hatte sie sich vorbereitet für den Fall, dass Haubold sie angreifen sollte. Gestern Abend hatte sie im Internet einige Videos mit Selbstverteidigungstechniken angeschaut und sich die Bewegungsabläufe eingeprägt.

Der Bus hielt an der nächsten Haltestelle. Natalie drängte sich zur Tür und stieg aus. Eigentlich war sie ganz froh, zu spät ausgestiegen zu sein, so konnte sie sich während des kurzen Marsches noch etwas beruhigen.

Als sie bei Haubolds Haus ankam, war ihre Nervosität jedoch noch weiter gestiegen. Ihr Herz schlug so heftig, dass sie glaubte, Haubold müsse es hören, wenn er ihr gleich die Tür öffnete. Sie ging durch das Hoftor und über den Steinweg zu den Treppen. Davor blieb sie einen Moment stehen und schloss die Augen. Sie atmete tief durch. Dann stieg sie die Treppen hinauf und klingelte. Es dauerte eine Weile, bis sie aus dem Innern des Hauses schlurfende Schritte hörte. Dann ein unterdrücktes Husten. Die Tür blieb geschlossen.

»Herr Haubold? Ich bin es, Natalie. Wir sind verabredet«, rief sie, obwohl das so nicht stimmte. Er hatte sie letztes Mal quasi rausgeworfen und ihr gesagt, sie solle die Klausuren zu Hause korrigieren. Doch ursprünglich hatten sie ausgemacht, dass sie dienstags und freitags zu ihm kam, um zu arbeiten und immerhin lagen die Hausarbeiten noch auf seinem Schreibtisch.

Zunächst passierte nichts, doch dann hörte Natalie ein Klacken an der Tür und sie öffnete sich einen Spalt. Haubolds Gesicht erschien. Er war blass, seine Haare hingen ihm wirr in die Stirn und er hatte tiefe Augenringe. Natalie machte unwillkürlich einen Schritt zurück.

»Ist alles in Ordnung bei Ihnen?«, fragte sie, denn so hatte sie ihn noch nie gesehen.

»Aber ja, warum nicht?« Er öffnete die Tür ein Stück weiter und strich sich über die Haare. »Allerdings frage ich mich, warum Sie hier sind. Offen gestanden kann ich mich nicht erinnern, dass wir verabredet waren.«

»Die Klausuren sind soweit fertig.« Natalie hob den Jutebeutel an, den sie über der Schulter hängen hatte. »Sie müssten nur noch mal über die Stellen schauen, die ich mit gelben Klebezetteln markiert habe. Teilweise war ich mir etwas unsicher.«

Haubold streckte die Hand nach der Tasche aus und Natalie überreichte sie ihm. »Damit habe ich noch überhaupt nicht gerechnet. Sie sind wirklich rasend schnell. Ich wusste, dass ich mit Ihnen nicht aufs falsche Pferd gesetzt habe. Vielen Dank.« Er machte weiterhin keine Anstalten, sie nach drinnen zu bitten. »Gibt es sonst noch etwas?«, fragte er stattdessen.

»Die Hausarbeiten«, sagte Natalie. Am liebsten wäre sie einfach wieder gegangen und wünschte sich insgeheim, dass er sie wegschickte.

Das Gesicht von Haubold hellte sich nun allerdings auf. »Ach! Sie müssen momentan wirklich mein

Gedächtnis spielen. Gut, dass ich mich auf Sie verlassen kann.« Er öffnete die Tür ganz und machte eine einladende Geste. »Die müssten noch auf meinem Schreibtisch liegen, wenn Sie sie beim letzten Mal nicht woanders hingeräumt haben.«

»Kein Problem. Ich hole mir nur schnell ein paar Exemplare und dann lasse ich Sie schon wieder in Ruhe.«

»Aber nein. Sie können ruhig in meinem Büro arbeiten. Vergessen Sie, was ich letztes Mal gesagt habe. Wissen Sie, meine Frau hat mich verlassen und dieser vermaledeite Kalender erinnert mich so sehr an sie, dass ich ganz unleidlich wurde. Hinzu kommt, dass ich momentan so unter Stress stehe, dass ich schon beim kleinsten Auslöser an die Decke gehe.«

»Das mit Ihrer Frau wusste ich nicht. Tut mir sehr leid«, murmelte Natalie und ging an ihm vorbei in die Richtung seines Büros.

Diese neue Information erleichterte sie. Vermutlich hatte sie wirklich zu viel in den Eintrag mit Isabells Namen hineininterpretiert und es war besser, wenn sie die gesamte Aktion einfach abblies. Außerdem war es nicht ihre Aufgabe herauszufinden, ob Haubold etwas mit den Morden zu tun hatte. Die Polizei ermittelte, und wenn er mit drinsteckte, dann würde sie früher oder später auch auf seine Spur kommen.

Als sie an der Küche vorbeikam, fiel ihr auf, dass Haubold dort Ordnung gemacht hatte. Das Geschirr, das beim letzten Mal noch die Arbeitsplatte belagert hatte, war verschwunden und auch der Geruch nach verfaultem Obst war kaum noch wahrzunehmen.

»In letzter Zeit habe ich mich etwas gehen lassen.« Haubold schien ihren Blick bemerkt zu haben. »Aber das ist jetzt vorbei. Ich werde keiner dieser Männer sein, die ohne ihre Ehefrau verlottern. Gehen Sie doch schon mal ins Büro, ich mache uns einen Kaffee. Dieses Mal können Sie den auch ohne Bedenken annehmen.«

»Ich habe letztes Mal nicht ...«

»Oh doch, das haben Sie«, unterbrach Haubold sie. »Aus dieser Küche hätte ich auch nichts angenommen. Man selbst verliert so schnell den Blick dafür und es ist mir auch sehr unangenehm, dass ich Sie in diese Situation gebracht habe. Aber wie gesagt, ab jetzt wird alles anders.«

Obwohl sie eigentlich weiterhin keine große Lust darauf hatte, einen Kaffee von ihm anzunehmen, traute sich Natalie nun nicht mehr, abzulehnen. Also sagte sie: »Fein. Dann nehme ich gerne eine Tasse.«

»Wunderbar. Ich bin gleich bei Ihnen.« Damit verschwand Haubold in der Küche. Natalie ging den Flur entlang ins Büro. Hier hatte sich in Sachen Ordnung rein gar nichts getan. Der Stapel Hausarbeiten lag noch immer auf dem Boden. Natalie bückte sich, nahm die obersten vier Exemplare und legte sie auf den Schreibtisch. Ihr Blick fiel dabei auf eine geöffnete Schublade.

Darin lag ein leuchtend grünes Portemonnaie.

Genau so eines, wie es auch Isabell besaß.

Natalie wusste es deswegen so genau, weil es im letzten Jahr ein Geschenk gewesen war, das sie, Johanna und eine weitere Freundin Isabell zu ihrem fünfundzwanzigsten Geburtstag gemacht hatten.

Ein eiskalter Schauer überlief Natalies Körper. Sie stellte ihre Tasche auf dem Schreibtischstuhl ab und holte ihr Handy raus. Damit machte sie ein Foto von dem Geldbeutel und schickte es an Johanna. Hier in der Nähe des Waldes hatte sie nur eingeschränkten Empfang und die Datei brauchte ewig, um gesendet zu werden.

Sie legte das Handy auf dem Schreibtisch ab und nahm sich den Geldbeutel. Ihre Hände zitterten vor Aufregung, als sie ihn öffnete. Mit strengem Blick schaute Isabell Natalie von dem Foto ihres Personalausweises entgegen.

Aus der Küche drang das Geräusch von klapperndem Geschirr zu ihr herüber. Schnell klappte sie das Portemonnaie zu und legte es zurück in die Schublade. Dann schnappte sie sich ihr Handy, auf dessen Display mittlerweile ein rotes X erschienen war. Das Foto an Johanna war nicht gesendet worden, aber es war zumindest auf ihrem Telefon gespeichert. Natalie steckte das Gerät in ihre Tasche. Gerade rechtzeitig, denn gleich darauf kam Haubold mit zwei Tassen ins Zimmer.

»Da bin ich schon«, sagte er und hielt ihr eine davon hin. »Nehmen Sie Milch oder Zucker?«

»Schwarz ist in Ordnung.« Natalie nahm die Tasse entgegen und führte sie automatisch an ihren Mund. Erst als sie einen Schluck genommen hatte, verfluchte sie sich dafür. Einen dümmeren Anfängerfehler konnte man nicht machen, wenn man sich im Haus eines potentiellen Mörders befand. Sie stellte die Tasse auf den Schreibtisch und griff sich die Schnellhefter mit den Hausarbeiten. »Ich will Sie auch wirklich nicht weiter stören. Offensichtlich haben Sie genug zu tun. Ich nehme einfach diesen Stapel und verschwinde dann wieder.«

»Warum haben Sie es denn heute so eilig? Wegen mir müssen Sie nicht zu Hause arbeiten, das habe ich Ihnen doch schon gesagt.«

Natalie legte die Hausarbeiten neben ihre Tasse, nahm sie jedoch nicht in die Hand. Stattdessen starrte sie auf die dunkle Flüssigkeit. Hatte der Kaffee bitterer geschmeckt als sonst? Brannte der Schluck wirklich in ihrem Hals oder bildete sie sich das nur ein?

»Ich bin noch verabredet«, sagte sie. »Meine Mitbewohnerin wartet auf mich.« Auf die Schnelle fiel ihr keine bessere Ausrede ein. Aber so wusste Haubold zumindest, dass es jemandem auffallen würde, wenn Natalie plötzlich verschwand.

»Trinken Sie doch wenigstens noch Ihren Kaffee aus.« Er zog den Stuhl unter dem Schreibtisch hervor und wies mit der Hand darauf. »Setzen Sie sich ruhig.«

Natalie spürte, wie ihr der Schweiß auf die Stirn trat. Offensichtlich wollte Haubold sie nicht gehen lassen, ohne dass sie die Tasse ausgetrunken hatte. Was hatte er ihr dort hineingemischt? War es Gift oder ein Betäubungsmittel? Ihr Magen gab ein gluckerndes Geräusch von sich. Panik machte sich in ihr breit. Sie sollte gehen. Sofort.

»Geht es Ihnen nicht gut?«, fragte Haubold und machte einen Schritt auf sie zu.

Natalie wich vor ihm zurück. »Lassen Sie mich in Ruhe«, platzte es aus ihr heraus. »Ich will einfach nur gehen.«

Auf Haubolds Gesicht zeichnete sich Überraschung ab. »Wie bitte?«

Natalie schaute auf die Schublade, in der Isabells Geldbeutel lag. »Bitte, es wird wirklich Zeit für mich.«

Haubold folgte ihrem Blick und nickte dann. Wie beiläufig schob er die Schublade zu. »Wenn Sie es so eilig haben, möchte ich Sie natürlich nicht aufhalten.«

Natalie griff sich ihre Tasche und drängte sich an ihm vorbei. »Tu ... tut mir leid«, stammelte sie und ging in den Flur. Haubold folgte ihr. Sie schaute sich um und eilte zur Haustür.

»Die Hausarbeiten«, sagte Haubold hinter ihr und hielt ihr einen Stapel Unterlagen entgegen. »Sie haben die Hausarbeiten vergessen.«

Natalie drehte sich um. »Aber ja, danke.« Sie machte einen Schritt auf ihn zu, um die Ordner entgegenzunehmen.

In diesem Moment griff Haubold ihr Handgelenk und zerrte sie zu sich. Überrumpelt stolperte sie ihm entgegen und verlor das Gleichgewicht. Haubold fing sie auf und packte sie fest.

»Wehr dich nicht, dann tue ich dir nicht weh«, flüsterte er und drückte ihr eine Hand aufs Gesicht. Ein Stück Stoff legte sich ihr über Mund und Nase. Wo hatte er das nur so schnell hergenommen? Panisch atmete Natalie ein. Sie bekam kaum Luft. Ihre Sicht verschwamm. Sie trat nach Haubold aus, aber erwischte ihn nicht. Mit aller Kraft versuchte sie, seine Hand von ihrem Gesicht loszureißen. Sie hatte keine Chance gegen ihn. In ihrem Kopf tauchten die Bilder von den Selbstverteidigungsvideos auf. Zu spät.

28. Kapitel

Lars erkannte die Frau schon von hier oben aus. Sie stieg aus dem Wagen und ordnete ihre Kleidung. Dann tauchte auch der andere hinter dem Auto auf. Gemeinsam gingen sie auf die Hofeinfahrt zu. Die beiden Polizisten, die ihm letztes Mal so seltsame Fragen über Aline gestellt hatten. Zumal sie sogar behauptet hatten, er habe ihr etwas angetan. Es dauerte nicht lange, bis es klingelte.

»Lars«, rief seine Mutter. Ein kränkliches Husten folgte. In den letzten Tagen ging es ihr wieder schlechter. Vermutlich, weil sie sich so sehr über die Polizei aufgeregt hatte. Oder über Lars.

Es klingelte noch einmal.

»Lars, machst du vielleicht mal auf?«

Er seufzte und verließ seinen Platz am Küchenfenster. Eigentlich hatte er keine Lust, mit den beiden Polizisten zu sprechen. Die Fragen nach Aline waren ihm unangenehm gewesen und er hatte sich irgendwie bedroht gefühlt. Außerdem war es ihm peinlich, dass sie offensichtlich davon wussten, dass er hin und wieder unten vor ihrem Fenster gestanden hatte.

Während er betont langsam durch den Flur schlurfte, klingelte es ein drittes Mal. Er öffnete die Tür.

»Hallo Lars. Erkennen Sie uns?«, fragte die Frau. Lars meinte sich zu erinnern, dass ihr Name irgendwas mit Büchern zu tun hatte. Er nickte.

»Wie schön. Es ist gut, dass Sie zu Hause sind, denn wir würden uns gerne noch einmal mit Ihnen unterhalten. Ist das möglich?«

Das Klappern des Rollators drang aus dem Wohnzimmer und kurze Zeit später tauchte seine Mutter im Türrahmen auf. »Sie schon wieder«, zischte sie. Ihre Lunge rasselte so laut, dass man es sogar hier vorne hörte.

»Guten Tag, Frau Schallmeyer. Leider haben wir noch ein paar Fragen an Ihren Sohn.«

»Ich habe Ihnen doch gesagt, dass er mit Ihnen nichts besprechen wird.«

»Und ich fürchte«, klinkte sich nun auch der Mann ins Gespräch ein, »dass er keine andere Wahl hat. Es haben sich nämlich neue Hinweise ergeben, die den Verdacht gegen Ihren Sohn erhärten.«

»In drei Teufels Namen, müssen Sie das vor der Tür herumposaunen, damit jeder im Haus meinen Sohn für einen Perversling hält?«, presste sie hervor, dann wurde sie von einem erneuten Hustenanfall geschüttelt. Sie hielt eine Hand vor den Mund und klammerte sich mit der anderen an ihrem Rollator fest.

Die Polizisten warteten geduldig, bis der Anfall vorüber war.

»Frau Schallmeyer, wir wollen Sie wirklich nicht unnötig aufregen. Wenn Sie uns hereinbitten, klären wir unsere Fragen mit Ihrem Sohn gerne in seinem Zimmer«, sagte die Frau schließlich.

»Ins Wohnzimmer. Ich möchte wissen, was Sie da versuchen, ihm anzuhängen, liebe Frau ...«

»Melanie Büchner.« Ha. Lars hatte es gewusst. Etwas mit Büchern. »Und ich muss Ihnen leider sagen, dass Sie kein Recht darauf haben, an dem Gespräch teilzunehmen. Es ist wichtig, dass Ihr Sohn frei sprechen kann. Außerdem müssten Sie gegebenenfalls ein Alibi bestätigen. Das muss natürlich unabhängig von der Aussage Ihres Sohnes geschehen, weshalb Sie nicht mitbekommen dürfen, was genau er uns erzählt.«

»Und was ist mit einem Anwalt?«

»Mama, ich rede mit ihnen. Das ist kein Problem«, sagte Lars. Er hatte keine Lust darauf, den Dreien beim Streiten zuzusehen. Außerdem hatte er überhaupt nichts getan.

»Ein Anwalt darf selbstverständlich bei dem Gespräch dabei sein. Haben Sie denn einen?«, fragte der männliche Kollege.

»Natürlich nicht«, keifte seine Mutter. »Bisher haben wir keinen gebraucht.«

»Lars, möchten Sie einen Anwalt hinzuziehen? Die Entscheidung obliegt Ihnen.«

Lars schüttelte vehement den Kopf. Er wusste nicht, was ein Anwalt machte und weshalb er bei dem Gespräch dabei sein sollte.

»Dann lassen Sie uns in Ihr Zimmer gehen«, sagte Melanie Büchner und Lars schlurfte voran durch den Flur.

»Ich rufe meinen Mann an«, keifte seine Mutter im Hintergrund.

»Machen Sie das«, rief Büchner ihr zu und schloss die Tür zu Lars' Zimmer hinter sich. Wie beim letzten Mal setzte sie sich auf den Schreibtischstuhl. Dieses Mal war der Computer zum Glück ausgeschaltet, sodass Lars sich nicht wegen seines Desktophintergrundes schämen musste.

»So Lars«, sagte sie und lehnte sich ein Stück nach vorne. Sie schaute ihm fest in die Augen. »Es ist schön, dass Sie mit uns sprechen wollen, damit wir endlich weiterkommen. Zwar sind Sie offiziell noch kein Beschuldigter, aber zur Sicherheit wird Herr Kopp Sie über Ihre Rechte informieren. Sie müssen jetzt gut zuhören und uns dann auf einem Formular bestätigen, dass Sie verstanden haben, was er Ihnen gesagt hat. In Ordnung?«

Lars nickte und schaute Kopp an, der neben ihm auf dem Bett Platz genommen hatte. Er fing an, Lars irgendetwas von Belastung und Schweigen zu erzählen. Lars hörte ihm aufmerksam zu, doch es fiel ihm schwer, den Worten zu folgen.

»Haben Sie das verstanden?«, fragte der Polizist, als er seine Ausführungen beendet hatte.

»Ja, alles verstanden«, log Lars und nickte zur Bekräftigung heftig.

»Gut. Fangen wir doch mal mit etwas Banalem an. Besitzen Sie einen Führerschein?«

Lars schüttelte den Kopf.

»Das heißt, Sie können auch kein Auto fahren? Oder haben Sie ihn damals gemacht und mussten ihn aus irgendeinem Grund abgeben?«

»Nein. Ich bin nur einmal mit meinem Papa auf einem Feldweg gefahren. Ein paar Meter, aber ich habe es ganz schlecht gemacht, weil es total schwierig war. Das Auto ist immer nur gehüpft und manchmal einfach ausgegangen. Mein Papa meinte, dass es keinen Sinn hat, mich bei der Fahrschule anzumelden, weil ich das eh nie lernen würde.«

»Das ist interessant«, sagte Melanie Büchner. »Kommen wir zu etwas ganz anderem. Sagt Ihnen der Name Isabell Becker etwas?«

Lars schüttelte wieder den Kopf. Wie beim letzten Mal zog Kopp nun ein Foto aus einer beigefarbenen Mappe hervor und hielt es Lars hin. »Und was ist mit der jungen Frau hier? Kommt sie Ihnen bekannt vor?«

Lars starrte das Foto an. Die Frau darauf hatte er schon mal gesehen. Und er erinnerte sich auch, wo. Es war bei Frau Bühler gewesen, als er die Hecke geschnitten hatte. Die Rothaarige war aus dem Haus gegenüber gekommen und er war ihr bis zu ihrem Haus gefolgt. Ihre Unterhose, die er aus dem Wäschekeller gestohlen hatte, lag verborgen in einem Schuhkarton auf seinem Kleiderschrank. Er hatte sie dort reingelegt, weil er keine Ahnung hatte, was er sonst damit hätte machen sollen. Eigentlich wollte er sie schon gar nicht mehr haben.

Aber davon konnte er den beiden Polizisten auf keinen Fall erzählen. Sie würden es nicht verstehen und außerdem schämte er sich dafür, dass er sie genommen hatte. Also sagte er lediglich: »Nein. Ich kenne sie nicht« und senkte den Blick.

»Sehen Sie doch noch mal genauer hin. Kommt Sie Ihnen nicht bekannt vor?«

»Nein«, wiederholte Lars. »Ich hab ja schon geschaut. Keine Ahnung, wer sie ist.«

»In Ordnung. Das ist schade. Können Sie uns verraten, wo Sie gestern Vormittag waren? Zwischen zehn und dreizehn Uhr, um genau zu sein.«

Lars überlegte einen Moment, ob die beiden Polizisten enttäuscht von seiner Antwort sein würden. Er war ein langweiliger Typ. Wenn er nicht gerade im Kino oder für irgendwelche Bekannte seiner Eltern arbeitete, verbrachte er die Zeit in seinem Zimmer. »Hier, zu Hause«, sagte er schließlich. »Ich habe am Computer gespielt.«

»Und Ihre Mutter war ebenfalls in der Wohnung und kann uns das bestätigen?«

Er fragte sich, weshalb seine Mutter plötzlich wichtig wurde. »Was meinen Sie mit bestätigen? Sie musste um sieben ins Krankenhaus, da war ich hier, und als sie wiederkam, war ich auch noch hier.«

»Sie waren also alleine«, stellte Melanie Büchner fest und zog die Augenbrauen nach oben. »Mir ist da vor der Wohnungstür ein Paar Schuhe aufgefallen. Sind das Ihre?«

»O ja«, sagte Lars, den der plötzliche Themenwechsel verwirrte. »Die habe ich dort abgestellt, weil sie dreckig waren und Mama schimpft immer, wenn ich damit durch die Wohnung laufe. Ich habe immer Angst, dass mir jemand die Schuhe klaut, wenn sie im Treppenhaus stehen, aber es geht eben nicht anders.«

»Der Schmutz ist mir auch aufgefallen. Sie waren in einer ganz schön matschigen Gegend unterwegs, hm?« Melanie Büchner verschränkte die Arme und sah ihn mit einem seltsamen Ausdruck an.

Lars verstand nicht recht, worauf sie hinauswollte. Natürlich war er in einer matschigen Gegend unterwegs gewesen, sonst wären die Schuhe wohl kaum so voller Schlamm.

»Möchten Sie uns vielleicht verraten, wo genau Sie sich die Schuhe so schmutzig gemacht haben?«, fragte der Kollege neben Lars, nachdem eine Weile niemand etwas gesagt hatte.

»Ich war mit dem Hund draußen.«

»Mit welchem Hund? Ich habe hier keinen gesehen.«

»Mit dem von Frau Bühler. Ein kleiner weißer, sie hat ihn aus dem Tierheim. In letzter Zeit geht es ihr aber nicht so gut, da gehe ich mit ihm spazieren und bekomme dafür ein wenig Geld.«

»Und wohin gehen Sie immer so mit diesem Hund?« Melanie Büchner breitete eine Landkarte auf Lars' Schreibtisch aus. »Können Sie uns das hier auf der Karte zeigen?«

Lars merkte, wie ihm der Schweiß auf die Stirn trat. Er war noch nie besonders gut darin gewesen, bestimmte Orte auf Karten zu finden. In der Schule hatte er deshalb in Geografie immer schlechte Noten gehabt. In seinem Atlas hatte er die großen freien Flächen dafür genutzt, Comics darauf zu zeichnen. Am Ende eines Schuljahres hatte seine Mutter das Buch dann oft bezahlen müssen, weil es die Schulbibliothek nicht mehr zurückgenommen hatte. Er lehnte sich nach vorne und starrte auf die verworrenen Linien und die nichtssagenden Flächen. Schließlich zuckte er mit den Schultern. Er wusste nicht mal, wo seine eigene Wohnung war, wie sollte er da das Haus von Frau Bühler finden.

»In Ordnung.« Melanie Büchner nickte. Das tat sie heute sehr häufig. »Ich sehe schon, das gestaltet sich schwieriger als gedacht. Wo wohnt denn diese Frau Bühler, deren Hund Sie regelmäßig ausführen?«

»In der Nähe von Bornheim«, sagte Lars stolz, denn immerhin damit kannte er sich aus. »Ich muss immer ziemlich weit fahren. Mit der U-Bahn nach Bornheim und dann sogar noch mit dem Bus weiter, bis ich da bin.«

»Und die Adresse?«

»Da müssen Sie meine Mama fragen. Die weiß die. Ich weiß nur, wo ich hinfahren muss und wie meine Haltestellen heißen.«

»Waren Sie schon mal im Schieferwald? Gestern Vormittag zum Beispiel mit dem Hund von Frau Bühler?«

Lars schüttelte den Kopf. Vom Schieferwald hatte er noch nie etwas gehört. Mittlerweile wusste er überhaupt nicht mehr, was er sagen sollte. Die vielen Fragen setzten ihn unter Druck, weil er ständig das Gefühl hatte, eine falsche Antwort zu geben und die Polizisten damit wütend zu machen.

»Wir haben dort eine Armbanduhr gefunden. Vermissen Sie eine Uhr?«

»Nein. Ich hab nur mein Handy, das zeigt mir die Zeit an. Oder mein Computer. Der hat auch eine Uhr.«

»Gut. Lars, es wird nun Folgendes passieren: Wir überprüfen Ihre Angaben, das heißt, wir sprechen mit Ihrer Mutter und auch mit Frau Bühler. Wenn Sie also gelogen haben sollten, kommt das sehr bald raus.«

»Ich habe nicht gelogen«, rief Lars aus und stampfte mit dem Fuß auf. »Das hab ich doch vorhin schon gesagt! Warum behaupten Sie das immer?«

»Niemand unterstellt Ihnen etwas. Dennoch müssen wir uns Ihre Aussage bestätigen lassen. Wenn Sie die Wahrheit gesagt haben, müssen Sie sich keine Sorgen machen. Aber es gibt noch etwas. Die Schuhe vor der Tür werden wir mitnehmen, denn wir müssen daran etwas überprüfen.«

»Bekomme ich sie denn bald wieder?«

»Nun, das wird schon eine Weile dauern, und dann kommt es außerdem darauf an, was wir an ihnen finden«, sagte Melanie Büchners Kollege, während sie selbst die Karte wieder zusammenfaltete. Dann lehnte er sich nach vorne und kam Lars ganz nahe. »Wir sind dir auf den Fersen. Uns fehlt nur ein Staubkorn und wir kommen mit einem Haftbefehl zurück. Und glaub mir, ich werde nicht lockerlassen, bis ich dieses Staubkorn endlich gefunden habe und dann …«

»Frank«, unterbrach Melanie Büchner ihn. Sie stand auf und legte ihrem Kollegen die Hand auf die Schulter. »Lass gut sein. Diese Drohungen bringen doch rein gar nichts. Er versteht ja nicht mal, wovon du sprichst.«

»Hast ja recht«, brummte der Kollege und stand ebenfalls auf. »Ich wollte ihm ja nur verdeutlichen, dass wir sein Spiel des Ahnungslosen durchschaut haben. So blöd, wie wir nämlich aussehen mögen, sind wir gar nicht.«

Als Melanie Büchner die Tür öffnete, stand Lars' Mutter direkt davor. Sie machte einen Schritt zur Seite, damit die Polizisten an ihr vorbeigehen konnten, und schaute ihnen hinterher. Lars saß stocksteif auf seinem Bett und spürte, wie sich Tränen in seinen Augen sammelten. Vermutlich würde jetzt auch noch seine Mutter mit ihm schimpfen.

Doch er hatte sich getäuscht. Sie kam zu ihm ins Zimmer, setzte sich neben ihn auf das Bett und nahm seine Hand. »Die waren ganz schön gemein zu dir, nicht wahr?«, fragte sie und Lars nickte. Nun konnte er die Tränen nicht mehr zurückhalten.

»Die haben mich ständig Sachen gefragt, die ich nicht wusste. Und dann haben sie gesagt, dass sie rauskriegen würden, wenn ich gelogen hab. Dabei war ich doch ehrlich. Ich kenne die Frau gar nicht.«

»Welche Frau?«, fragte seine Mutter und sah ihn mit großen Augen an.

Lars schniefte. Hatte er schon wieder etwas Falsches gesagt? »Na die ... diese eine da. Die mit den schönen ... den roten Haaren«, stotterte er.

Seine Mutter sprang auf und verschwand im Flur. Nur einen Moment darauf kam sie zurück mit einer Zeitung in der Hand. Auf der Titelseite war ein Foto von der Rothaarigen. »Eine weitere Studentin grausam ermordet«, stand in großen Buchstaben darüber.

»Die wollen dir ...« Die Stimme seiner Mutter zitterte. »Die versuchen dir, die Morde anzuhängen!«

29. Kapitel

Natalies Muskeln entspannten und sie verlor das Bewusstsein. Arndt hielt sie umklammert und legte sie vorsichtig auf dem Boden ab. Sie sah seiner Amelie nicht im Geringsten ähnlich, weder Haarfarbe noch Statur stimmten überein. Amelie war zart und feingliedrig gewesen, beinahe so groß wie er und hatte wunderschöne, lange rotblonde Haare gehabt. Ihr Teint war hell gewesen, wie der einer Porzellanpuppe. Dazu hatten die wunderschönen Sommersprossen ihr Gesicht geschmückt, die Arndt schon bei seiner Frau so geliebt hatte. Eigentlich war seine Tochter eine bessere Kopie seiner Frau gewesen.

Für einen Moment wurde Arndt von seiner Trauer übermannt. Er hatte nicht nur seine Tochter an die Krankheit verloren. Seine Ehe hatte diesen Schicksalsschlag nicht überstanden. Nachdem eine Frau noch etwa zwei Jahre mit angesehen hatte, wie Arndt sich immer mehr in seine Forschungen vergraben hatte, war sie letztlich ausgezogen und hatte die Scheidung eingereicht. Er hätte ihr gerne erzählt, weshalb er manchmal tagelang nicht im gemeinsamen Ehebett schlief. Ihr versprochen, dass sie am Ende wieder zu dritt glücklich sein konnten. Doch sie hätte es in dem frühen Stadium seiner Forschung nicht verstanden. Mittlerweile war es zu spät. Sie hatte einen neuen Mann kennengelernt und Arndt müsste mit seiner Amelie alleine ein neues Leben beginnen.

»Und das werden wir«, sagte er zu seiner Tochter, denn er spürte ihre Anwesenheit in diesem Moment ganz deutlich. »Schon übermorgen werden wir auf dem Weg in unser neues Heim sein. Mach dich bereit.«

Eigentlich hatte er Natalie gar nicht in Betracht gezogen. Aber dann war sie plötzlich vor seiner Tür aufgetaucht und obwohl er sie hatte wegschicken wollen, war sie nicht verschwunden. Als er in der Küche dann den Kaffee gekocht hatte, war es ihm wie Schuppen von den Augen gefallen. Es musste etwas mit Schicksal zu tun haben, dass sie ausgerechnet zu diesem Zeitpunkt hier in seinem Haus war. Sie hatte sich ihm quasi aufgedrängt. Außerdem war sie ein ebenso starker, neugieriger und eigenwilliger Charakter wie seine Tochter.

Möglicherweise lag ja genau darin der Schlüssel zum Erfolg. Es klang zumindest nachvollziehbar, dass sich eine Seele lieber in einen Körper begab, der bereits ein ähnliches Konstrukt der Psyche beherbergt hatte. Allerdings gab es auch einen Wermutstropfen bei der Sache: Joachim hatte sich noch einmal gemeldet und Arndt darüber informiert, dass er anders als versprochen, die Praxisschlüssel nun doch schon Ende nächster Woche haben wollte. Es blieb ihm also keine

Zeit, Natalie der erprobten Fastenkur zu unterziehen, damit ihr Körper geschwächt war und so ihre Seele gehen ließ.

Davon würde er sich jedoch nicht entmutigen lassen. Noch hatte er etwas mehr als eine Woche Zeit und die würde er nutzen. Er wuchtete Natalie in eine aufrechte Position - sie war wesentlich schwerer als ihre Vorgängerinnen, obwohl sie auf den ersten Blick überhaupt nicht dicker aussah.

Arndts rechte Seite brannte. Es wurde Zeit für die nächste Schmerztablette. Er packte sie unter den Armen und schleifte sie in sein Büro. Bevor es dunkel wurde, konnte er sie ohnehin nicht ins Auto bringen. Seine Nachbarn waren nicht besonders neugierig, aber eine bewusstlose Frau, die er über den Hof trug, würde selbst ihnen auffallen. Damit Natalie nicht zu früh wieder aufwachte, zog er eine Spritze mit dem Anästhetikum auf und injizierte ihr die Flüssigkeit in den Arm.

Er überprüfte noch ihren Puls und ließ sie dann alleine im Büro. Bevor er wegen all der Vorbereitungen eine Nachtschicht in der Praxis einlegte, brauchte er noch ein wenig Schlaf. Er brauchte nachher seine volle Konzentration. Der Versuch mit Natalie war jetzt definitiv die letzte Chance, die er für lange Zeit bekommen würde. Möglicherweise die letzte überhaupt, denn er hatte keine Ahnung, ob er in Schweden an die benötigten Geräte kommen würde. Er stellte sich den Wecker auf neun Uhr und legte sich im Wohnzimmer auf die Couch.

Geweckt wurde er um Viertel nach acht von dem Klingeln eines Handys. Er rieb sich die Augen, streckte sich und stand auf. Das Geräusch verstummte. Er ging zum Wohnzimmertisch und schaute auf sein Telefon.

Kein Anruf in Abwesenheit.

Anscheinend hatte er sich getäuscht. Er war schon auf dem Weg zurück zum Sofa, da hörte er das Klingeln erneut. Erst jetzt fiel ihm Natalie ein, die - hoffentlich noch immer bewusstlos - in seinem Büro war.

Als er in die Diele kam, lag dort ihr Smartphone auf dem Boden. Das Bild einer jungen Frau leuchtete auf dem Display. *Johanna ruft an*, stand darunter. Er hob das Telefon auf und legte es im Büro auf seinen Schreibtisch.

Natalie lag unverändert in der stabilen Seitenlage neben dem Stuhl, den Kopf noch immer auf dem Stapel Bücher, wo er ihn vorhin platziert hatte. Ihr Atem ging regelmäßig. Am liebsten hätte er ihr eine weitere Dosis des Betäubungsmittels gespritzt, um sicherzugehen, dass sie auf keinen Fall aufwachte, bevor sie die Praxis erreichten. Doch er durfte es nicht übertreiben und somit riskieren, ihr eine Überdosis zu verabreichen. Es dauerte nicht mehr lange, bis er zur Praxis aufbrechen konnte, bis dahin würde sie sicher noch durchhalten.

Nach etwas mehr als einer Stunde, während der er geduscht und einen Kaffee getrunken hatte, bereitete Arndt die Abfahrt vor. Damit er Natalie nicht über das ganze Grundstück bis zur Garage schleppen musste, parkte er den Wagen direkt vor dem Hoftor. Er schaltete die Innenbeleuchtung aus, öffnete die Beifahrertür und ging zurück ins Haus.

Vom Fenster aus beobachtete er eine Weile die Nachbarschaft. Hinter den meisten Fenstern war das Flackern der Fernseher zu sehen und die Straße war relativ verlassen. Ein einzelnes Auto näherte sich und hielt vor dem Haus nebenan. Die sechzehnjährige Tochter seiner Nachbarn wurde offensichtlich gerade nach Hause gebracht.

Er wartete, bis sie nach drinnen gegangen und das Auto wieder verschwunden war, und hob dann Natalie vom Boden auf. Nur für den Fall, dass ihn doch jemand beobachtete, drapierte er ihren Arm um seine Schulter und schleifte sie wie eine Volltrunkene zu seinem Auto. Dabei redete er beruhigend auf sie ein. So würde er niemals einen Verdacht erregen. Er platzierte sie auf dem Beifahrersitz und legte ihr den Gurt um. Dann spurtete er zurück zum Haus, um die Tür zu schließen. Auf der anderen Seite der Straße kam gerade Frau Bühler auf den Hof. Bei ihr war ein Mann.

Arndt schloss leise die Tür und setzte sich auf die Treppe. Er wollte jetzt auf keinen Fall in ein Gespräch mit seiner nervigen Nachbarin verwickelt werden und sich zum hundertsten Mal anhören, wie schlecht sie doch in letzter Zeit das Essen vertrug und dass das Laufen auch nicht einfacher wurde im Alter.

Frau Bühler begleitete ihren Besucher bis zum Hoftor, schloss es hinter ihm ab - als würden Einbrecher nicht einfach über den Zaun steigen - und ging dann zurück ins Haus. Der Mann blieb einen Moment vor der Hecke stehen. Er schien genau in Haubolds Richtung zu sehen. Dann hob er kurz die Hand zum Gruß und verschwand die Straße entlang. Arndt wartete noch kurz, ob er noch einmal zurückkam, stand dann auf und setzte sich endlich in seinen Wagen.

Nur eine halbe Stunde später parkte er seinen Wagen vor dem verlassenen Gebäude direkt gegenüber der ehemaligen US-Airbase. Lange Zeit waren dort an die hunderttausend Soldaten der US-Army mit ihren Familien untergebracht gewesen. Arndt erinnerte sich noch, dass er als junger Mann einmal von einem Soldaten auf das Gelände eingeladen worden war. Es war an Halloween gewesen, damals in Deutschland noch ein relativ unbekanntes Fest, und er hatte sich zwischen den geschmückten Gebäuden gefühlt, als wäre er direkt in einer amerikanischen Kleinstadt. Überall bei den Eingängen zu den Wohnkomplexen waren kostümierte Horror-Figuren herumgelaufen und hatten die Kinder der Soldaten sowie deren Freunde erschreckt, um dann als Trost Süßigkeiten zu verteilen. Für die Erwachsenen hatte es Bowle und Burger gegeben und Arndt war herzlich aufgenommen worden.

Etwa zur selben Zeit, nämlich in den Achtzigern, hatte die Stadt Frankfurt um den »Gateway to Europe«, so der Name dieser kleinstadtähnlichen Kaserne damals, ein stattliches Gewerbegebiet mit Restaurants, Einkaufsmöglichkeiten und Praxen errichtet, von dem die Familien der Soldaten dankbar Gebrauch gemacht hatten. Nachdem die Kaserne 2005 schließlich endgültig geschlossen worden war, waren auch die Geschäfte nach und nach pleitegegangen und mittlerweile war das Gewerbegebiet so gut wie verwaist. Perfekt für Arndt, hatte er hier doch ungestört seinen Versuchen in der ehemaligen Praxis eines Freundes nachgehen können.

Ohne sich groß umzuschauen, stieg er aus dem Wagen und hob Natalie vom Beifahrersitz. Sie kam langsam wieder zu Bewusstsein, hatte während der Fahrt bereits einige Male gestöhnt und den Kopf hin- und hergeworfen. Allerdings war sie noch zu benebelt, um zu realisieren, was mit ihr geschah oder sich gar zu wehren. Er brachte sie zum ehemaligen Wartezimmer, dessen Wände und Decke er schwarz angestrichen und mit einer Liege und einer provisorischen Toilette ausgestattet hatte. Da der Raum keine Fenster und nur eine Tür hatte, war er wie dafür gemacht.

Auf den letzten Metern wachte Natalie nun tatsächlich auf. Die Muskeln in ihrem Körper erwachten zum Leben, und er stellte sie auf ihre Füße, um sie zu der Untersuchungsliege zu führen.

»Mhh«, machte sie, als er sie losließ. Sie setzte sich und hielt sich den Kopf. Schnell schaltete Arndt das Licht aus und schloss die Tür hinter sich. Er würde ihr noch ein wenig Wasser bringen und sie dann bis morgen alleine lassen. Dann würde er mit seinen Vorbereitungen beginnen und mit etwas Glück konnte er in weniger als achtundvierzig Stunden mit seiner Tochter in einem neuen und lebendigen Körper in ein gemeinsames Leben starten.

30. Kapitel

Lars trat auf den Bürgersteig von Frau Bühlers Haus und drehte sich um. Sie war noch mit zum Hoftor gekommen, um es abzuschließen. Es war halb zehn und er hatte ihren kleinen Hund gerade noch einmal auf eine Abendrunde ausgeführt.

»Also denk dran, nächsten Samstag brauche ich dich wieder. Ich bin bis zum Wochenende in der Klinik und solange nimmt meine Schwester den Harry«, sagte sie und schloss das Tor hinter Lars ab.

»Ich vergesse es bestimmt nicht«, versprach Lars und das stimmte. Er freute sich schon darauf, wenn er den kleinen Hund wieder ausführen durfte. Es machte ihm großen Spaß, mit Harry über die Wiese in dem nahegelegenen Park zu tollen. Außerdem bekam er für jeden Tag fünfzehn Euro. Nur das viele Busfahren machte ihm nicht so viel Spaß.

Als Lars sich gerade auf den Weg zur Bushaltestelle machen wollte, fiel sein Blick auf ein Auto, das auf der anderen Straßenseite vor dem Haus des Professors stand. Auf dem Beifahrersitz saß eine Person. Lars kniff die Augen zusammen und reckte den Kopf nach vorne, um sie besser erkennen zu können. Es war eine Frau und sie sah genauso aus wie Natalie. Was machte die denn um diese Uhrzeit noch hier?

Er winkte der Person zu, die sich allerdings nicht regte, also ging er weiter. An der Straßenecke blieb er stehen und wandte sich noch einmal um. Er fragte sich, weshalb Natalie nicht zurückgewinkt hatte, obwohl ihr Kopf eindeutig in seine Richtung gedreht gewesen war. Vielleicht war sie es ja doch nicht gewesen. Allerdings hatte sie ihm damals vor dem Haus der Rothaarigen auch nicht gewinkt. Anscheinend wollte sie außerhalb vom Kino nichts mit ihm zu tun haben.

Er wollte gerade noch einmal zurückgehen, um nachzusehen, ob es nun Natalie oder jemand anderes gewesen war, da löste sich eine Gestalt aus dem Schatten des Hauses und huschte auf das Auto zu. Es war der Professor. Er stieg ein, startete den Wagen und fuhr mit Natalie davon.

Lars fühlte sich mit einem Mal ganz furchtbar. Er hatte die Rothaarige - Isabell war ihr Name gewesen - bei dem Professor gesehen. Und jetzt war sie tot. Die Polizei glaubte zwar, dass Lars etwas damit zu tun hatte, doch er wusste natürlich, dass dem nicht so war. Was, wenn Natalie jetzt auch bald tot war?

»Lars?«, hörte er plötzlich jemanden seinen Namen rufen. Suchend schaute er sich um, konnte aber in der Dunkelheit niemanden ausmachen.

»Du bist doch Lars, oder?«, rief die Stimme noch einmal. Jetzt sah er eine Person über die Straße auf ihn zukommen. »Der Sohn vom Kinobesitzer, oder?«

Lars kniff die Augen zusammen und versuchte, die Frau zu erkennen. War das Natalies Freundin, die er zusammen mit ihr bei der Wohnung der Rothaarigen gesehen hatte? »Ja, ich bin Lars«, sagte er schließlich, als die Frau bei ihm angekommen war.

»Cool. Ich bin Johanna, die Mitbewohnerin von Natalie. Die bei euch im Kino arbeitet, weißt du?«

Lars nickte. Er hatte sich also nicht getäuscht. »Natürlich kenne ich Natalie!«

»Was machst du denn um diese Zeit noch hier?«, fragte sie.

»Ich war mit dem Hund von Frau Bühler spazieren. Sie ist schon älter und hat sich außerdem am Bein verletzt und ich führe Harry für die nächsten Tage aus. Dreimal am Tag. Er muss schließlich sein Geschäft erledigen.« Lars wusste zwar nicht, was Johanna das anging, aber die Antwort kam wie automatisch aus seinem Mund.

»Ist ja total nett von dir, dass du ihr da hilfst.« Sie lächelte ihn an und Lars spürte, wie er rot wurde. Zum Glück war es dunkel, sodass sie es nicht bemerken würde.

»Naja, ich bekomme Geld dafür«, gab Lars zu.

Johanna zuckte mit den Schultern. »Trotzdem nett. Würde bestimmt nicht jeder machen. Aber ich habe da mal eine andere wichtige Frage an dich. Ich bin hier, weil ich Natalie suche. Sie wollte nämlich eigentlich zu dem Mann, der da drüben wohnt.« Sie drehte sich um und deutete auf das Haus des Professors. Wenn du dreimal am Tag mit dem Hund gehst, warst du heute schon öfters hier. Hast du sie zufällig irgendwann gesehen?«

Lars nickte und schaute in die Richtung, in die das Auto mit Natalie und dem Professor verschwunden war. »Gerade eben«, sagte er.

»Wirklich? Und wo ist sie jetzt?« Johanna klang aufgeregt. »Seit ein paar Stunden versuche ich, sie zu erreichen, aber sie geht einfach nicht an ihr verdammtes Handy. Vielleicht hat sie es mal wieder irgendwo liegengelassen …«

»Sie saß in dem Wagen vom Professor. Ich habe ihr gewinkt, aber sie hat nicht zurückgewinkt. Irgendwann kam dann der Professor und ist auch eingestiegen und losgefahren.«

»Scheiße«, rief Johanna aus und ballte die Hände zu Fäusten. »Das glaube ich jetzt nicht.«

Lars seufzte enttäuscht. Warum wollte ihm eigentlich nie irgendjemand etwas glauben? Er war nicht schlau, aber er war ganz bestimmt kein Lügner. »Aber es ist so, wie ich sage. Ich bin dort aus dem Hoftor gekommen, da stand das Auto vom Professor vor der Tür und Natalie saß auf dem Beifahrersitz. Ich habe sie erkannt, weil die Straßenlaterne genau in ihr Gesicht …«

Johanna legte ihm ihre Hand auf die Schulter. »Schon gut. So war das nicht gemeint. Ich ärgere mich nur darüber, dass ich sie gerade verpasst habe. Wir müssen nämlich etwas ganz Wichtiges besprechen.«

»Glaubst du, dass er ihr etwas antun wird?«

Johanna schaute ihn mit großen Augen an.

Lars schluckte. Offensichtlich hatte er etwas Falsches gesagt. Schnell versuchte er, davon abzulenken: »Ich muss dann auch nach Hause. Meine Mama hat Krebs und es geht ihr nicht gut.«

»Warte mal einen Moment. Was hast du davor gesagt?«

»Meine Mama hat Krebs und ...«

»Nein, das andere! Das vorher!« Ihre Stimme klang plötzlich ganz aufgeregt. »Wie kommst du darauf, dass Haubold Natalie etwas antun könnte?«

»Weil ... Naja, Isabell war auch bei dem Professor und danach war sie verschwunden. Nun ist sie tot.«

Johanna zog die Stirn kraus und machte einen Schritt nach hinten. »Woher zur Hölle weißt du, was mit Isabell passiert ist? Woher kennst du sie überhaupt?«

Lars senkte den Blick. Mit jedem Satz, den er von sich gab, schien er sich noch mehr in die Scheiße zu reiten. Kein Wunder, dass die Polizisten sich so komisch verhalten hatten.

»Hey, sag schon. Was weißt du über sie?«

»Naja, also ... Eigentlich weiß ich ja gar nichts und ich kenne sie auch nicht. Polizisten waren bei mir und haben mich befragt, deswegen weiß ich ihren Namen. Und vorher habe ich sie nur einmal gesehen. Als ich bei Frau Bühler war, ist sie aus dem Haus vom Professor gekommen. Und jetzt ist sie tot, das hat mir die Polizei gesagt. Aber ich war es nicht ...« Er wollte Johanna lieber nicht davon erzählen, dass er auch Aline gekannt hatte. Auch sie war tot, das hatte er im Internet gelesen, als er nach Isabell gesucht hatte. Von einem Serienkiller war die Rede gewesen und Lars hatte sich gefragt, ob so eine Serie gemeint war, wie sie seine Mutter so gerne schaute.

»Hast du das der Polizei erzählt?«

»Was meinst du?«

»Na, das mit Isabell und Haubold. Wissen sie, dass da eine Verbindung besteht?«

Lars schüttelte schuldbewusst den Kopf. Daran hatte er überhaupt nicht gedacht. Zu sehr hatten sie ihn mit Fragen bombardiert und dadurch vollkommen verwirrt. Außerdem war ihm das erst wieder so wirklich eingefallen, nachdem er erfahren hatte, was genau mit den zwei Frauen passiert war.

»Haben sie dich als Zeugen vernommen? Wie kamen die überhaupt auf dich? Verdammt, ich muss unbedingt Natalie erreichen.« Johanna holte ihr Telefon aus der Tasche und entfernte sich einige Schritte. Kurze Zeit später kam sie zurück. »So eine Scheiße«, fluchte sie und trat gegen einen Stein. Er flog in die Hecke von Frau Bühler, die Lars erst kürzlich so ordentlich beschnitten hatte. »Das gibt es doch wirklich nicht. Warum haben wir nur mit diesem Scheiß angefangen? Ich muss sofort die Polizei informieren. Wir müssen Natalie finden, bevor er ihr noch etwas antut.«

»Was wird er mit ihr machen?«, fragte Lars, obwohl er es sich denken konnte. Wenn der Professor wirklich der Mörder war, befand Natalie sich in großer Gefahr. Im Internet wurde er verrückter Stromkiller genannt, weil er die Frauen vor ihrem Tod mit Elektroschocks quälte und ihnen den Kopf aufbohrte. Unwillkürlich fasste Lars sich an den Hinterkopf. Das musste doch furchtbar wehtun.

Johanna hatte seine Frage offensichtlich nicht gehört. Sie tippte konzentriert auf ihrem Handy herum.

»Was sollen wir jetzt machen?«, fragte er, nachdem sie ihn eine Weile ignoriert hatte.

»Du solltest am besten nach Hause gehen, denn mit Haubold ist offensichtlich nicht zu spaßen«, sagte Johanna und schaute ihn ernst an. »Ich werde die Polizei informieren. Außerdem hab ich mir ein Auto organisiert. Wenn Haubold das nächste Mal mit seinem Wagen losfährt, werde ich ihn verfolgen. So einfach werde ich ihm Natalie nicht überlassen.«

»Ich will mitkommen«, rief Lars aus. »Wir retten Natalie zusammen.«

Johanna lächelte ihn an. »Du bist ja niedlich. Aber ich glaube, dass es viel zu gefährlich für dich ist.«

»Warum? Ich bin stark. Eine Frau kommt doch gar nicht gegen ihn an.«

»Aber ich habe nicht vor, gegen ihn zu kämpfen. Ich will nur schauen, wohin er fährt und dann die Polizei rufen, damit sie ihren Job erledigt.«

»Lass mich mitkommen. Wenn er dich angreift, kann ich dir helfen.« Lars stampfte mit dem Fuß auf den Boden auf. Seine Mutter sagte immer, dass er sich wie ein Kleinkind verhielt, wenn er das tat, aber das war ihm egal.

Johanna legte den Kopf schief und schien zu überlegen. Schließlich nickte sie. »Na gut, so verkehrt wird es nicht sein, wenn wir da zu zweit sind. Du gibst mir am besten deine Telefonnummer und ich melde mich morgen Vormittag bei dir. Es kann allerdings ganz schön viel Zeit in Anspruch nehmen, denn keiner weiß, wann er wieder nach Hause kommt und wann er dann letztlich wieder losfahren wird.«

»Ich bin erwachsen«, sagte Lars und zum ersten Mal fühlte er sich auch wirklich so. »Also kann ich selbst entscheiden, was ich mache.«

Johanna lächelte ihn an und drückte seine Schulter. »Ist gut. Dann haben wir also einen Plan.«

31. Kapitel

Was für ein Kabelsalat. Endlich entwirrte Arndt den letzten Kabelstrang, den er nach dem letzten Fehlschlag achtlos auf den Boden geworfen hatte. Nun war alles vorbereitet. Ob er wollte oder nicht, er musste den nächsten Versuch schon morgen starten, auch wenn Natalie noch nicht ausgehungert und somit theoretisch noch nicht bereit war. Seine Versuche mit den Ratten hatten eigentlich bewiesen, dass bei einem geschwächten Körper wesentlich schneller auch die letzten Hirnströme versagten und somit das, was das Lebewesen ausmachte, den Körper endgültig verließ und er somit auch zügiger mit den Wiederbelebungsmaßnahmen einsetzen konnte.

Doch vielleicht lag genau in der Veränderung dieses einen Parameters auch eine Chance. Wenn sie all die Qualen nicht durchmachen musste, die er die anderen hatte durchleiden lassen, war ihr Körper möglicherweise widerstandsfähiger den Elektroschocks gegenüber, sodass sie die Behandlung hoffentlich überleben würde. Es musste einfach so sein. Seine Tochter jedenfalls würde es ihm danken. Sie war überhaupt nicht damit einverstanden gewesen, dass er die Frauen so quälte, aber sie hatte natürlich dennoch eingesehen, dass es notwendig war, wenn sie einen Körper zurückhaben wollte. So war seine Tochter und so liebte er sie. Sie hatte ihren eigenen Kopf, aber sie steckte gerne für den höheren Zweck zurück. Selbst, als sie am Ende dank ihrer verdammten ALS nur noch eine funktionslose Hülle für ihre Seele gewesen war, hatte sie all seine Maßnahmen ertragen, die ihr Leben noch ein wenig verlängerten.

Nachdem er den Raum für morgen vorbereitet hatte, füllte er einen Becher mit Leitungswasser, träufelte etwas von dem Betäubungsmittel hinein und stellte es zu Natalie in den Raum neben die Tür. Dieses Mal ließ er sogar das Licht an. Es gab keinen Grund mehr für ihn, sie im Dunkeln festzuhalten.

Er schloss die Räume der Praxis wie immer ordentlich ab und stieg in seinen Wagen. Als er in seine Straße einbog, sah er schon von Weitem ein dunkles Auto vor seinem Haus stehen. Ihn beschlich ein mulmiges Gefühl, das sich bestätigte, nachdem er seinen Wagen geparkt hatte. Kaum dass er auf sein Hoftor zuging, stiegen zwei Personen aus dem Auto.

»Herr Haubold«, rief der Mann, der eine imposante Statur hatte, und griff in die Innentasche seiner Jacke. Arndt blieb stehen. »Mein Name ist Frank Kopp, Kripo Frankfurt. Das ist meine Kollegin Melanie Büchner. Wir hätten da ein paar Fragen an Sie.« Der Beamte hielt ihm seinen Ausweis hin, doch Arndt konnte in der Dunkelheit nicht erkennen, was darauf stand.

»Muss das jetzt sein?«, fragte er und versuchte dabei, nicht zu nervös zu klingen. Unwillkürlich fasste Arndt sich an sein Handgelenk. Er hatte die Uhr nicht gefunden. Kamen die beiden deswegen zu ihm? Wollten sie ihn verhaften, weil sie sie bei der Leiche entdeckt hatten? »Es ist spät und ich komme gerade von einem Forschungsprojekt. Morgen früh habe ich eine Vorlesung und noch nichts vorbereitet.«

»Es wird nicht lange dauern«, sagte die Kollegin und stellte sich vor das Tor.

Arndt schaute zwischen den beiden hin und her und nickte dann. Letztlich würde er sich nur verdächtiger machen, wenn er sich jetzt sträubte. »Kommen Sie doch bitte mit ins Haus«, sagte er und ging an den beiden vorbei durch das Tor zu seiner Haustür. Was sollte er sagen, wenn sie ihn nach der Uhr fragten? Er könnte behaupten, dass er sie irgendwo verloren hatte. Im Kino vielleicht. Hier kam Lars Schallmeyer wieder ins Spiel. Er könnte sie gefunden, an sich genommen und schließlich bei der Leiche verloren haben.

»Wundern Sie sich bitte nicht, momentan versinke ich im Chaos. Meine Putzfrau hat gekündigt und ...«

»Herr Haubold, wie es bei Ihnen aussieht, interessiert uns nicht im Geringsten. Mit Sicherheit haben wir schon Schlimmeres gesehen.«

Arndt nickte und lotste die beiden in die Küche, wo er zum Glück noch vorgestern etwas Ordnung geschaffen hatte. Melanie Büchner setzte sich an den Küchentisch, während ihr Kollege stehenblieb.

»Was kann ich für Sie tun?«, fragte Arndt und ließ sich ein Glas Leitungswasser ein. Den Beamten bot er nichts an. Sie sollten erst gar nicht das Gefühl bekommen, hier erwünscht zu sein. Dann setzte er sich ebenfalls.

Melanie Büchner legte zwei Fotos auf den Küchentisch. »Kennen Sie die beiden jungen Damen?«

Arndt lehnte sich nach vorne und betrachtete die Bilder. Es waren Aline und Isabell. Unter der Tischplatte ballte er seine Hände zu Fäusten, damit die Beamten das Zittern nicht bemerkten. Es machte keinen Sinn zu leugnen, dass sie beide seine Studentinnen gewesen waren. Vermutlich wussten Kopp und Büchner das längst. Er legte seine Stirn in Falten, kniff die Augen zusammen und nickte dann, als sei ihm gerade erst eingefallen, woher er sie kannte.

»Ja, ich denke schon. Wenn beide Biologiestudentinnen sind, ganz sicher. Ich glaube, ich wurde bereits von Kollegen von Ihnen dazu befragt. Im Kino?«

»Das ist gut möglich. Wir haben noch nicht alle Aussagen dazu ausgewertet«, sagte Frank Kopp. Er deutete auf das rechte Bild. Isabell. »Sie hier, Isabell Mühring, war angeblich in Ihrem Haus zu Gast, kurz bevor sie verschwand. Ist das richtig?«

»Woher ...« Arndt hob überrascht den Kopf. Etwas zu schnell, um unauffällig zu sein, wie er am Blick des Polizisten feststellen konnte. »Das ist richtig. Sie hat sich ein Buch von mir geliehen, für eine Hausarbeit. Das Exemplar in der Bibliothek war vergriffen.«

»Und Aline Rauschert? War sie je in Ihrem Haus?«

»Natürlich nicht. Frau Mühring war die absolute Ausnahme.«

»Wenn wir also mit einem Durchsuchungsbefehl zurückkommen, würden wir bei Ihnen ganz bestimmt keine Spuren von ihr finden?«

Arndt schüttelte vehement den Kopf. Er hatte Aline zufällig beim Joggen getroffen und sie dann in seinem Auto mitgenommen, wo er sie überwältigt und zur Praxis gefahren hatte. Solange sie nur sein Haus durchsuchten, würden sie keine Verbindung herstellen können.

»Gut.« Melanie Büchner steckte die Fotos zurück in die Mappe, aus der sie sie entnommen hatte. »Können Sie uns sagen, wo Sie sich am zwanzigsten April aufgehalten haben?«

Das war der Tag, an dem er Aline entführt hatte. »Ach, woher denn.« Arndt winkte ab. Jetzt war er froh, seinen Kalender vorsorglich präpariert zu haben. »Ich kann Ihnen nicht mal sagen, was für ein Wochentag das war. Aber wenn Sie möchten, schaue ich gerne in meinem Terminkalender nach.«

»Machen Sie das. Und wenn Sie in Begleitung anderer Personen waren, suchen Sie uns doch bitte gleich die Kontaktdaten heraus, damit wir Ihre Angaben überprüfen können.«

Arndt stand auf und ging in sein Büro. Mitten auf seinem Schreibtisch lag noch immer Natalies Handy und blinkte. Er schaute sich um. Zum Glück war ihm keiner der beiden gefolgt.

Er nahm das Telefon, legte es in die Schublade, wo er auch Isabells Geldbeutel aufbewahrte, und schloss sie ab. Danach griff er sich seinen Kalender und kehrte in die Küche zurück, wo er das Büchlein aufschlug. »Lassen Sie mich mal sehen. Zwanzigster April, sagten Sie? Da hatte ich vormittags Direktoriumssitzung und am Nachmittag war ich in einem Bistro etwas essen, zusammen mit einer Kollegin. Wir haben uns auf eine Tagung vorbereitet.« Tatsächlich hatte er im Vorfeld mit Bernadette Baur über seine Teilnahme an der Podiumsdiskussion zur Biologie der Seele gesprochen und tatsächlich war dies nach einer Direktoriumssitzung gewesen. Daran, dass dieses Treffen in Wirklichkeit vier Wochen vorher, nämlich im März stattgefunden hatte, würde sie sich allerdings garantiert nicht erinnern. Ihr Zeitgefühl war ebenso grauenhaft wie ihr Gedächtnis und somit war sie die perfekte Ausrede. »Hier haben Sie Ihre Daten, Sie können Sie gerne danach fragen.« Er schob eine Visitenkarte über den Tisch.

»Das werden wir«, sagte Melanie Büchner und steckte die Karte ein. »Wie ist das mit Natalie Dreher?«

»Was soll mit ihr sein?«, fragte Arndt. Sie konnte unmöglich so schnell schon als vermisst gelten.

»Uns wurde gesagt, dass sie für Sie arbeitet. Schwarz.«

Er senkte den Blick und knetete seine Hände. Wie waren sie nur so schnell auf ihn gekommen? Und was zum Teufel war mit seinem Hinweis auf Lars Schallmeyer passiert? Warum wollte niemand dem nachgehen? »Ja«, murmelte er. »Das muss ich leider zugeben. Meine Zeit war in den letzten Wochen so knapp bemessen, dass zu viel Korrekturarbeit liegenblieb. Es ist eigentlich nicht erlaubt, diese Dinge an Hilfskräfte abzugeben, deswegen habe ich sie gefragt, ob sie sich unter der Hand ein wenig Geld bei mir verdienen will.«

»Herr Haubold, es geht uns hier nicht um Schwarzarbeit, das verstehen Sie schon?« Frank Kopp schaute ihn eindringlich an. »All diese Mädchen sind verschwunden, zwei von ihnen wurden ermordet. Wann haben Sie Frau Dreher zuletzt gesehen?«

Arndt überlegte einen Moment, ob es Sinn machte, den Beamten eine Lüge aufzutischen. Vermutlich hatte sie jemandem Bescheid gegeben, dass sie heute bei ihm gewesen war. Also sagte er: »Heute Vormittag. Sie hat ein paar Hausarbeiten zum Korrigieren abgeholt. Nach etwa einer Viertelstunde ist sie wieder gegangen.«

»Hat jemand gesehen, wie sie Ihr Haus wieder verlassen hat, oder kann jemand anderweitig Ihre Angaben bestätigen?«

Arndt zuckte mit den Schultern und schüttelte dann den Kopf. Es gab noch eine Chance, die Beamten auf eine falsche Fährte zu locken. »Ich schätze nicht. Es war sonst niemand anwesend, falls sie das meinen. Aber ich habe draußen einen jungen Mann gesehen. Jetzt wo ich daran denke, fällt mir ein, dass er ihr sogar hinterhergegangen ist.«

»Einen jungen Mann?«, fragte Frank Kopp und warf seiner Kollegin einen bedeutungsschwangeren Blick zu. Offensichtlich hatten sie angebissen. »Können Sie ihn beschreiben?«

»Sogar sehr genau«, sagte Arndt und nickte heftig. »Ich sagte Ihnen ja bereits, dass ich aktuell meine Einführungsvorlesung im Kino abhalte. Der Mann vor meiner Haustür ist dort auch öfters. Allerdings nicht als Student. Er ist ein Angestellter. Deswegen habe ich ihn wiedererkannt und mich gewundert, was er hier zu suchen hat.«

»Das ist wirklich sehr interessant«, meldet sich Melanie Büchner zu Wort. »Sie haben ihn noch nie zuvor hier in dieser Gegend bemerkt?«

»Nicht dass ich wüsste, nein.«

»Und Sie hatten das Gefühl, er ist Frau Dreher gefolgt?«

»Ziemlich, ja. Er stand auf der anderen Straßenseite, und als Frau Dreher aus dem Hoftor gegangen ist, hat er sich ebenfalls in Bewegung gesetzt.«

»Das wirft natürlich ein völlig anderes Licht auf die Sache«, sagte Frank Kopp und bedeutete seiner Kollegin, aufzustehen. »Dennoch kommen wir nicht drum herum, Ihre Angaben zu den Frauen sowie zu Ihrem Aufenthalt am zwanzigsten April zu überprüfen. Stellen Sie sich darauf ein, dass wir gegebenenfalls noch einmal auf Sie zukommen. Sollten Sie einen längeren Aufenthalt im Ausland geplant haben, melden Sie sich vorher bei uns. Nicht, dass wir noch auf die Idee kommen, Sie hätten vor zu flüchten.«

»Das werde ich selbstverständlich beherzigen. Aber ich plane nicht, in nächster Zeit wegzufahren, keine Sorge.« Arndt stand ebenfalls auf und begleitete die Beamten zur Haustür. Dort verabschiedete er sie und beobachtete durch die Milchglasscheibe, wie sich die Rücklichter des Autos entfernten.

Das war gerade noch einmal gutgegangen. Innerlich beglückwünschte er sich zu seinem Einfall, in letzter Minute Lars ins Spiel zu bringen. Tatsächlich hatte er ihn in letzter Zeit öfters hier in der Gegend gesehen. Anscheinend ging er der alten Frau Bühler von gegenüber zur Hand. Es war also nicht allzu weit hergeholt, dass er auch heute bei ihr gewesen war. Möglicherweise war er sogar der Besucher von heute Abend gewesen.

Arndt ging ins Wohnzimmer und ließ sich auf das alte Ledersofa fallen, das unter seinem Gewicht ächzte. Er brauchte jetzt dringend einen Schnaps und etwas Ruhe.

32. Kapitel

Vorsichtig tastete Natalie ihre Stirn und ihren Hinterkopf nach auf Verletzungen ab. Ihr Schädel dröhnte. Langsam öffnete sie die Augen und schaute sich um. Über ihr wurde eine schwarz angestrichene Decke von einer Leuchtstoffröhre angestrahlt. Auch die Wände waren schwarz, nur die Tür und die Liege, auf der sie saß, waren weiß. Schlagartig wurde ihr klar, wo sie sich befand und was passiert war. Haubold hatte sie angegriffen und sie mit irgendwas betäubt. Irgendwann war sie zu sich gekommen, da hatte er sie schon in diesen Raum gebracht.

Sie hatte versucht, aufzustehen, um nach einer Fluchtmöglichkeit zu suchen, war aber nicht mal von der Liege heruntergekommen. Diffus erinnerte sie sich, eine ganze Weile auf dem Rücken gelegen und die Decke angestarrt zu haben. Immer wieder war sie weggedämmert, bis sie irgendwann genug Kraft gehabt hatte und dann aufgestanden und mehr oder weniger auf allen vieren zu einem Becher gekrochen war, der neben der Tür stand. Sie hatte ihn in einem Zug ausgetrunken und sich zurück zur Liege geschleppt, wo sie offensichtlich erneut das Bewusstsein verloren hatte.

Natalie setzte sich auf und tastete ihre Hosentaschen ab. Natürlich hatte er ihr das Handy abgenommen. Sie erinnerte sich, dass wegen des schlechten Empfangs das Bild nicht an Johanna gesendet werden konnte. Ihre einzige Hoffnung bestand also nun darin, dass Johanna misstrauisch wurde, wenn sie nicht zurückkam, und nach ihr suchte.

Ein Geräusch vor der Tür ließ sie aufhorchen. Waren da eben Schritte gewesen? Nur einen Moment später drehte sich ein Schlüssel im Schloss und die Tür wurde aufgestoßen. Haubolds Silhouette erschien im Türrahmen. Natalie sprang auf und ihr wurde augenblicklich schlecht. Der Raum um sie herum schien sich zu drehen.

Wortlos kam Haubold auf sie zu. Er packte sie am Arm, zerrte sie auf die Füße und führte sie zur Tür. Natalie hatte keine Wahl, als neben ihm herzutaumeln. Sie befahl ihrem Körper, sich zu wehren, doch sie konnte kaum auf ihren eigenen Beinen stehen und Haubold musste sie stützen, damit sie nicht umkippte. Ihre Sicht verschwamm, während sie vorwärts stolperte. Natalie schloss die Augen, um zu verhindern, dass sie sich übergeben musste. Hin und wieder öffnete sie jedoch zumindest immer eines ihrer Lider, um eine Orientierung über die Räumlichkeiten zu erlangen.

Anscheinend hielt er sie in einem Bürogebäude oder in einer Praxis gefangen - und nicht in seinem Haus. Sie kamen an einem Tresen vorbei, vermutlich der Empfangsbereich. Im Gegensatz zu dem Raum, in dem er sie eingeschlossen hatte, waren die Wände hier in einem freundlichen Hellgrün gestrichen. Natalies Beine knickten weg. Haubold zerrte sie unbarmherzig weiter durch ein Büro mit einem Schreibtisch, auf dem ein alter Röhrenmonitor stand. Am anderen Ende war eine Tür und dahinter folgte ein Untersuchungszimmer, in dem sich verschiedene Geräte mit Messskalen befanden, von deren Vorderseite lose Kabel abgingen. Er führte sie zu einer ähnlichen Liege wie der, auf der sie aufgewacht war. An dieser waren jedoch Schnallen für Arme, Beine und den Kopf angebracht.

Plötzlich war Natalie hellwach. Sie dachte an die Berichte über die ermordete Studentin und daran, was man ihr angetan hatte. Genau das hatte Haubold nun auch mit ihr vor. Sie ließ sich nach vorne fallen, versuchte, sich seinem Griff zu entwinden. Er packte sie noch fester und drängte sie mit seinem Unterkörper an die Liege. Dann spürte sie einen Stich in ihrem Oberarm und ihre Muskeln erschlafften. Sie sackte nach unten. Haubold fing sie auf und verfrachtete sie auf die Liege, wo er die Schnallen um ihre Arme legte und festzog.

»Was haben Sie mit mir vor?«, fragte Natalie mit schwerer Zunge. Vermutlich war nicht mehr als ein undeutliches Lallen aus ihrem Mund gekommen.

Haubold machte sich gerade an ihren Knöcheln zu schaffen. Eigentlich waren die Fesseln dort völlig überflüssig, sie konnte ihre Beine ohnehin nicht bewegen.

»Hab keine Angst«, sagte er und zog die Schnallen an. Er kam ans Kopfende, strich ihr beinahe zärtlich über die Stirn und legte ihr dann den Gurt um den Kopf. »Es wird vielleicht etwas wehtun, aber das geht schnell vorbei. Nachher sind all die Qualen aus deiner Erinnerung verschwunden. Und falls nicht, wird es keine Rolle mehr spielen. Es dient einem höheren Zweck.« Er verschwand aus ihrem Sichtfeld.

Natalie versuchte den Kopf zu drehen, konnte ihn jedoch wegen der Fessel nur minimal bewegen. »Was für ein höherer Zweck?«, fragte sie, unsicher, ob er überhaupt noch im Raum war und sie hören konnte. »Was reden Sie denn da?« Sie bekam keine Antwort.

Plötzlich erschien Haubold wieder neben ihr. In seiner Hand hielt er eine Art großes Skalpell oder Rasiermesser.

»Was wollen Sie damit? Bitte, lassen Sie mich gehen. Ich habe Ihnen doch überhaupt nichts getan.«

»Du solltest dich jetzt besser nicht zu viel bewegen. Nicht, dass ich dich noch verletze. Das wollen wir doch nicht, oder?« Er stellte sich dicht neben sie und strich ihr über die Haare.

Panik durchfuhr Natalies Körper und sie brüllte aus voller Kehle. Haubold packte ihre Haare fester. Das Messer kam näher. Natalie brüllte, bis ihr die Luft wegblieb. Sie atmete ein, aber es fühlte sich an, als würde sie nicht genügend Luft in ihre Lunge bekommen.

»Schrei ruhig. Niemand kann dich hier hören und es wird niemand kommen, um dich zu retten. Aber tröste dich. Deine Seele ist bald an einem besseren Ort und hat dann schon vergessen, was geschehen ist.«

»Sie ... sind ja vollkommen ... verrückt«, stammelte Natalie und japste nach Luft.

»Du musst schon atmen, sonst kollabierst du mir hier noch«, sagte Haubold. »Wir wollen doch nicht, dass du aufgibst, bevor wir überhaupt zur eigentlichen Behandlung kommen, oder?«

Natalie schloss die Augen und konzentrierte sich auf ihre Atmung. Nach einer Weile normalisierte sie sich und sie bekam wieder Luft. »Bitte! Lassen Sie mich bitte gehen!«

»Siehst du, es geht doch.« Er tätschelte ihr die Wange. »Und jetzt machen wir weiter. Wir haben heute noch einiges vor.« Sie spürte, wie Haubold die Klinge an ihrer Kopfhaut ansetzte, und schloss die Augen in Erwartung, jeden Moment unsägliche Schmerzen zu ertragen. Nichts passierte. Plötzlich hörte sie ein schabendes Geräusch. Zögerlich öffnete sie die Augen.

Haubold warf eine lange Strähne ihrer Haare auf den Boden.

»Was zur Hölle tun Sie da?«, fragte sie. Dann erinnerte sie sich an einen der Berichte aus dem Internet. Aline Rauschert war vor ihrem Tod ein Teil ihrer Haare rasiert worden. Natalies Muskeln versteiften sich. Eine Webseite hatte außerdem behauptet, dass man ihr bei lebendigem Leib den Schädel aufgebohrt hatte.

Sie zerrte panisch an ihren Fesseln. Ihr fehlte die Kraft, um etwas zu bewegen. »Bitte, tun Sie es nicht. Was auch immer Sie vorhaben, Sie müssen das nicht machen. Lassen Sie mich gehen.«

Haubold lehnte sich ein wenig nach links, sodass sie sein Gesicht sehen konnte. Er lächelte sie freundlich an, als würden sie gerade gemeinsam einen netten Abend verbringen.

»Oh doch, das muss ich. Was glaubst du, würde Amelie wohl dazu sagen, wenn ich dich nun einfach losbinden und auf die Straße setzen würde? Wie sollte ich ihr das erklären?« Sein Blick ging plötzlich ins Leere. »Sie musste nun schon so lange warten. Viel zu lange, nachdem ihr Körper sie im Stich gelassen hat und plötzlich nutzlos wurde.« Er konzentrierte sich wieder auf ihren Kopf und rasierte ihr eine weitere Strähne ab, die er zu Boden fallenließ. »Jetzt sind wir gleich so weit. Nur noch ein paar Stellen und ich kann die Elektroden anbringen.«

»Bitte ...«

»Es ist schon irgendwie als Ironie des Schicksals zu bezeichnen, dass ausgerechnet die Tochter eines erfolgreichen Neurobiologen an einer unheilbaren Nervenkrankheit zugrunde geht, findest du nicht? Ich verbringe mein gesamtes Leben mit dieser Materie und kann doch meinem eigenen Fleisch und Blut nicht helfen. Kann nur machtlos zusehen, wie sie dahinvegetiert und schließlich erstickt.«

»Ihre Tochter ist tot?«, fragte Natalie und blinzelte die aufsteigenden Tränen weg. »Herr Haubold. Ich bitte Sie, das tut mir so leid. Aber es wird Amelie nicht zurückbringen, wenn Sie mir jetzt wehtun. Nichts wird sie je zurückbringen.«

Haubold schaute sie an, doch es wirkte eher, als würde er durch sie hindurchstarren. »Du hast ja überhaupt keine Ahnung. Der Körper ist nur eine Zwischenstation für die Seele. Sie sitzt in winzigen Windungen des Gehirns und bestimmt von dort aus, was den Menschen ausmacht. Aber dort ist sie nicht fest verankert. Stirbt der Köper, kehrt die Seele nach einer gewissen Zeit in den kosmischen Raum zurück. Es ist ganz einfache Physik. Keine Materie geht in unserem Universum verloren, auch die Seele des Menschen nicht. Meine Tochter war aber noch viel zu jung und nicht bereit, in den kosmischen Raum zurückzukehren. Als Amelie starb, blieb ihre Seele bei mir, hier auf der Erde. Seitdem wartet sie darauf, dass ich ihr einen neuen Körper beschaffe. Und ich glaube, mit dir werde ich meinen Durchbruch haben. Es ist schade, dass du ihr so überhaupt nicht ähnlich siehst, aber darüber muss ich jetzt einfach hinwegsehen.«

»Sie sind ja verrückt geworden. Ihre Tochter ist tot. Sie ist nicht mehr hier und sie wird auch nicht mehr zurückkommen.«

Haubold lachte entrückt. »Nein, du hörst mir nicht zu. Ihr Körper ist gestorben, aber ihre Seele nicht. Sie ist hier, bei mir. Begleitet mich. Aber …«

Ein schrilles Klingeln unterbrach ihn.

Natalie schluchzte vor Erleichterung. Jemand musste sie gehört haben. Oder war es Johanna, die die Polizei gerufen hatte?

»Hilfe, hier bin ich!«, rief sie.

Haubold hob seinen Zeigefinger an seine Lippen und legte ihr die andere Hand auf den Mund. Dann knöpfte er sein Hemd auf. Es klingelte ein zweites Mal. Kurz darauf polterte jemand gegen die Tür. Eine gedämpfte Stimme war zu hören, aber Natalie konnte nicht verstehen, was sie sagte.

Haubold seufzte. Er schaute sich um und ließ kurz von Natalie ab, um sein Hemd auszuziehen. Sie holte tief

Luft, da stopfte er ihr den zusammengeknüllten Hemdsärmel in den Mund und wickelte den restlichen Stoff um ihren Kopf.

»Ich bin gleich wieder da«, sagte er. Einen Moment starrte er sie an. Dann schüttelte er den Kopf, drehte sich um und ließ Natalie allein in dem Raum zurück.

33. Kapitel

Immer wieder schaute Lars auf die Uhr am unteren Rand seines Desktops. Schon den ganzen Morgen wartete er auf den Anruf von Natalies Freundin. Er trug noch immer seinen Pyjama, weil er Angst hatte, sie zu verpassen, während er sich im Bad fertig machte. Das Handy konnte er nicht mitnehmen. Es hing am Ladegerät, weil der Akku fast leergewesen war. Außerdem schimpfte seine Mutter immer mit ihm, wenn sie ihn dabei erwischte, dass er es im Bad dabeihatte. Er brauchte dann immer so lange auf dem Klo, weil er dieses lustige Spiel spielte, das er früher schon auf dem Gameboy geliebt hatte. Tetris hieß es, und wenn er das vor der Nase hatte, vergaß er immer völlig die Zeit. Es war jetzt schon zehn Uhr.

Endlich meldete sich sein Handy, das neben seinem Mauspad lag, und bevor das erste Klingeln richtig verstummte, ging er bereits ran.

»Ich bin's, Johanna. Wie sieht es aus, bist du noch dabei? Ich sitze jetzt im Auto und könnte dich auf dem Weg zu Haubold abholen.«

»Natürlich«, rief Lars erleichtert. Ihm fiel ein Stein vom Herzen. Die ganze Nacht hatte er vor Anspannung kaum ein Auge zugemacht und er war froh, dass es nun endlich losgehen konnte. Er nannte Johanna seine Adresse und sie versicherte ihm, dass sie in etwa zwanzig Minuten bei ihm sein würde.

»Super. Nimm dir am besten irgendeine Kleinigkeit zu essen und eine Flasche Wasser mit. Wer weiß, wie lange wir da heute rumsitzen werden, bis Haubold aus dem Haus geht.« Bevor Lars etwas erwidern konnte, hatte sie aufgelegt. Er fuhr seinen PC herunter, wo er bis gerade eben noch einmal Berichte zu den beiden Frauen durchgelesen hatte. Dann zog er seinen Schlafanzug aus, faltete ihn ordentlich zusammen und legte ihn unter die Bettdecke. Er öffnete seinen Schrank und zögerte einen Moment, bevor er sich für eine kurze Hose entschied.

Heute würde er keine lange Hose tragen, egal, was seine Mutter sagte. Für obenrum wählte er sein Lieblingsshirt. Es war dunkelblau und vorne war ein grüner Frosch abgebildet, der mit seiner rosafarbenen Zunge nach einer Fliege schnappte. Das zog er immer an, wenn er etwas Wichtiges vorhatte, es brachte ihm nämlich Glück.

Bevor er nach unten ging, holte er sich noch wie von Johanna vorgeschlagen eine Flasche Wasser aus der Küche. Außerdem nahm er einen Müsliriegel mit. Ansonsten hatten sie nur noch Äpfel, aber die schmeckten ihm nicht.

»Mama? Bist du wach?«, fragte er auf dem Flur. Sie antwortete nicht. Vielleicht schlief sie ja. Dennoch sagte er: »Bin jetzt mal weg. Bei Frau Bühler, den Hund ausführen und so.«

Die einzige Reaktion war lediglich ein trockenes Husten, also ging er in den Hausflur und zog die Tür hinter sich zu.

Vom Hinterhof aus sah er ein Auto, das vor der Hofeinfahrt parkte. Er ging darauf zu und erkannte Johanna, die ihm zuwinkte. Als er näherkam, stieß sie die Beifahrertür auf.

»Hey«, rief sie ihm zu und lächelte. »Cool, dass das mit uns beiden klappt. Steig ein.«

Lars ließ sich auf den Sitz fallen und Johanna startete den Motor. Er schaute sie von der Seite an. Noch nie hatte ein Mädchen es cool gefunden, dass er Zeit mit ihr verbrachte. Überhaupt war noch nie ein Mädchen oder eine Frau so nett zu ihm gewesen wie Johanna in den vergangenen zwölf Stunden. »Ja ... Cool«, wiederholte er ihren Ausdruck, damit das unangenehme Schweigen zwischen ihnen nicht zu lange andauerte.

»Ich hoffe, du bist ausgeschlafen«, sagte Johanna, während sie den Wagen auf die Straße lenkte. »Könnte sein, dass es heute ein anstrengender Tag wird.«

Lars zuckte mit den Schultern. »Geht so«, sagte er. Ausgeschlafen hatte er nicht, aber er war auch nicht müde. Dafür war er viel zu aufgeregt. Am liebsten würde er einfach bei dem Professor klingeln und ihn fragen, was er mit Natalie gemacht hatte.

Ihm war warm und er drückte auf den Hebel, um das Fenster herunterzulassen. Kaum dass es unten angekommen war, fuhr es auch schon von alleine wieder nach oben.

»Wäre gut, wenn du es zulässt. Sonst springt die Klimaanlage nicht an«, erklärte Johanna.

»Hoffentlich tut er Natalie nicht zu sehr weh«, sagte Lars, nachdem sie eine Weile schweigend durch Frankfurt gefahren waren.

»Ich mache mir solche Vorwürfe.« Johanna schüttelte den Kopf. Sie sah traurig aus. »Es war eine dumme Idee, sie auf eigene Faust nach Hinweisen suchen zu lassen.«

»Was für Hinweise?«

»Das ist kompliziert. Wir haben herausgefunden, dass Isabell bei Haubold war, bevor du es mir gestern Abend erzählt hast. Bevor wir zur Polizei gehen wollen, sollte Natalie sich noch ein wenig bei ihm umschauen. Und jetzt hat er sie entführt ... Es ist alles meine Schuld. Aber die Polizei macht ja ihren Job einfach nicht richtig. Gestern Abend habe ich sofort da angerufen, aber die haben sich gar nicht für mich interessiert. Ich bin eben davon ausgegangen, dass die dritte verschwundene Frau nach zwei ermordeten Studentinnen etwas mehr Aufsehen erregt. Wenn sie heute Abend immer noch nicht aufgetaucht ist, darf ich mich noch mal melden, meinten sie. Als ich Isabell und Aline erwähnt habe, meinten sie nur, ich solle die Polizei doch bitte ihre Arbeit machen lassen. Nur habe ich das Gefühl, dass sie die gar nicht angehen wollen.«

»Hm«, machte Lars, weil er nicht so recht wusste, was er darauf antworten sollte. Er war nur froh, dass die beiden Polizisten bisher nicht mehr bei ihm aufgetaucht waren. Nach der Drohung von Frank Kopp hatte Lars wirklich Angst gehabt, dass sie bald zurückkommen und ihn ins Gefängnis stecken würden.

»Man, dass es heute aber auch so eine Hitze sein muss«, stöhnte Johanna, als sie an einer Ampel hielten. »Die ganze Zeit regnet es und ausgerechnet dann, wenn wir vermutlich einige Stunden im Auto verbringen müssen, knallt die Sonne wie bescheuert vom Himmel.«

»Ja. Es ist warm. Ich hab mir extra meine kurze Hose angezogen.«

»Ein guter Anfang, aber ich schätze, wenn wir länger als fünf Minuten in der prallen Sonne im Auto sitzen, bekommen wir einen Kreislaufkollaps. Kurze Hose hin oder her.«

Lars wusste nicht, was ein Kreislaufkollaps genau war, aber er konnte es sich vorstellen. Auf Facebook wurden im Sommer immer wieder Nachrichten über Hunde geteilt, die nur kurze Zeit im Auto gelassen wurden und wegen eines Hitzeschocks starben. So etwas konnte bestimmt auch mit Menschen passieren, wenn sie nicht aufpassten.

»Vielleicht können wir draußen irgendwo warten und das Haus beobachten«, schlug er vor.

»Eine schöne Idee. Vermutlich würde uns Haubold aber dabei entdecken und misstrauisch werden. Mich kennt er ja, ich habe nämlich bei ihm studiert, weißt du. Wir dürfen nicht riskieren, dass er uns sieht und deshalb nicht zu Natalie fährt.« Die Ampel sprang auf Grün und Johanna gab Gas. Beim Anfahren überholte ein Fahrradfahrer den Wagen und sie beschimpfte ihn als blödes Arschloch. Lars grinste. Seine Mutter wurde immer wütend, wenn er solche Wörter in den Mund nahm. Sie drohte ihm dann, seinen Mund mit Seife auszuwaschen, was Lars eine ziemlich eklige Vorstellung fand.

Plötzlich fiel ihm etwas ein. Frau Bühler hatte gesagt, dass er bis zum Wochenende nicht mit Harry Gassi gehen musste, weil sie wegen ihres Beins in der Klinik war und den Hund so lange bei ihrer Schwester untergebracht hatte. »Wir könnten uns im Garten von der Frau Bühler verstecken«, sagte er.

»Wer ist das?«

»Die wohnt gegenüber«, erklärte er. »Da habe ich letztens noch die Hecke geschnitten. Man kann durch die Äste das Haus vom Professor gut sehen. Sie ist nicht da, das stört die bestimmt nicht.«

»Das ist eine super Idee, Lars«, sagte Johanna und grinste ihn an.

Sie kamen in der Straße von Frau Bühler und dem Professor an.

»Sehr gut, er ist zu Hause«, sagte Johanna und deutete auf den Wagen, der in der Einfahrt des Professors stand. Sie parkte den Wagen zwei Häuser weiter. »Hier entlang ist er gestern weggefahren, sagtest du?« Sie deutete in Fahrtrichtung. Lars nickte.

Die beiden stiegen aus und gingen zügig zum Garten von Frau Bühler, wo sie über das Hoftor stiegen. Sie suchten sich eine Stelle, an der die Hecke nicht so dicht war, und setzten sich gemeinsam davor. Johanna holte eine Flasche Wasser aus ihrem Umhängebeutel und nahm einen tiefen Schluck. Lars hatte seine im Auto vergessen.

»Willst du auch was?«, fragte Johanna und hielt ihm die Flasche hin.

Lars schüttelte den Kopf. Er hatte zwar Durst, aber er hasste es, mit anderen Menschen aus einer Flasche oder einem Glas zu trinken. Bestimmt klebte da noch die Spucke von dem anderen dran. Das war ziemlich eklig, da blieb er lieber durstig.

Etwa eine halbe Stunde passierte nichts - außer, dass Lars' Arme sich langsam rot färbten. Plötzlich stupste Johanna ihn an. »Es geht los«, flüsterte sie.

Lars linste durch die Hecke und sah, wie der Professor in seinen Wagen stieg. Er wollte aufspringen, doch Johanna hielt ihn am Arm zurück. »Stopp, noch nicht. Er könnte uns entdecken, wenn wir jetzt schon rübergehen. Aber halt dich bereit, wir müssen gleich ziemlich schnell rennen.«

Sie warteten einen Moment, bis der Professor rückwärts aus der Einfahrt gerollt war. Als er an Johannas Wagen vorbeifuhr, rief sie: »Los!«, und rannte in Richtung Straße. Lars hetzte ihr hinterher und sie sprangen in Johannas Auto. Zwei Querstraßen weiter sahen sie den dunkelblauen BMW an einer Ampel stehen. Sie folgten ihm quer durch Frankfurt, bis die Gegend verlassener wirkte. Irgendwann waren überhaupt keine anderen Autos mehr auf der Straße.

»Das ist nicht gut«, murmelte Johanna, die den Wagen abbremste. »Ab hier sollten wir zu Fuß weiter. Er würde das Auto sofort bemerken.«

»Wie sind doch aber nicht so schnell wie ein Auto«, sagte Lars. Er hatte wenig Lust, durch die Hitze zu rennen.

»Hier ist überhaupt nichts los. Wie werden sein Auto schon finden.« Johanna akzeptierte keine weiteren

Widersprüche und parkte in einer Seitenstraße. Bevor sie ausstieg, nahm sie noch einen tiefen Schluck aus ihrer Flasche. Lars tat es ihr gleich, dann gingen sie los.

Trotz der kurzen Hose schwitzte Lars. Seine Unterarme brannten wie Feuer. Anscheinend hatte er sich beim Warten hinter der Hecke einen Sonnenbrand geholt. Er rieb sich darüber, während sie die ausgestorbene Straße entlanggingen. Hier war kein einziges Auto mehr zu sehen und auch sonst waren keine anderen Menschen unterwegs. Aus den Ritzen im Bürgersteig wuchsen Grasbüschel und die Blumenkübel vor den Gebäuden waren überwuchert mit Unkraut. Offensichtlich hatte sich schon länger niemand mehr darum gekümmert.

»Da vorne ist sein Auto«, sagte Johanna und deutete auf die Hofeinfahrt eines dreistöckigen Gebäudekomplexes, in der man das Heck des dunkelblauen BMWs erkennen konnte.

Sie gingen näher heran und Johanna zog Lars in die überdachte Einfahrt neben das geparkte Auto des Professors. »Ich gehe jetzt rüber zu den Türen und schaue, ob eine davon nicht abgeschlossen ist. Behalt du die Fenster im Auge, ob du ihn da oben irgendwo siehst. Aber pass auf, dass er dich nicht entdeckt. Achte einfach darauf, ob du eine Bewegung wahrnimmst. Wir dürfen uns auf keinen Fall zu früh verraten.«

»Warte«, flüsterte Lars, aber Johanna war schon losgelaufen. Er zögerte einen Moment, lehnte sich dann aber doch aus dem Schatten und blickte nach oben zu den Fenstern. Die Sonne spiegelte sich in den Scheiben und blendete ihn, sodass er kaum etwas erkennen konnte. Von der Tür aus drehte sich Johanna zu ihm um und blickte ihn fragend an.

Er zuckte mit den Schultern und betrachtete wieder die Fenster in den oberen Stockwerken. Kurz darauf hörte er ein klackendes Geräusch. Als er nach Johanna sehen wollte, war sie verschwunden. Die Glastür stand offen. Lars setzte sich in Bewegung, um ihr zu folgen.

Im Hausflur des Gebäudes war es angenehm kühl. Johanna studierte eine Tafel. Auch Lars warf einen Blick darauf. Soweit er entziffern konnte, waren dort verschiedenen Praxen und Firmen aufgelistet. Er hatte keine Ahnung, wie sie den Professor hier drin jemals finden sollten.

»Bingo«, flüsterte sie. »Das hier passt doch wie die Faust aufs Auge. Doktor Joachim Strenzel, Praxis für Neurologie und Psychiatrie. Zweiter Stock.«

»Willst du da einfach so hochgehen?«, fragte Lars. Irgendwie hatte er plötzlich Angst. Bestimmt bekamen sie Ärger, wenn sie jemand in dem fremden Gebäude erwischte.

In diesem Moment ertönte ein Schrei irgendwo aus den oberen Stockwerken und Lars setzte seinen Fuß auf die erste Stufe. Sie mussten Natalie retten.

34. Kapitel

Natalies Nase war verstopft vom Weinen und sie bekam kaum Luft. Verzweifelt drückte sie mit der Zunge gegen den Stoff, um ihn aus ihrem Mund zu schieben, doch vergeblich. Haubold hatte das Hemd viel zu straff um ihren Kopf gewickelt. Sie schloss die Augen und konzentrierte sich auf ihre Atmung.

Der Stoff steckte so tief in ihrem Rachen, dass sie würgen musste. Wenn sie sich jetzt übergab, war sie vermutlich an ihrem eigenen Erbrochenen erstickt, bevor Haubold zurück war. Von draußen kamen gedämpfte Stimmen, Natalie konnte aber nicht heraushören, wie viele Personen sich dort befanden und worüber sie sprachen.

Panisch rüttelte sie an ihren Fesseln. Ihre Hände und Arme waren mittlerweile wegen der angewinkelten Position eingeschlafen und sie hatte kein Gefühl mehr darin.

Für den Augenblick war das allerdings nicht unbedingt ein Nachteil. So spürte sie zumindest die Schmerzen in ihren Handgelenken nicht, während sie versuchte, sie aus den festgezurrten Lederriemen zu befreien. Sie zerrte an ihren Armen, zog mit voller Kraft daran. Das Blut rauschte vor Anstrengung laut in ihren Ohren, und sie war völlig außer Atem.

Sie hielt einen Moment inne und entspannte ihre Muskeln. Haubold gab etwas von sich, das wie ein Lachen klang. Mit einem Mal rutschte Natalies linkes Handgelenk aus der Fessel heraus. Ihr Arm fiel nach unten, baumelte nutzlos an ihrer Seite herab und verdrehte ihr das Schultergelenk. Sie versuchte, ihre Muskeln anzuspannen und ihn nach oben zu ziehen, aber es fühlte sich beinahe an, als würde der Arm nicht zu ihr gehören. Mit einem Ruck warf sie sich, so weit es ging, auf die Seite. Ein schlaffer Arm folgte der Bewegung und sie spannte ihre Schulter an, sodass er auf ihrem Oberkörper landete.

Jetzt, da das Blut wieder ungehindert fließen konnte, setzte endlich ein leichtes Kribbeln ein und ihre Muskeln erwachten wieder zum Leben. Natalie musste sich beeilen. Die Stimmen vor der Tür waren verstummt. Haubold konnte jeden Moment zurückkommen.

Noch immer hatte sie kaum Gefühl in ihrem Arm, doch irgendwie schaffte sie es, über ihren Körper zu greifen und an die Fessel ihrer rechten Hand zu gelangen. Da sie ihren Kopf nicht weit in die Richtung drehen konnte, versuchte sie aus dem Augenwinkel heraus zu erkennen, wo die Schnallen saßen. Mit tauben Fingern nestelte sie daran herum.

Ohne Erfolg. Die Riemen saßen zu weit am Rand, sie bekam sie einfach nicht zu fassen.

Sie versuchte es noch mal, holte mit dem linken Arm aus und warf sich auf die rechte Seite. Ein Krampf durchzuckte ihre Schulter. Ihr Hals wurde bei der Bewegung so verdreht, dass sie das Gefühl hatte, sich das Genick ausgerenkt zu haben. Jetzt hatte sie eine bessere Position und es gelang ihr, eine der Schnallen mit den Fingerspitzen zu erreichen.

Doch es war zu spät. Die Tür wurde aufgestoßen. Haubold war zurück.

»Das war deine Freundin«, sagte er und lächelte.

»Mhhhmmh«, machte Natalie hinter ihrem Knebel.

»Johanna ist, glaube ich, ihr Name. So ein mutiges Mädchen, aber auch so dumm. Kommt ganz alleine den weiten Weg hier raus, um dich zu befreien. Hat nicht mal die Polizei vorher informiert.« Mit stoischer Gelassenheit kam er auf die Liege zu. Er packte ihr linkes Handgelenk und bog den Arm zurück in die vorherige Position. Dieses Mal zog er die Schnalle noch fester zu. Anschließend entfernte er den Knebel aus ihrem Mund.

Natalie hustete und saugte Luft in ihre Lungen. »Was ... haben Sie mit ihr gemacht?«, fragte sie. Ihr gesamter Mundraum war ausgetrocknet, da der Stoff jegliche Feuchtigkeit aus ihrem Mund aufgesaugt hatte und jedes Wort verursachte ein Brennen in ihrem Hals.

Haubold ignorierte ihre Frage und hob einige Kabel vom Boden auf. Er begann, sie nach und nach an ihrem Kopf zu befestigen. »Ihr Versuch war dennoch sehr ehrenvoll. Eine wirklich gute Freundin, du kannst dich glücklich schätzen. Für meine Tochter hätte ich mir ebensolche Freunde gewünscht. Aber als sie krank wurde, haben sich ihre Schulfreundinnen plötzlich nicht mehr für sie interessiert. Alles eingebildete und schrecklich verwöhnte Gören von viel zu reichen Eltern. Könnte ich mich noch mal entscheiden, würde ich meine Tochter nicht mehr auf eine Privatschule schicken.«

»Wo ist Johanna?«

»So, fertig. Eigentlich müsste ich noch den stereotaktischen Rahmen an dir befestigen. Weißt du, was das ist?« Er wartete ihre Antwort nicht ab, sondern verschwand nach links aus ihrem Sichtfeld und kam kurz darauf mit einem viereckigen Gebilde aus Metallstreben wieder. »Das hier wird vor einer Hirnoperation am Kopf des Patienten festgeschraubt. Siehst du diese vier Schrauben hier? Die werden direkt durch die Kopfhaut in den Schädel gedreht.«

Natalie bekam keine Luft mehr. Panik gewann nun die Oberhand und Natalie bäumte sich auf, warf sich auf der Liege hin und her. Ein Krampf in ihrem Genick stoppte sie und sie krümmte sich zusammen. »Lassen Sie mich sofort hier raus! Sie sind völlig verrückt!«, schrie sie.

Haubold fuhr unbeeindruckt mit seinem Vortrag fort. »Der Rahmen dient einerseits der Fixierung des Kopfes, andererseits aber auch der Orientierung des Operateurs. Aber keine Sorge, darauf verzichten wir heute. So viel Zeit haben wir dank deiner Freundin nicht mehr, und ich dürfte mittlerweile auch so geübt sein, dass ich auch so die richtige Stelle erwische.«

Haubold bückte sich und legte das Gerät auf den Boden. Schweiß lief Natalie von der Stirn in die Augen und vermischte sich dort mit ihren Tränen. Steif vor Angst ging ihr Atem nur noch stoßweise und sie musste sich zwingen, regelmäßig Luft in ihren Lungen zu saugen. »Bitte ... Lassen Sie mich gehen. Ihre Tochter hat doch auch nichts ... Überlegen Sie doch, was sie dazu sagen würde. Bitte.«

Haubold war wieder aus ihrem Sichtfeld verschwunden.

»Achtung, los geht es«, sagte er. Kurz darauf hörte Natalie ein seltsames Brummen, das langsam lauter wurde. Auf einmal verkrampften sich ihre Muskeln und ein langgezogenes »Mhhhhhngggg« drang aus ihrem Mund. Nur wenige Sekunden darauf verstummte das Brummen und Natalies Körper entspannte sie sich wieder.

Stattdessen ertönte nun ein Geräusch, das wie der Bohrer eines Zahnarztes klang. Natalie wollte zappeln, sich aufbäumen, doch sie konnte ihre Muskeln nicht kontrollieren. Sie spürte Haubolds Finger an ihrem Kopf. Sie fühlten sich kühl an. Das Geräusch des Bohrers kam näher.

Natalie schrie.

Plötzlich wurde die Tür aufgerissen. Natalie versuchte, etwas zu erkennen, doch Tränen nahmen ihr die Sicht.

»Was tun Sie da?«, rief eine männliche Stimme. Sie kam ihr bekannt vor.

»Lassen Sie sie sofort in Ruhe«, rief der Mann. Die Stimme hörte sich mit einem Mal dumpf an, als käme sie von irgendwo aus weiter Entfernung.

Natalies Atem ging immer schneller. Sie wusste, sie hyperventilierte, doch sie bekam sich nicht unter Kontrolle. Ihr wurde schwindelig, und schließlich wurde alles um sie herum schwarz.

35. Kapitel

Wie abgesprochen stand Lars im ersten Stock im Treppenhaus und hielt sich versteckt. Johanna hatte gesagt, es sei besser, wenn der Professor nicht sofort merkte, dass sie zu zweit gekommen waren. Lars wartete darauf, dass Johanna das Licht einschaltete. Das war sein Zeichen. Wenn sie das tat, sollte er ihr nachkommen und mit ihr gemeinsam den Professor überwältigen.

Johanna klingelte nun schon zum zweiten Mal. Kurz darauf rumpelte es. Lars lehnte sich ein Stück um die Ecke und linste nach oben. Johanna trat gegen die Tür.

»Hey, ist da jemand?«, rief sie und ihre Stimme hallte gespenstisch von den Wänden wider. Dann hörte er ein dumpfes Klacken.

»Herr Haubold! Was machen Sie denn hier?«, fragte Johanna. Offensichtlich hatte er die Tür aufgemacht. Lars fand, dass sie ihre Überraschung sehr gut spielte. Beinahe glaubte er ihr selbst.

»Dasselbe könnte ich Sie fragen.«

»Eigentlich bin ich mit Herrn Doktor Strenzel verabredet«, trug sie ihre Ausrede vor. »Wir wollten gemeinsam ...«

»Und Sie erwarten, dass ich diesen Unsinn glaube?« Die Stimme des Professors klang bedrohlich. Sie machte Lars Angst. Am liebsten wäre er sofort nach oben gestürmt. Aber Johanna hatte das Licht noch nicht angemacht, also musste er weiter hier unten auf das Zeichen warten.

»Gut, dann reden wir Klartext. Wo ist Natalie und was haben Sie mit ihr gemacht? Ich weiß, dass Sie sie hergebracht haben, Sie wurden gesehen.«

Der Professor antwortete nicht, stattdessen hörte Lars nur ein Rascheln.

»Hey, kommen Sie mir bloß nicht zu nahe«, rief Johanna plötzlich. »Die Polizei ist bereits informiert und auf dem Weg hierher, also machen Sie besser keine Dummheiten.«

Der Professor lachte, aber es klang überhaupt nicht freundlich. »Glaubst du wirklich selbst, was du da gerade erzählst? Weshalb in aller Welt solltest du dann völlig alleine zu mir nach oben kommen und dich einem solchen Risiko aussetzen, wenn in wenigen Minuten ohnehin ein Einsatzkommando vor der Tür stehen würde?«

»Wollen Sie das Risiko wirklich eing... Halt! Nein! Was machen Sie da?«

Jetzt konnte Lars seine Neugierde nicht mehr zurückhalten. Er beugte sich nach vorne, um sehen zu können, was dort oben vor sich ging. Der Professor stand dicht an Johanna und hatte seinen Arm um ihre

Schultern gelegt. Seine Hand war auf ihren Hals gepresst. Sie schlug mit ihren Fäusten auf seine Brust, doch er ließ nicht von ihr ab. Plötzlich sanken Johannas Arme nach unten und ihre Beine gaben nach. Ihr Körper sackte in Haubolds Armen zusammen. Er umklammerte sie und zerrte sie in die Praxis. Das verabredete Zeichen blieb aus.

Regungslos starrte Lars den beiden hinterher. Warum hatte Johanna sich plötzlich nicht mehr gewehrt? Hatte der Professor sie etwa umgebracht? Was sollte er jetzt tun? Johanna hatte ihm kein Zeichen gegeben, also durfte er eigentlich nicht nach oben gehen. Sie hatte ihm noch gesagt, wie wichtig es war, dass er unbedingt wartete und sich nicht zu früh verriet. Aber er musste ihr doch helfen, oder nicht? Dafür war er doch extra mitgekommen. Und außerdem war da noch Natalie. Wer sollte sie jetzt retten, wenn Johanna es nicht mehr konnte?

Mit einem Mal kam ihm eine Idee. Lars drehte sich um und rannte die Stufen nach unten. Er würde seine Mutter anrufen. Die wusste sicher, was zu tun war. Das wusste sie immer. Im Erdgeschoss angekommen hielt er inne. So ein Mist. Er hatte sein Handy überhaupt nicht eingepackt. Es lag zu Hause auf dem Schreibtisch. Neben seiner Maus. Dort hatte er es noch extra ans Ladegerät gehängt. Der Akku war beinahe leergewesen und Lars hatte nicht riskieren wollen, dass es ausging und er Johannas Anruf verpasste.

Er rieb sich mit den Handballen über die Stirn und versuchte sich zu erinnern, ob Johanna ihr Telefon im Auto gelassen hatte. Er wusste es einfach nicht. Also war er auf sich gestellt. Und er musste sich beeilen. Doch das Zeichen ...

Lars drückte auf den Lichtschalter neben der Eingangstür. Jetzt war das Licht an. Dann durfte er in die Praxis kommen - hatte Johanna gesagt. Es musste ja niemand erfahren, dass er es selbst eingeschaltet hatte.

So schnell er konnte, stürmte er die Treppe hinauf in den zweiten Stock. Die Tür zur Praxis war verschlossen. Er trat dagegen, wie es Johanna vorhin gemacht hatte, doch sie rührte sich nicht. Sollte er auch klingeln? Aber was, wenn der Professor ihn dann auch umbrachte? Johanna hatte gesagt, sie müssten ihn überraschen. Er erinnerte sich, einmal in einem Film gesehen zu haben, wie Polizisten so lange mit der Schulter gegen eine Tür gerannt waren, bis sie aufgesprungen war. Vielleicht konnte er es so versuchen.

Er nahm Anlauf und warf sich mit der rechten Schulter gegen die Tür. Es knackte laut und ein stechender Schmerz schoss ihm bis in den Nacken. Er ignorierte das Gefühl und versuchte es noch einmal. Nach dem dritten Mal flog die Tür krachend auf. Lars taumelte in den Raum dahinter und stützte sich einen Moment mit den Händen auf seine Knie, um zu Atem zu kommen. Die Schmerzen in seiner Schulter waren heftig, doch darauf durfte er jetzt nicht achten. Er musste Johanna und Natalie finden.

Vor ihm lag ein breiter Flur, auf dessen rechter Seite eine lange holzvertäfelte Theke stand. Links gingen mehrere Türen ab. Eine davon war nur angelehnt. Lars ging darauf zu. Ganz leise hörte er Natalies Stimme, dann die des Professors.

»... Tochter hat doch auch nichts ...«, sagte sie.

Vorsichtig drückte Lars die Tür ein Stück auf. Dahinter befand sich eine Art Büro. An der Stirnseite stand ein großer Schreibtisch aus dunklem Holz mit einem Monitor darauf. Dahinter stand ein Regal. Die Fächer waren leer. An der freien Wand hingen alle möglichen Plakate mit Zeichnungen von Köpfen und Gehirnen. Lars ging langsam hinein. Er traute sich kaum, zu atmen. Neben dem Bücherregal ging eine weitere Tür ab. Sie war geschlossen. Dahinter hörte Lars ein lautes Stöhnen.

Natalie. Oder Johanna. Egal wer, der Professor tat ihr wahrscheinlich gerade furchtbar weh. Er ging auf die Tür zu. Ein hohes Summen ertönte. Es erinnerte ihn an den Zahnarzt und Lars griff sich unwillkürlich an die Wange. Für ihn gab es fast nichts Schlimmeres, als wenn an seinen Zähnen herumgebohrt wurde.

Durch die Tür hörte er Natalie schreien. Lars stürmte zur Tür und stieß sie auf. Natalie lag festgeschnallt auf einer Liege. Aus ihrem Kopf kamen überall Kabel heraus. Sie war leichenblass und starrte ihn mit aufgerissenen Augen an. Der Professor stand hinter ihr und hatte etwas in der Hand, das wie eine Mischung aus Pürierstab und Bohrmaschine aussah.

»Was tun Sie da?«, rief Lars, weil ihm nichts Besseres einfiel. Der Professor schaute ihn nur mit wirrem Blick an. »Lassen Sie sie sofort los!«

In diesem Moment dröhnte eine laute Stimme durch die Praxis. »Hier ist jemand«, schrie eine Person. Stampfende Schritte näherten sich und nur wenige Sekunden später wurde Lars in den Rücken gestoßen.

Die Wucht warf ihn nach vorne um und er landete auf dem Bauch.

»Polizei! Keine Bewegung!«, rief jemand. Schwere Stiefel tauchten neben seinem Gesicht auf. Zwei schwarz gekleidete Männer mit Sturmhauben stürmten an ihm vorbei und auf den Professor zu. Sie hielten eine Waffe in der Hand und warfen auch ihn zu Boden.

»Er wollte Natalie wehtun«, sagte Lars, doch bevor er den Satz zu Ende sprechen konnte, kniete sich jemand auf seinen Rücken und nahm ihm die Luft. Seine Hände wurden nach hinten gebogen und aneinandergebunden.

»Ich habe doch gesagt, es fehlt uns nur noch ein Staubkorn«, sagte eine Stimme, die Lars bekannt vorkam. Er drehte seinen Kopf. Frank Kopp stand neben den Männern in Schwarz. Er beugte sich zu ihm nach unten. »Das wird dich und deinen Freund hier eine lange Zeit in den Knast bringen, das verspreche ich dir.«

»Nein!«, rief Lars. »Natalie, du musst ihnen sagen, dass ...«

Eine Faust landete in seinem Gesicht. Dann wurde er hochgezerrt und aus dem Raum geschleift.

36. Kapitel

Sieben Monate später

Müde warf Natalie ihre Tasche auf die Schuhablage im Flur und streifte ihre Turnschuhe von den Füßen. Dann nahm sie die Mütze ab und strich sich über die Haare, die ihr mittlerweile fast wieder bis zu den Ohrläppchen reichten. Selbst nach Monaten hatte sie sich noch nicht an das Gefühl gewöhnt. Immerhin waren mittlerweile die Stellen, an denen Haubold ihr den Kopf rasiert hatte, um die Elektroden an ihrer Kopfhaut zu befestigen, soweit nachgewachsen, dass sie dieselbe Länge wie die restlichen Haare erreicht hatten.

Ihre Schüler hatten sie zu Anfang ihres Lehrauftrages schon etwas seltsam angeschaut. Tatsächlich war die Fantafrisur, wie Johanna die kreisrunden Löcher in Anlehnung an eine Werbung aus den Neunzigern nannte, die quer über ihren Schädel verteilt waren, doch sehr gewöhnungsbedürftig. Dank des Internets hatte sich aber schnell herumgesprochen, wer Natalie war und was sie hatte durchleiden müssen. Die Gespräche über sie waren daraufhin schnell verstummt und stattdessen schlugen sich die Schüler auf ihre Seite. Nun, da sie ihren Vorbereitungsdienst an derselben Schule angetreten hatte, verhielten sie sich gerade bei Unterrichtsbesuchen extrem solidarisch. Was für Natalie nun nicht gerade ein Nachteil war, denn bisher waren ihre Noten hervorragend.

»Da bist du ja endlich«, rief Johanna aus der Küche. Sie hatte Natalie schon vor zwei Stunden eine SMS geschrieben und gefragt, wann sie endlich nach Hause kam. Dabei sollte sie eigentlich wissen, dass der Mittwoch ihr langer Tag war. Nach dem Unterricht von der dritten bis zur achten Stunde musste Natalie noch drei weitere Stunden im Studienseminar hinter sich bringen, bevor sie endlich nach Hause gehen konnte, um den Unterricht für den nächsten Tag vorzubereiten. Natalie war klar gewesen, dass der Vorbereitungsdienst kein Zuckerschlecken war, aber so anstrengend hatte sie sich die erste Zeit auch wieder nicht vorgestellt. Immerhin hatte sie durch den Lehrauftrag, den sie nach den Sommerferien angenommen hatte, schon etwas Erfahrung gesammelt, sodass ihr die Abläufe in der Schule leichter von der Hand gingen.

»Wir haben einen Überraschungsgast«, sagte Johanna, als Natalie die Küche betrat. Lars saß am Tisch und grinste sie verlegen an.

»Hey«, rief Natalie, obwohl sie so müde war, dass sie sich kaum freuen konnte.

»Es gibt was zu feiern.« Natalie überlegte, ob sie einen Geburtstag oder sonst ein wichtiges Datum vergessen hatte, doch Johanna beruhigte sie. »Du weißt es ja noch gar nicht, aber ich habe heute Vormittag endlich meine Anmeldung für die wissenschaftliche Examensarbeit abgegeben.« Johanna hielt ihr ein Glas Sekt hin, das Natalie dankbar annahm.

»Wow«, sagte sie und lächelte. »Der erste Schritt zum Staatsexamen. Bist du dir ganz sicher, dass du das wirklich willst?«

Johanna boxte ihr freundschaftlich gegen die Schulter. »Blöde Kuh«, sagte sie. »Komm, Lars. Lass uns anstoßen. Auf meine berufliche Zukunft und auf dich, Natalie, dass du die Zeit irgendwie überstehst. Außerdem hat Lars auch große Neuigkeiten.«

Die Gläser stießen mit einem hellen *Pling* aneinander. Sie alle nahmen einen Schluck.

»Willst du uns nicht verraten, was es zu feiern gibt?«, fragte Natalie, während Johanna aufstand.

Lars stieß hinter vorgehaltener Hand auf, kicherte kurz und nickte. »Ich ziehe von zu Hause aus«, sagte er und man konnte ihm ansehen, wie stolz er darauf war.

»Genau. Ich habe ihm nämlich geholfen, einen Platz in einer betreuten Wohngruppe zu finden«, sagte Johanna. »Neue Chance heißt sie - und genau das wird es sein. Lars darf in einer Werkstatt mitarbeiten und sein eigenes Geld verdienen.«

»Ja. Und im Kino darf ich auch noch ein bisschen Arbeiten. Das macht mir nämlich Spaß.«

»Und zur Feier des Tages habe ich nicht für uns gekocht, denn ich wollte schließlich nicht, dass wir morgen alle tot aufwachen. Nicht nach den Strapazen, die wir im vergangenen Jahr durchgemacht haben.«

Natalie grinste und Lars schaute verwirrt zwischen ihr Johanna hin und her.

»Aber, wie kann man denn aufwachen, wenn man ...«

»Ach, Lars«, unterbrach Johanna ihn. »Leg nicht alles auf die Goldwaage, was ich sage. Das ist nur so ein Spruch. Ein Witz.«

»Und was ist eine Goldwaage?«

»Auch nur ein Spruch«, flüsterte Natalie ihm zu, während Johanna das Essen aus dem Ofen nahm, wo sie es warmgehalten hatte. Sie stellte die Aluschalen auf die Anrichte und füllte das Essen in verschiedene Schälchen um. Offensichtlich hatte sie sich nicht lumpen lassen und verschiedenste Köstlichkeiten beim Äthiopier geholt. Dazu gab es jede Menge Injera, ein weiches Fladenbrot aus Sauerteig, in das man die verschiedenen Speisen einwickelte und dann mit der Hand aß.

»Greift zu«, sagte sie und lächelte breit. »Ich bin so froh, dass wir heute Abend hier alle zusammensitzen können. Wenn Lars nicht gewesen wäre ...«

Lars winkte mit einem Stück des Fladenbrotes in der Hand ab. »Ich habe überhaupt nichts gemacht. Das war die Polizei, die mir gefolgt ist.«

»Schon richtig«, sagte Natalie. »Aber wärst du nicht so mutig gewesen und in die Praxis gegangen, hätte Haubold mir vermutlich schon den Schädel aufgebohrt, bis das verdammte Einsatzkommando endlich gekommen wäre. Wahrscheinlich hätten sie dich erst mal in aller Ruhe auf der Treppe festgenommen und irgendwann später gemerkt, dass Haubold noch mit mir da oben war.«

»Und wärst du gar nicht erst mit mir dahingefahren, wäre die Polizei dort gar nicht erst aufgetaucht«, ergänze Johanna und sie hatte recht.

Lars war dank Haubolds wiederholten Anschuldigungen dauerhaft von zwei Beamten in Zivil überwacht worden, die ihm und Johanna in das verlassene Gewerbegebiet gefolgt waren. Nachdem die beiden im Haus verschwunden und nicht mehr herausgekommen waren, hatten sie dann ein Einsatzkommando verständigt und die Praxis gestürmt. Da Lars und Haubold sich bei der gefesselten Natalie im Raum befunden hatten und Johanna betäubt im Warteraum der Praxis gelegen hatte, waren sie davon ausgegangen, dass Lars und Haubold unter einer Decke steckten, und er wurde ebenfalls verhaftet. Erst als Natalie ihre Aussage gemacht hatte und Johanna wieder zu sich gekommen war und Lars ebenfalls entlastet hatte, war er wieder auf freien Fuß gekommen. Haubold behauptete noch immer, dass Lars an der Entführung und den Versuchen mit den Frauen beteiligt gewesen war.

»Das war echt Glück, auch wenn es für mich ganz schön doof war«, sagte Lars und hob ebenfalls sein Glas. Die drei stießen noch einmal an.

»Lasst uns etwas abmachen«, sagte Natalie. »Mindestens einmal alle drei Monate sollten wir uns die Zeit nehmen und zusammen etwas essen gehen. Egal, ob wir in eine andere Stadt ziehen oder schwer beschäftigt sind oder sonst irgendwelche Ausreden haben. Das Leben ist zu kurz, um solche Freunde wie euch zu vernachlässigen.«

Lars strahlte und Johanna nickte. »Da hast du recht«, sagte sie.

Danksagung

Nachdem Fabain Prior und Thomas Wendtner eine kleine Pause brauchten, entschied ich, dass es Zeit wird für das Buch mit einem Thema, das mich eine Weile nicht losgelassen hat.

Für die Recherche musste ich mich viel mit Hirnforschung und verschiedenen Theorien über die Existenz der Seele auseinandersetzen. Vieles davon entspricht so gar nicht meinen eigenen Ansichten. Ich hoffe, dass sich der Aufwand gelohnt hat, und ich Sie gut unterhalten konnte.

Für alle Prior-Fans: Keine Sorge, es geht weiter mit den beiden Ermittlern. Der nächste Fall für Fabian und Thomas befindet sich bereits in meinem Kopf.

Ich bedanke mich auf jeden Fall dafür, dass Sie „Gequälte Seelen“ gelesen haben, und hoffe, dass mein Buch Ihnen gefallen hat - auch wenn es hier vielleicht ein wenig ruhiger zu ging, als Sie eigentlich es von mir gewohnt sind. Mit dem nächsten Buch werden die Action- und Blut-Fans unter Ihnen auf wieder auf Ihre Kosten kommen, das verspreche ich.

Sollte Sie noch Fragen an mich haben, schreiben Sie mir gerne eine Mail, besuchen Sie mich auf meiner Homepage oder folgen Sie mir auf Facebook (es gibt dort immer mal wieder kleinere oder größere Gewinnspiele, melden Sie sich einfach in der Mailingliste an, wenn Sie nichts mehr verpassen wollen):

melisa.schwermer@gmail.com
www.melisa-schwermer.de
https://www.facebook.com/melisa.schwermer

Ich bin immer bemüht, so schnell und ausführlich wie irgendwie möglich zu antworten, auch wenn es manchmal einige Tage dauern kann.

Bedanken muss oder darf ich mich auch dieses Mal bei verschiedenen Menschen. Ich bedanke mich bei Heike von „Irve liest“, Sylvia von „Unter die Haut“ und bei allen anderen, die mich tatkräftig bei der Auswahl des Covers beraten haben. Es war dieses Mal nicht einfach, etwas Passendes zu finden und ich bin mit der Lösung wirklich sehr zufrieden. Auch so habt ihr während des Schreibprozesses immer ein offenes Ohr für meine Zweifel und Fragen gehabt. Das hat mir wirklich sehr weitergeholfen. Danke an meine Lektorin Susanne, die mir wie immer mit Rat und Tat zur Seite stand und meinen Lars „Larsiger“ gemacht hat. Vielen Dank an Jasmin und Sandra für euren scharfen Blick. Wegen euch darf sich dieses Buch hoffentlich fehlerfrei schimpfen. Ihr alle habt mir geholfen, das Beste aus meiner Geschichte rauszuholen.

Vielen Dank an meine lieben und wunderbaren Testleserinnen. Ihr macht mir Mut, wenn ich glaube, dass meine Geschichte stinkend langweilig ist und ihr motiviert mich, weiterzumachen. Ihr macht mir Komplimente in einem Stadium, in dem das Manuskript sicher noch keine verdient hat und sagt mir außerdem ehrlich, wo noch Verbesserungspotential ist und etwas falsch läuft. Ihr bereichert meine Arbeit, vielen Dank.

Ein letzter Dank geht wie immer an Stefan, der wie immer viel Geduld beweisen musste, wenn ich mal wieder bis spätabends vor dem Computer geklemmt habe und der außerdem tadellos mein Gejammer ertragen hat, wenn mich die Sehenscheide mal wieder plagt.

Bis zum nächsten Mal,

Ihre Melisa Schwermer

19922204R00179

Printed in Poland
by Amazon Fulfillment
Poland Sp. z o.o., Wrocław